新装版

井伊直政

逆境から這い上がった勇将

高野 澄

PHP文庫

○本表紙図柄＝ロゼッタ・ストーン(大英博物館蔵)
○本表紙デザイン＋紋章＝上田晃郷

井伊直政◉目次

第一章　遠江（とおとうみ）の井伊谷（いいのや）　8
第二章　流転雌伏の歳月　57
第三章　信長と家康の同盟　100
第四章　長篠の銃撃戦　152
第五章　甲州武田氏の滅亡　206

第六章　井伊の赤備え　260

第七章　家康軍団の関東移封　310

第八章　天下わけ目の激突　373

あとがき　415

編集協力――(株)元気工房

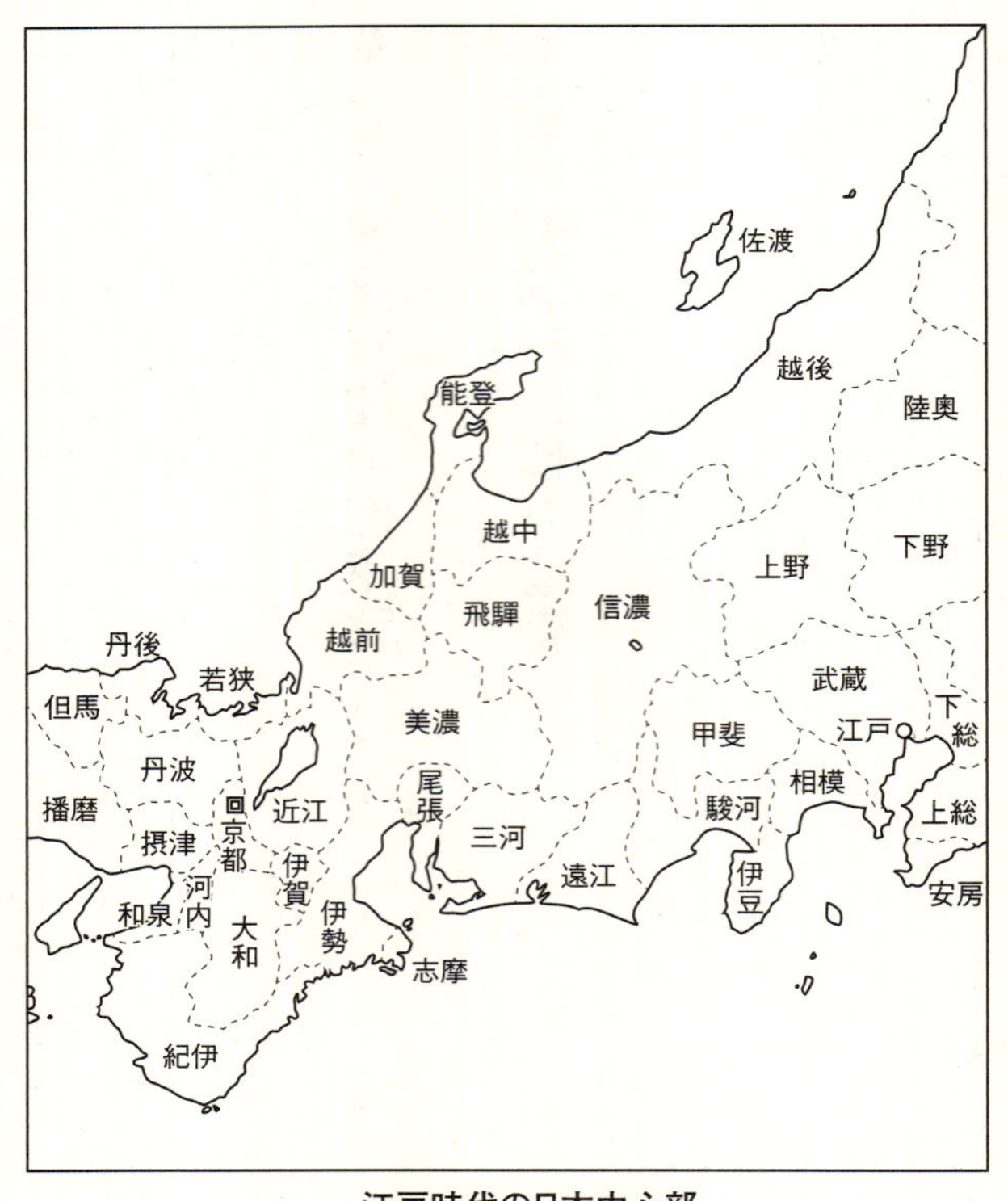
佐渡
越後
陸奥
能登
越中
下野
加賀
上野
飛驒
信濃
丹後
越前
若狭
武蔵
但馬
美濃
下
総
甲斐
江戸
丹波
尾
張
相模
播磨
回
京
都
近江
駿河
上総
摂津
三河
伊
賀
河
内
遠江
伊
豆
安房
和泉
大
和
伊
勢
志摩
紀伊

江戸時代の日本中心部

井伊直政

第一章　遠江（とおとうみ）の井伊谷（いいのや）

虎松（とらまつ）の「ものごころ」がついたのは三河の鳳来寺（ほうらいじ）に隠れ住んでいたときであった。

虎松の「ものごころ」は「逃げる、隠れる」という言葉と組合せになっている。「逃げる、隠れる」のほかの言葉を口にした記憶がない。

いくら泣いても、すぐに忘れる。けらけらと笑ったのに、笑ったのを覚えない。これは「ものごころがついていない」状態である。自分で発した言葉を、あとになっても記憶している。こうなった状態を「ものごころがついた」という。

「逃げるのは飽きた。隠れたくない」

虎松の言葉を最初にきいたのが綾乃（あやの）、新野左馬助（にいのさまのすけ）の未亡人だ。

綾乃が、驚愕の気持ちとともに、虎松の言葉を虎松のおふくろに知らせ、おふくろから連絡をうけた南渓和尚が遠江の井伊谷の龍潭寺から三河に駆けつけ、鳳来寺の一室であわただしい協議の一刻をもった。

「井伊谷と井伊家の歴史を、若君さまにお知らせすべき時がまいったのです」と南渓和尚がいい、綾乃は無言で、おふくろの顔を期待をこめた視線で見上げる。

おふくろはまず和尚に、つぎに綾乃に視線をはしらせ、覚悟をきめた表情で「虎松を、いいえ若君を」ここへ呼んできていただきたいと鳳来寺の小僧に告げた。

虎松を宝物のように守りながら、おふくろと綾乃は鳳来寺に隠れ住んでいる。鳳来寺の好意を頼りの暮らしだから勝手に動くわけにはいかず、なにをするにも小僧の手をわずらわさなければならない。

鳳来寺のなかはともかく安全だが、寺の外に知られれば、またぞろどこかへ逃げなければならない。

逃げるのは宿命とあきらめているが、それも大人のあいだにだけ通用すること、主人の虎松に「ものごころ」がついたのがあきらかになったいまは、逃亡の暮らしをつづけるのか、逃げるのをやめて世間に顔を出すのか、ふたつにひとつの途（みち）を選択しなければならない。若君が成長なされればいつかは寄り集まって協議しなければならぬと、それぞれが思いさだめ、その時がきた。

小僧につれられ、三人の待つ間に虎松がはいってきた。三人が顔をそろえるのはめずらしくはないが、今日の集まりには格別の緊張の雰囲気があるのを、虎松はすぐに察知したらしい。

「次郎の尼法師（あまほうし）と左馬助がいれば、みんな集まったことになるのだが……」

虎松の声が颯爽とひびいたのを引き取るように、綾乃のすすり泣く声がきこえた。

「次郎の尼法師にはつたえておきました。人目につくのは避けねばならぬから、この席に出られぬ、みなにはよろしくつたえてくだされ、とのことであった」

そういってから南渓和尚は綾乃のほうに向きなおり、

「生きのこったわれらがちからをあわせて若君を世におくりだす。それこそが左馬助殿への何よりの供養となりましょうぞ」

井伊谷川（いいのやがわ）は三河と遠江の国境にある浅間山の東の麓に発している。浅間山からまっすぐ北にゆけば三河の鳳来寺山と鳳来寺。鳳来寺山のコノハズクは「ブッポウソウ――仏法僧」と啼（な）いて仏の徳をたたえる。

井伊谷川は鳳来寺山のコノハズクに背をむけて、やや東寄りに南流し、東海道の脇往還の姫街道の気賀（きが）で浜名湖に流れこむ。気賀には姫街道の関所がおかれ、賑わっていたときもある。

流域でもっとも賑わっていたのが遠江国の引佐（いなさ）郡の井伊谷だから井伊谷川の名がついたのであったか。その井伊谷の名は、支流の神宮寺川の上流に古くから鎮座している謂伊（いい）神社に由来するのだろう。

神宮寺川の流れにちかく、臨済宗の龍潭寺の伽藍（がらん）がそびえている。由緒の古い謂伊神社はもともとは龍潭寺の境内にあったという説もある。

井伊谷の地を根拠にして勢力をきずいてきたのが井伊氏だ。

井伊氏が井伊谷に姿をあらわしたのがいつのころか、井伊氏の登場はどのようであったのか、それはもっぱら伝説や神話にちかいかたちで語られる。

京都で三条天皇が即位する前の年、寛弘七年（一〇一〇）正月、この地の八幡宮の神主が新年を祝う若水を汲もうとして御手洗(みたらし)の井戸のそばに立ったところ、井戸のなかに生まれたばかりの男の赤ん坊を見つけた。

――なんと美しい目をしていることか。清冽な井戸水にもまけぬ。尋常の家の子ではあるまい。神の申し子とは、これか。

神主の子として健やかに成長し、はやくも聡明をうたわれている男の子のことを、敷智(しきち)郡村櫛(むらくし)の住人の備中守藤原共資(びっちゅうのかみふじわらのともすけ)が耳にした。男子にめぐまれぬ共資は神主に乞うてその子をもらいうけ、将来は娘と夫婦にしようと楽しい計画をたてた。敷智郡村櫛は浜名湖に突き出した半島にあり、井伊谷から十二キロほど南にさがったところだ。

藤原共資の詳細はわからないが、藤原房前(ふささき)を先祖にもつ名門の末裔。京都から遠江にやってきて備中守をなのっていた。このあたりには朝廷の領地があったから、その領地を管理する役目を負っていたのだろう。

藤原共資は男の子を共保(ともやす)と名づけた。共資が亡くなってから共保は村櫛から井伊谷に移り住み、井伊の姓をなのった。

こうして井伊家が登場してきた。

「あなたさまがお生まれになったのは、あの井戸のなかだったときいておりますよ」

「そうか。ならば、井伊家の幕紋は井桁にきめることにしよう」

「あなたが神主の手に抱きあげられたとき、井戸のそばには橘の木が生えていました。そこで神主はあなたの産着に橘の模様をつけたのだそうです」

「わが家の者の衣類にはすべて橘の紋をつけることにしよう」

井伊家の幕紋は井桁、衣紋は橘となったのはこういう事情であった。神がかった伝説のなかから幕紋と衣紋がきまったのである。

井伊家の初代の共保は井伊谷で勢力をひろめ、八十四歳まで長生きした。初代の共保から虎松まで十七代の交代があったとされている。

そしていま、三河の鳳来寺の寄合――

南渓和尚が「いそぐことはない。井伊家の歴史を、ゆっくり、すこしずつ若君に承知していただくのが何より」といい、ほかのふたりも無言で同意した。

「そして親王さまは……」

「しかし、親王さまは……」

「親王さまがもうされるには……」

まずはじめに、井伊谷の歴史も井伊家の来歴も、虎松が逃げたり隠れたりの境遇に呻吟するのも、なにもかも「親王さま」の一語で語られるかのような雰囲気ができあがった。

後醍醐（ごだいご）天皇の皇子のひとりの宗良（むねなが）親王は延暦寺の僧になり、尊澄（そんちょう）法親王と称して天台座主（ざす）の要職についていた。後醍醐天皇の鎌倉幕府打倒の計画が未然に発覚して失敗に帰したとき、宗良親王も連座の罪で讃岐（さぬき）に流された。元弘（げんこう）の変である。

それから一年、ついに幕府は打倒され、後醍醐天皇は建武（けんむ）の新政をはじめた。宗良親王は天台座主に復帰するが、天皇とともに幕府打倒にちからを尽くした足利尊氏（あしかがたかうじ）が天皇に叛旗をひるがえし、北朝をたてた。南北朝の対立の時代がはじまる。

親王はふたたび還俗（げんぞく）し、父の天皇をたすけて尊氏と対決することになった。北畠親房（きたばたけちかふさ）らとともに東国におもむき、東国に南朝支持の勢力をきずこうとしたが、乗船が難破したため、やむなく遠江に上陸して井伊谷に根拠地をつくった。

「天子が、ふたりになったのか！」

「唐の国にはよくあるそうですが、わが日本にはかつてないこと。けしからぬ足利尊氏でございます」

いまは理解できぬとしても、いずれはおわかりになるはずと虎松を激励し、南渓和尚が南北朝対立のあらましを説き明かす。

井伊谷の龍潭寺の南渓和尚は虎松の大叔父にあたるひとで、年齢がかけはなれている。虎松にとっては、なんとはない威厳を感じる重い存在。しかしまた、懐かしい気分を感じさせるひとでもあった。

「宗良親王さまも、あの井伊谷に、そのー、逃げてきたことになるのか？」

京都の政権のひろがりというものが虎松には理解できない。京都の政権のひろがりのなかに遠江が、遠江の井伊谷がふくまれているのもわからない。京都というところにも遠江や井伊谷とおなじ政治の争いがおこっていて、そこの天子も自分とおなじように逃げたり隠れたりの苦境を余儀なくされている、ぐらいに想像している。

「天子とは、つまり今川みたいなものなのだな」

一瞬、その場が白けた。

「京都の天子と、この遠江の今川とはぜんぜん違ったものでございます。おなじに扱ってはならぬもの……」

「いやいや、若君のお歳でこれほどまでに理解するとは、なかなかのもの。井伊家の将来を思えば、まことに頼もしい次第」

虎松の智力の評価をめぐって見解の相違が生じた。虎松の智力が高くなければ起こりえない事態だから、全員が喜ぶべき場面ではある。

「わしは、なにか、おかしなことを口にしたのか？」

虎松が気弱な一面を見せる。他人の気分の動向を敏感に察する感性をしめしたわけでもある。

宗良親王は南朝勢力そのものでいらっしゃった。親王は正義である。井伊家の未来の主の虎松がその親王の事績を慕い、まなぼうとするのは正義の道をゆくための準備だから、めでたいことだ。

だが、足利尊氏や北朝勢力との戦いにみるかぎり、親王の生涯は成功したとはいいがたい。井伊家や井伊一族の奥山家などの協力を得て奮戦したが、戦いに利なく、親王は越後や越中を転戦した。南朝勢力の全国的な退潮におされた結果だから、転戦とはいうものの、そのじつは決定的な敗北を回避するための撤退といわなくてはならない。

いったんは信濃の大河原に進出して攻勢に転じた形跡もあるが、まもなく大和（やまと）の吉野に撤退して二度目の剃髪（ていはつ）をしたあたりから親王の足跡は希薄になり、最期がどのようであったのか、知れないのである。

「親王さまのお墓が井伊谷にあるではないか。親王さまの最期が知れないとなれば、あのお墓はいったい……」

「敵をもとめて各所に転戦なされ、最後にはこの井伊谷におもどりになられて息をひきとられた、そのようにいわれております。だからこそお墓もあり、われらも親王の冥福をこころからお祈りもうしあげるのです」

「そうであったのか。つまり親王さまは、戦争に負けたのだな」

「敗北なさった。若君は親王さまの正義の道を真似なさらねばなりませんが、合戦の敗北は真似なさらぬように……」

「わしはまだ子供だが、合戦とはおのれの好みで勝ったり負けたりするものではない、それぐらいはわかっておるぞ」

「それでこそ、聡明なる井伊家の若君」

「和尚さまよ。親王のお歌の手習いをやろうぞよ。昨日よりは今日のほうが、親王さまのお歌のお気持ちに近づいた気分になった」

宗良親王の歌は家集『李花集』におさめられ、井伊谷で戦闘を指揮していた時期の作品も幾首かある。

わが齢　ともにかたぶく月なれば
　　身をかくすべき　山の端もなし

「若君も承知のとおり、井伊谷に山がないわけはない。井伊谷は山また山の地形といってもいいのです。それなのに親王さまは『身をかくすべき山の端もなし』とお歌いになられた……」

親王の歌のこころは如何に、と南渓は虎松にたずねたが、はっきりした言葉の回答を期待してはいない。親王の歌のこころは如何にと考えながら、墨を擦り、筆をぬらし、親王の自筆とつたえられる字に真似て書いてゆくのを刺激できればいい。

「和尚にきく。『月がかたぶく』とは西の山の向こうに落ちてゆく月の様子をいっておるのじゃな」

「いかにも」

「それが、どうも、腑に落ちぬところじゃ。月は落ちるばかりではない。東の山の上にわずかに顔を出したかとおもうと、皓々（こうこう）と照りかがやき、ずんずん大きくなってゆく月もあるではないか。その月に、親王さまはお気づきにならぬ」

腕組みの南渓、「うむ」とつぶやく口元が虎松の目に見える角度に構える。

「親王さまがお気づきにならぬところに、われらが君はお気づきになられた。そのお歳にしては希有（けう）なこと！」

「のぼる月と落ちる月と、おなじと見るのが歌の道なのか。ではなくて、違う月と見るべきなのか？」

南渓が腕組みを解いた。あわてる様子に動揺の気分があらわれている。

「若君のお好みは、如何で……？」

「ぐんぐん山の上にのぼってゆく月がわしの好み。だが、それは親王さまのお歌の気持ちとは違うのが、いま、ようやくわかった」

井伊家は今川氏の権力に屈した。今川氏の権力を背にして井伊谷を支配した時期もあるが、いまはそれもかなわず、虎松が逃げまわらなければならぬ苦しい境遇にある。

今川に屈している実情がすこしずつ虎松にも理解されてきた。

「今川はわれら井伊家の主人である、そういうことになるのか？」

「井伊家は井伊家として独立の権威をもっているのですが、井伊の上に今川が居すわっていて、まるで井伊の主人のような顔をしている……まあ、そういえば若君にもおわかりいただけるかと……」

「やさしいことを、わざと難しくいっているだけではないのか」

「さすが若君、聰明でいらっしゃる」

「主人の今川が恐ろしいから、われらは逃げなければならない、隠れねばならない。そうなのであろう」

今川氏はもちろん源氏であり、源義家を先祖としている。義家の子の義国から新田氏と足利氏にわかれ、足利氏は三河と上総の二カ国の守護として栄えた。

足利長氏は病弱だったから、家督を弟の泰氏にゆずり、三河の吉良荘にしりぞいて吉良を称した。吉良長氏は長男の満氏に吉良荘をゆずったが、次男の国氏にはおなじ三河の今川荘をゆずった。今川荘は長氏が父の義氏からゆずられたものである。こういうわけで、足利国氏が今川氏の初代になる。今川荘はいまの愛知県西尾市の今川町にあった。

三代目の今川範国が急速な勢力拡大に成功した。後醍醐天皇の建武の新政がくずれ、尊氏の室町幕府が成立したころ、今川氏は遠江と駿河の守護職を手に入れるまでに強大化していた。

今川範国から最後の今川義元まで、遠江の守護は二十四人が交代した。二十四人のうちの十人が今川氏で、斯波氏の出身と同数、ほかは仁木氏と千葉、高氏。

「今川は元からの遠江の勢力ではない、いわば他国者だな」

「大きい声ではいえませぬが、つまりは他国者」

守護の人事は足利将軍の専決事項である。京都の花の御所で権謀術数と討議があり、遠江の守護には今川某を任命する、というふうにきまる。

　三河国の、わずか一カ所の荘園の主にすぎない今川氏が大国の遠江の守護に任命され、国境を越えて赴任するわけだが、それまでは縁もゆかりもないところに乗りこんでゆくのだ、容易なことではない。さしたる抵抗もなしに赴任できるのは、とにもかくにも京都室町の足利将軍の一族だという背景による。

　赴任したら、遠江の国人（こくじん）たちと友好的な関係をむすぶ。将軍との親戚関係を笠に着てむやみに威張ろうものなら、とんでもない反撃を食らう。迎合するかと思われるほどに友好な関係を維持しつつ、国人層を通じて土豪たちを間接的に支配してゆく。それが室町時代の初期から中期にかけての守護の実態であった。

　遠江の井伊谷から陣座峠をこえれば隣国の三河である。守護として赴任してくる今川氏と最初に接触するのが井伊氏の宿命であり、井伊氏にたいする今川氏の応対も丁重をきわめたと想像される。

「そのころ、つまり今川が守護としてやってきたとき、われら井伊家の主は何という名の方であったのか？」

　虎松の問いは、ときとして少年とは思えぬ実際的なものになる。それがとりまきには喜びであった。

南渓和尚が綾乃にうながされ、虎松の問いに答えようとしたが、明確な答えを出すのは無理であった。龍潭寺の豊富な記録をもってしても、そのあたりの詳細は判然とはしない。

「二百年もむかしのことゆえ……」

「二百年も……」

二百年以前の井伊家の主の名が判然としないことのうらみよりも、二百年もまえから井伊家が存在していた単純な事実を確認して、虎松は満足した。大切な時期の当主の名が判然としない、そんな家にたいした意味はないのだと突き放さない現実的なところが虎松少年の取柄だ。

「われらの先祖も田植えや稲刈りをしたのかな。泥にまみれ、汗だらけで……」

「二百年もむかしには、田植えも稲刈りもやったかもしれませぬ。だが、いつまでもやっていたはずはないのです。田植えや稲刈りは農民がやること、みずから領主とか武士とか称して誇るものは田植えも稲刈りもやらぬ、やってはならぬものです。だからこそ今川も、われら井伊家を『国人』と称して厚遇し、土豪たちとは区別するのです。どうか若君、このことは肝に銘じていただきたい！」

「田植えもやらぬ、稲も刈らぬ。なら、そのほかに、やることがあるのか？」

虎松は自分の目で見ているはずなのだ、わが身のとりまきの大人たちが何をやり、何をやらないのか。しかし、わが目で見ていることの意味がわからない。たったいま「聰明な若君」と褒めそやしたばかりの虎松が鈍才に急変したと見たかのような失望感を顔に出して、綾乃がさけぶ。

「領主は民を保護し、民を保護することによって領地をまもるのです。領地をまもり、井伊家の旗印を、井桁の旗印を高くかかげるのです！」

「そうか。しかし……」

これは口に出したくはないのだが、といった困惑の表情で虎松が言葉をつなぐ。「民が逃げる姿を、わしはまだ見たことがない。田植えや稲刈りをやっていれば、われらも逃げたり隠れたりしなくとも済む、そういう理屈になる」

京都における足利将軍の権力に翳（かげ）りが見えてきた。それに呼応するかのごとくに、遠江の守護と国人たちとのあいだに不穏の空気が発生し、日を追って濃厚になってきた。

守護は自己の土地を保有しようとし、国人たちは土地にたいする支配を直接的なものにしようとし、支配権のおよぶ土地を拡大しようとして他の国人を武力によって排斥しようとする。

ふたつの種類の争いが時をおなじくして展開されるようになった。この争いに勝利する者が戦国大名の名でよばれる。

今川は遠江の国人のすべてを直接的に支配し君臨しようと企み、国人は国人で、そうはさせまいとして、たがいに提携、あるいは排斥をこころみる。

遠江が戦乱状態になったのを好機とみた斯波（しば）氏が軍勢をおくりこんできた。室町幕府の管領（かんれい）をつとめる家柄の斯波氏は尾張と越前の守護を兼ねる名門であり、くわえて、ちかごろでは今川氏をおさえて遠江の守護に任命されることが多かった。

斯波氏は、名門なるがゆえの弱点もかかえている。将軍の管領として在京の時間が多いから、遠江における今川との戦局を好転させるべく戦力を割けないうらみがある。その間隙をついて今川は勢力をもりかえし、国人のあいだの離合集散がくりかえされる。

永正五年（一五〇八）から七年にかけて、遠江の覇権をめぐる斯波と今川の死闘がくりひろげられた。尾張から侵入する斯波の軍勢に味方するのは遠江の西の地域の国人、井伊氏と大河内氏であった。井伊の城はもちろん井伊谷城であるが、すぐちかくの三岳城とあわせて三岳城とよばれることが多い。そして大河内の本拠は引馬城、のちに徳川家康によって浜松と名が変わる湖東の城だ。

斯波・井伊・大河内の連合軍に対する今川の主は七代の氏親だ。六代の義忠までの今川は守護の典型、七代の氏親から戦国大名への転身をとげたと評される傑物である。

「今川ウジチカ……きいておる。いまのウジザネの先々代の、その先代だな。われら井伊家を苦境に追いつめたのもこのウジチカだというではないか！」

そのとおりだが、南渓和尚をはじめ、おふくろも綾乃も、まだ少年にすぎない虎松が、いったい、どこのだれからこのような重大至極のことを知ったのかと、驚愕が先にはしる。南渓が「そこまでお知りなら、これ以上は説明の必要もないわけでしょうか」と照れかくしの笑いにまぎらせていったのも、つまりは驚愕をおさえきれなかったからだ。

そのとき——

締め切った戸をむりやりにあける音とともに、剃髪の男がふたり、どやどやっと——

「おおっ、傑山に昊天……！」

「南渓師、おゆるしを！」

ふたりの剃髪の男の四本の手につかまれた鼠色のもの、それもまた剃髪の、しかし、あわてて髪を剃ったとわかる傷だらけの頭の男のからだが部屋になげこまれた。口から鼻にかけて、どす黒いものがこびりついているのは殴られ、傷ついた跡だろう。苦しい息をついているが、命に別状はない。

「柱の陰に身を隠しておりました。ここの衆僧の方々も、偽りの剃髪とは見抜けなかった模様です。井伊の若君はご無事で、とりあえずはよろしゅうございました」

「わしを……殺そうとしたのか！」

おふくろと綾乃は息をころして見つめていたが、ようやく気がしずまったとみえる。「痛めつけても、だれにたのまれて若君の命を狙ったのか、白状はいたしますまい」と綾乃がいい、おふくろが「髪を剃れば間者と気づかれる恐れはないと考えたのだろうが、それにしては、ほれ、頭の皮が傷だらけで、剃刀（かみそり）の使い方も知らぬ」といいながら、眉をひそめた。

「両手両足の骨を折っておきました。しばらくは立ちも這いもできませぬが、さて、この男、如何いたしましょうか」

傑山と昊天は井伊谷の龍潭寺で弓や長刀の武術修行をしている身だ。お寺で武術修行とは奇妙だが、南渓の身辺を警戒かつ保護するのを第一の役目とし、ひまがあれば僧の修行をやっている。南渓が井伊家から出家したときから仕えている。武家の出ではないようだが井伊家ゆかりの身であるのはまちがいない。「師よ」というたびに、慇懃（いんぎん）に頭をさげて敬意を表する。

「鳳来寺に始末をおたのみするわけにもゆくまいから……」

「承知いたしました」

とりあえずは龍潭寺に連れてもどり、それから身柄の始末を考えよと南渓は指示したわけである。

虎松の命を狙った間者がひきだされ、話題は今川七代の氏親と斯波・井伊・大河内連合軍との三岳合戦にもどる。

四月に攻めこんできた連合軍は収穫ちかい麦畑をなぎたおし、稲の苗代に馬をいれてひきまわした。農民の命に別状はないものの、麦と稲の両方を荒らされては今年の収穫は壊滅状態となる。だからといって領主の今川が年貢を軽減するわけはない。合戦の最終的な被害者はいつもきまって農民だ。

連合軍がひきあげてゆく横ッ腹に野伏の追撃をかけ、次回の合戦の戦闘能力を削ぐ作戦を展開する。攻めては引き揚げ、攻められては追い払い、何度もくりかえすうちに、さきに戦力を消耗した側が敗北する。

連合軍が敗北ときまり、井伊谷の三岳城が落城したのは永正十年（一五一三）の三月であったといわれる。

三岳城は戦時の詰めの城、井伊谷城は平時の居館、あわせて三岳城とよばれていたようだから、三岳城の落城は井伊谷城の落城でもあった。井伊の残党は追放され、三岳城は今川氏親の属城になって、三河武士の奥平貞昌が配属された。

「永正の十年というと……？」

「いまから五十七、八年もまえのこと」

「われらの井伊家は井伊谷城から追い出されたのか！」

「追い出されたというより、井伊谷の空にうかぶ、ふわふわとしたものになったのです。なげかわしいこと！」

おふくろと綾乃は、斯波軍についてきていた女の一団が逃げおくれ、城山の西の麓で一斉に自殺したという悲話を語っている。南渓は虎松を見るともなく、見ないともない様子で、ちらりちらりと視線をおくっている。

「南渓和尚よ、母上よ、綾乃よ、聞いてくれ！」

膝詰めの三人を相手に興奮した口調で虎松がいうのは、三岳城と井伊谷城が落城したからには井伊家の主立（おもだ）った者は自殺したか殺されたか、ともかくも死んでしまったはずではないか、ということ。

「落城とは死だ。そのはずであるな、南渓和尚よ！」

虎松はぐいっ、ぐいっと南渓のまえに詰め寄ってゆく。南渓は虎松におされ、じりじりと座をさげてゆく。口さえひらかなければこの場の苦境から脱出できると計算しているかのようだが、背中が襖にくっつくまでに、いくらの間隙ものこされていない。

「和尚よ。わしは和尚に教えられる身、和尚はわしに教える身。その口をあけて、知っているかぎりのことを教えてくれ」

いうなり、頭を床に突き刺さんばかりに腰を折って、南渓のまえに両手をついた。

「なにを、なさる。井伊家の若君の身で、一介の坊主に平伏なさるとは途方もない。おやめなされよ」

「なにをいうか、和尚。井伊家の若君というたいそうな身分がじつは真っ赤な偽物であるかもしれぬと、たったいま知れたばかり。何をいったとて、この三人だけしか知らぬことだ。遠慮は無用。さあ、和尚よ！」

三岳の城山で死んだ女たちの悲話にひたっていたおふくろと綾乃も、虎松の執拗な問いと南渓の無言の、深刻な意味に気がついた。

おふくろ——虎松の母の立場は微妙である。

彼女は奥山因幡守親朝の娘に生まれ、井伊直親を「井伊家の主」と知って嫁いできて、虎松を産んだ。

奥山家は井伊谷の西、三河との国境の陣座峠までわずか三キロの奥山の麓のあたりに勢力をきずいた武家だ。後醍醐天皇の皇子のひとり、満良親王（無文元選禅師）が開山となって建立された臨済宗の奥山方広寺（通称は奥山半僧坊）が、奥山家の勢力の基盤となっている。宗良親王と満良親王が兄弟であるのを考えれば、井伊家と奥山家とは古いころに分流した兄弟の家柄であるのがわかる。

——わたしの知っている井伊家の主は直親さまである。あのころ、直親さまのほかの井伊家の主など、いるわけがない。いるわけがないから、わたしは知らないのだ。だが、あの直親さまのご先祖が何十年もまえに落城、戦死なさったとすると、わたしの夫の直親さまは何という身分であるのか。直親さまとわたしの子の虎松は、どういうことになるのか？

「和尚さま」

「……」

「わたくしは、井伊家の主の直親さまの妻として奥山家から嫁いでまいったのです」

「……」

「井伊家の主である直親さまの子、井伊家の跡取りの虎松殿を産んだのだと、いまのいままで思っておりました」

「……」

「ここにいる綾乃の夫の左馬助は、井伊家の安泰を願って今川と合戦し、命を落としたのです」

「……」

「和尚さま！」

ようやく南渓が口をひらいた。

沈黙をまもろうと決意していたわけではない。知っていなければならぬはずのことの多さにたいして、知っていることのあまりの少なさに当惑していた、だからすぐには口をひらけなかったのだと心境を説明した。「われながら思いもかけぬことばかり。信じてはいただけまいが、真実とは思えぬほどなのです」と、躊躇する気分が皆無ではない様子を隠そうとしなかった。

今川氏親との合戦に敗北し、三岳城をうばわれ、戦死あるいは追放されたのは井伊家の嫡流の家柄の者であった。

――つまり、われらは庶流の井伊家の者なのです。若君よ、おふくろさまよ、綾乃よ。それからな、きいておるなら合図してくれよ、傑山も昊天も。

床下から、こつんこつんと床をつきあげる音がした。傑山と昊天は南渓師を護衛して龍潭寺にもどるつもり、それまで床下に隠れている作戦を立てたようであった。

――嫡流の井伊家は三岳合戦で滅亡し、庶流たるわれらの井伊家が嫡流の跡をついで井伊谷の井伊家となった。今川にしても、井伊谷の領地はふるくからの因縁のある井伊家に任せるのが最善の策とわかっている。

そのころ、庶流井伊家の主はわしの父親の直平だった。直平の子は男が五人、上から順に直宗・直満・南渓・直義・直元。直宗のつぎに女がひとり。

井伊直平が八十何歳かの高齢で死んで直宗――わしの兄だ――が相続した。直宗が井伊家の主となり、弟のわしは龍潭寺の住職となって井伊家の先祖の菩提をとむらう。先祖の菩提をとむらうなどといえば殊勝な姿勢のようにきこえるだろうが、いや、なに、武士の家の菩提寺ともなれば独立した一個の政治勢力である。

今川のほうでは七代氏親が死んで八代の氏輝への相続、氏輝から九代義元への相続がつづいた。今川義元はともかくも大物であったな。今川の歴代のうち、二番に落ちることはあっても三番とはならぬ、それが義元であったろう。

こういう大物の下について臣下としての礼をとり、井伊家の安泰をはからねばならない直宗の苦労は容易なものではなかった。ほんのわずかの失敗があれば、今川から「やはり庶流はだめだな」と低く見られてしまう。その恐怖があるから思いきった手をうてない。龍潭寺の住職として奔走する一方で兄のやることを案じるわしの身も、楽なものではなかったよ。

今川義元が合戦をやるとなると、きまって先頭に立たされるのが井伊直宗だ。命がいくつあっても足りるものではない。尾張の織田が三河にまで軍勢をおくりこんでくるから、義元も兵を出して応戦する。そんなことがくりかえされ、損な役割の先鋒隊をうけたまわって戦ううち、直宗は戦死した。

直宗のあとは長男の直盛（なおもり）がついだ。女の子が生まれ、つぎは男をと、直盛もわれら叔父たちも期待したが、いつになっても息子が生まれる気配がない。そこで——ああ、あれが余計なことだったか——わしたちは、まだ生きていたころの直宗に談じこみ、直宗の弟のうちで最年長の直満の子直親（なおちか）を養子にむかえておくようにと進言した。若君よ、このあたりからのことはきいて存じておいででしょう、直親とは若君のお父上でいらっしゃる。

南渓が一息つくのを待って、虎松が口をはさんだ。

「父の名は母からきいておった。だが、父の直親が先代直盛の子ではなくて、直満の子であったとは、はじめて知った」

「辛いのです、これから先のことをいわねばならんのが……」

「父が掛川（かけがわ）の朝比奈泰朝（あさひなやすとも）に討たれ、死んだのは知っておる。それよりももっと辛いことが、あると……？」

南渓は首をふらふらと振ってみせた。井伊家の残酷の始終はこれからはじまる、みなさま、お覚悟はよろしいか、そういいたいらしい。

南渓は語る。

ふるくから井伊家の家老をつとめる家柄の小野和泉(おのいずみ)という者があった。直満の子の直親が直盛の養子になったとき、真っ向から反対したのが小野和泉であった。反対しても功を奏さぬとわかると、いきなり駿府に走って今川義元に訴えたのだ——「井伊家の面々は今川さまを裏切っております。三河の松平や甲斐の武田と内通して軍勢をひきこみ、いずれは遠江の全土を手中におさめる企み！」

義元は井伊直満と弟の直義を駿府に召喚し、謀反の容疑を糺(ただ)した。兄弟はそれぞれに弁明したが、うけいれられず、駿府で処刑されてしまった。天文十三年（一五四四）十二月のことであった。いちばん年下の弟の直元もまもなく病死する。

「直平の五人の息子は、かくいうわし、坊主の南渓ひとりになってしまった！」

「女の方は、和尚さまの姉さまにあたる方はどうなさったのですか。わたくしの夫、いまは亡き直親には伯母にあたる方、わたくしにとっても義理の伯母さまなのに、何も知らない」

南渓の表情に厳しい色があふれた。おふくろの「和尚さまの姉さま」が引金(ひきがね)になって南渓が唇をぎゅっと噛みしめたのもあきらかだ。

「義元の養女になり、そして関口義広とかいう者に嫁いだ」

「それは、あの、義元の家来の……」

綾乃の問いに南渓は答えなかったが、綾乃を無視したわけではない。答えるとすれば「さよう」となる、それが口惜しいのだ。

「しかしな。世の中、そう捨てたものではないらしいぞ」と、がらりと調子を変えて南渓がいう。「姉と関口義広のあいだの娘が、なんとおどろいたことには三河の松平家康の妻となった！」

「まあっ！」

「奇遇というか、因縁というか……」

虎松は無言だが、頭のなかに系図を書くのがいそがしく、口を出すひまもないのだろう。

「そうすると……」とつぶやくのを南渓がひきとり、

「若君の父上の直親と家康の妻は、直平という、おなじ祖父の孫である」

「とすると、家康に子が生まれれば、わしとは血がつながっている、こういうわけだ！」

「男子が、ひとり」

「もはや」

「名は信康」

「ノブヤス……！」

南渓の姉は今川義元の養女になり、それから臣下の関口義広の妻となったとされているが、じつは義元の妾だったのだという説もあり、じっさいのところは、弟の南渓にしてもわかってはいない。つまりは非力の井伊家から強権の今川に差し出された人質なのだ。養女なら賀すべきこと、妾なら悲しむべきこととときまったわけのものではない。

だが南渓は、姉さまは義元の妾になったのだろうなと、確信にちかい悲しみを感じている。姉は義元の妾の身分から、家来の関口の妻として払い下げられ、生まれた娘が三河の岡崎から駿府に人質になってきていた松平家康の妻になった。じつの姪が妻になっているのだから、家康は他人だという気がしない。いってみれば、義理の甥。

そろそろ今川の支配から脱出したいものだという願望と、三河の松平にたいする血のつながりの親近感。ふたつがあわさり、松平への親近感に比重がかたむいたのが家老の小野和泉の不安と怒りを刺激し、直満と直義のふたつの命がうしなわれた。

「小野和泉にしても、われらを憎悪していたわけではなかろう。今川が支配する遠江にあって三河の松平に接近することの危険を、われらよりも強く考えていたのが小野なのだ。だが、和泉ばかりか、但馬(たじま)までがわれらの妨害者として暗躍するとなると……」

「小野和泉とは別に、小野但馬という家老もいたのですか?」

「おったのだ。一難さってまた一難……」

今川義元は駿河と遠江の二国で編成した大軍をととのえ、東海道を西にむかって進軍をはじめた。遠江の国人たちは、いつかは義元のやるはずのことだと考えていた。しぶしぶながら、それぞれの軍勢をひきいて義元の下知にしたがう。まずは三河における織田信長の支配地をうばい、尾張に攻めこみ、余力があれば京都の室町に今川の旗をぶったててやろうと義元は計画していた。

井伊直盛は今川の大軍の先鋒をうけたまわった。井伊谷で軍勢をととのえ、まずは東に進んで駿府で義元の機嫌をうかがい、それから西にむきなおって尾張をめざした。

義元の軍が来るのを待ちうけ、引馬（ひくま）（現在の浜松）あたりで合流するほうが体力の消耗がすくなくてよろしいわけだが、これでは忠誠を疑われかねない。ばかばかしいとは思ったが、駿府まで出ていった。

駿府を出るとき、井伊直盛と松平家康は轡（くつわ）をならべていた。

直盛は思っている――松平と井伊、土豪から国人とよばれる地位にのぼったのはおなじだが、この家康は今川の人質として駿府に抑留されている境遇、おのれの軍勢は持っていない。それにくらべ、ともかくもわしはおのれの軍勢をととのえ、駿府に出てきた。六と四でわしが優位といえるかな。

家康は無言のうちに反発している――南朝の宗良親王にちからを貸したというのが井伊一族の自慢だが、いつまでも南北朝の争いでもあるまい。井伊谷の一帯は豊穣の土地だときくが、いちかばちかの大芝居をうつ井伊家の主は出てこなかったようだ。浜名湖を越え、東海道に進出せぬうちは、まあ、わが松平に肩をならべるのは不可能というもの。

たがいに譲らぬ気持ちはうちに秘め、おもてむきには、おなじ今川の支配に屈している者としての悲哀をかこちあう。

「直盛殿、あなたが羨ましい。この合戦がおわればお帰りになる城をおもちだが、松平家康、もどるべき城も館もない」

「何をおっしゃる。岡崎の松平氏のお城の堅固で広大な様子はつねづね耳にするところ。山あいの井伊谷の城とはくらべものになりませぬ」

本隊とわかれて先に進み、大高城（おおだか）への兵糧（ひょうろう）搬入に成功した家康が戦況は如何にとふりかえったころ、桶狭間では信じられない光景が出現していた。豪雨のなかを突進した信長の部隊が今川義元の首を切り取り、先鋒の井伊直盛も戦死した。永禄三年（一五六〇）五月十九日のことだ。

大将の義元をうしなった今川の大軍は算を乱して敗走してゆく。

大高城で今川の惨敗を見届けた家康は、ゆっくりとした足取りで父祖の城の岡崎城に入った。

岡崎城のちかくまできても、すぐには入城せず、敗残の今川兵が隠れてはいぬかと捜査させた。今川兵がひとりのこらず駿府に逃げていったのを確認したそのあとの家康のせりふは、憎らしいほど恰好がいい。

「岡崎の城は捨てられたか。捨て城ならば、わしが拾おう」

その家康に「あなたには帰る城があるから羨ましい」といわせた井伊直盛だが、井伊谷の城にもどることはなかった。織田信長の奇襲隊と真っ正面からの遭遇戦となり、井伊勢は大将の直盛が戦死したのをはじめ、全滅にひとしい敗戦となったのだ。

「井伊直盛……わしの、じいさま！」

義元をうしなった今川は嫡子の氏真（うじざね）が十代となって再建にとりかかる。傑物・義元には匹敵しないまでも、氏真も無能な将ではない。

直盛をうしなった井伊家の将兵も三々五々、井伊谷にひきあげてきた。直満の子の直親が直盛の養子になっているから、すぐに直親が井伊家の主となって、これまた慌ただしい態勢たてなおしにかかる――かというと、そうはいかない。

直親が井伊谷にいなかった。

直親は逃げていた。信濃の伊奈郡に逃げこみ、隠れていた。

「わしの父も、逃げていたのか。逃げまわっているのはわしだけではない。父の代から、井伊家の主たる者は逃げまわり、隠れ住むのが宿命になっているようだな！」

虎松が快活な調子で笑った。陰惨になるべきその場はむしろ明朗な雰囲気になった。

直親が逃げたのは直満と直義が駿府によびつけられ、弁明かなわず殺害された、その直後のことである。

駿府からもどってきた家老の小野和泉は、「直満の子の直親も生かしてはおかぬ」との、今川義元の命令をつたえた。

小野和泉がおのれの恣意(しい)を「駿河のお館のご命令」と仮装しているのではないことは、疑いもない。駿府で直満と直義が殺されたのは、小野和泉とは別の筋道で知らされている。

ともかくも直親を逃がすのが先決と、直満の家老の今村藤七郎が直親を叺(かます)に入れて隠して井伊谷の山中の黒田郷まではこんだ。

「直親さまの幼名は亀之丞。叺に入れもうすとき、藤七郎は『お苦しいでしょうが、すぐにお出しいたします。それまでは亀の子のように手足をひっこめて』と、なだめもうしたそうですな」

「父上は赤子だった……？」

「お生まれになったばかり」

「亀の子のように、などといわれても、亀の子がなにか、おわかりにならぬ」

黒田から井伊谷や駿府の様子をうかがっていたが、小野和泉は直親を捜索する手をゆるめようとはしない。それならいっそと、国境をこえて信濃に出て、南渓和尚の知人のいる寺に隠れた。

「そのころ、信濃の国は……」

「信濃のほぼ全域が武田信玄の手中ににぎられるところ」

「信玄は遠江の井伊の主が、父上が、逃げこんできたのを知っていたろうか？」

「いやいや。信玄の目から見れば井伊などは虫けら同然。まあ、信濃から遠江に攻めこむときの道案内には使えるかなと考えるくらいのもの」

「三河にしろ信濃にしろ、遠江に攻めこむときには井伊谷を通らぬわけにはいかぬ。井伊家としては、反抗して滅亡するか、はやばやと屈伏して道案内をつとめるか、ふたつにひとつ」

「屈伏してから道案内をするよりは、こちらから先に『遠江に侵攻なされよ。われら井伊家に道案内をまかせて』と誘うほうが、あとあとの利益になるのではないかな」

「おお、おお。虎松さまは、いつのまにやら算盤(そろばん)をはじくのがお上手になられた」

「逃げたり隠れたりの、おかげである」

　直親が信濃に隠れて十年か十一年、井伊谷の井伊家を牛耳っていた家老の小野和泉が死んだ。

「死んだ……だれかが殺したわけではない、と」

「ははは。若君さま、この和尚が小野和泉は死んだともうしあげるのですから、そのままおうけとりになっていただきたい」

成人した井伊直親が信濃から遠江にもどったのは弘治元年（一五五五）だ。従兄弟にあたる直盛とのあいだの養子縁組が確認され、奥山家から妻をむかえて、虎松が生まれた。

直親が信濃からもどり、跡継ぎもきまり、ようやく井伊家は安泰にむかうかと思われたのに、事実はその反対、不運のどん底につきおとされる。

井伊家の者はだれひとり知らぬうち、家老の小野但馬が駿府に走って今川の城にかけこんだのが二度目の騒動の幕開けとなる。小野但馬は小野和泉から家老職をうけついだ古参の家来である。

「わが主の直親は信濃からもどってまいりました。三河の松平と組んで、遠江で反乱をおこすのが帰国の目的なのです」

義元の跡をついだばかりの今川氏真は、すぐさま討伐の軍勢を向けようとした。井伊直親の家老たる小野但馬が主の直親を謀反（むほん）容疑で訴えるのも奇妙なら、奇妙な訴えを詮索もせずに鵜呑みにし、すぐに討伐軍を向けるのも愚挙としかいいようがない。

新しい今川の主の氏真は、人物の器量では父の義元にかなわない。父の弔い合戦もせずに酒と詩歌管弦にあけくれている――こういう評判も満更でたらめではなかった。

だが、まったく無能ではない。父の弔い合戦をやらなければならないと焦っているところへ、小野但馬が「わが主の井伊直親が反乱を」と訴えてきたので、渡りに船と討伐にふみきったのが真相だ。うしろに松平がひかえているらしいのが不気味だが、一介の国人にすぎない井伊家、駿遠二国の太守の今川氏真の治世初めを祝うには恰好の餌食となるはずだ。

そこへ、

「お待ちください！」

反対を叫んで立ちふさがったのが氏真の部将のひとり、新野左馬助だ。

――家老が主人を訴えるとは尋常のことではない。尋常ならざる訴えを鵜呑みにして軍勢をさしむけ、井伊直親に謀反の企てがないとなったら氏真さまは再起できぬほどの恥辱をうける。念には念を入れて詮索し、直親の謀反うたがいなしとなったときに軍勢を向ける、それで手遅れにはならぬはず。

新野左馬助殿の弁論はこのようなものであったときいておる。さすがは今川義元、立派な家来を持ったものだ——南渓和尚がいうのを、綾乃は身をかたくして耳をかたむけていた。その新野左馬助の妻であったのが綾乃なのだ。

駿府から使者が走った。井伊直親は駿府に出向き、謀反容疑の無実を氏真のまえに陳弁する機会をあたえられた。

従者の数を最小限におさえ、二十人ばかりで編成された直親の一行が掛川の城下を通りぬけようとしたとき、

「だれじゃ、どこへ行く！」

「井伊直親が駿府のお城にまいる！」

「井伊が、お城へ……きいてはおらぬ。そこに控えろ」

「急がねば……朝比奈殿、ともかくもここをお通しくだされ。後刻、いかほどにもご挨拶をいたそうから」

わずか二十人とはいえ、武装した武士の一団が事前の通告もなしに他国の城下を通ろうとしたところに無理があった。氏真から朝比奈泰朝（やすとも）に「直親を通してやれ」と指示があれば、事情はまたちがったわけだが、それもなかった。

「夫は、あとあとまで悔やんでおりました。たった一言でじゅうぶんなのだ、お

館さまの名で朝比奈に『直親が通るぞ』とつたえてあれば何もおこらなかったものを、と」

通せ、通さぬの口論がたちまち刀をぬいての斬り合いになり、直親主従は掛川の城下に屍をさらしてしまった。永禄五年（一五六二）の暮れのこと、直親主従の遺体は南渓和尚がひきとり、龍潭寺で葬儀をおこなった。

「菩提寺とあれば仕方がない。だが、絶え間もなしに井伊家の葬儀がつづくと、葬儀のために出家したのではないぞと怒鳴りたい気分になる」

直親が掛川で戦死したとき、息子の虎松は二歳だった。

「わしは、覚えておらぬ」

「赤子です、無理もない」

その赤子の虎松を「殺せ」と、氏真は指示した。とりわけて無情、残酷ということでもない。二十人の直親主従を殲滅した朝比奈泰朝の行為を是認するかぎり、氏真は直親を「謀反人」として死後も罰しつづけなければならない。後継者の虎松も生かしておくわけにはいかないのであり、これはこれで筋の通った処置であった。

　逃げ隠れしなければ虎松の命がうしなわれるのは確実であった。その虎松の身柄をかくまったのは新野左馬助だ。新野は今川の一族というべき家柄であり、今川方には秘密の行為とはいえ、意外千万のことであった。

「左馬助はもうしました、われらの子としてそだてる気持ちで、と」

　綾乃が遠慮がちにいうのにかぶせ、南渓和尚は「今川一族の左馬助殿が、なぜ若君の身柄をかくまおうとしたのか、わしも、理由をたずねたことはない」と、きびしい調子でいった。

　たずねる余裕がなかったのも事実だ。引馬城の飯尾豊前守が反乱をおこしたので、左馬助は今川氏真の初先鋒をうけたまわって飯尾を攻撃し、戦死してしまうのだ。

「わしの記憶は、だれかが戦死したというのをきいたところで始まっている。『だれだれは亡くなりましたが、この綾乃がついておりますから案じることはありません』といってくれたのを覚えている。わしは綾乃に抱かれて鳳来寺に逃げてきた。逃げたり隠れたりの暮らしはこの鳳来寺で始まった。わしは鳳来寺で生まれたのも同然と思っておるよ」

虎松がいうと、床下を叩く、軽い音がした。

南渓和尚が叩きかえすと、部屋の隅の床板が一枚つきあげられ、隙間から、ちいさく折り畳んだ紙きれがあらわれた。

和尚が手にとって読み、

「やるものですな、次郎の法師も。あいかわらず生臭い」

ほがらかに笑ってみせる。


直親が掛川で戦死したから、つぎの井伊家の主は虎松のはずだった。

だがその虎松は今川氏真の井伊絶滅政策の的として狙われた。あちらから、こちらへと逃げ隠れしなければ、虎松の命があぶない。

井伊家は当主不在の状態になった。

だが、小規模なりといえども井伊家は国人である、すくなくない領地があり、領民もいる。当主がいないからといって領主の権利と責任を放棄すれば、明日はともかく、明後日からは武士団としての権威が維持できなくなってしまう。

当主がいれば、国人としての権威は維持できるのである。当主がいれば万々歳ということではないが、当主がいなければ何もはじまらない。

井伊直盛は男子にはめぐまれなかったが、ひとりの女子があった。そもそも直満の子の直親が直盛の養子になるはなしは、この女子の入婿として井伊の本家をつぐというものだった。

養子縁組が実現する寸前、小野但馬の讒言の結果として直親は掛川で戦死、息子の虎松は父の幼児時代そっくりそのままを再現するかのように逃げ隠れの暮らしを余儀なくされ、井伊家の家督相続どころではない。

直盛の娘は結婚直前に相手の直親に死なれる不幸な身の上になった。

「わたくしは直親さまの妻となったつもりで、これからを生きます」

この時代、この地方の武家の娘の一人称の代名詞は「わたくし」よりも「おれ」であった可能性が高いが、ともかくも彼女は直親の後家のつもりで生きることを宣言し、その意気は南渓和尚が尊重するところとなった。

彼女は「次郎法師」の名で井伊家の主の役割をつとめることになった。女ではあるが男の代わりの当主の役目をつとめる、というのではなく、男として当主になる。その心づもりが「次郎」の名乗りにあらわれ、俗と聖の世界に半分ずつ身と心をおく意志が「法師」にあらわれている。

井伊家の家老が賛成し、井伊家にしたがう土豪層の不満がなく、今川からもこれといった難癖もつけられない。井伊家の新しい主の次郎法師が誕生した。

土豪の土地安堵（あんど）状を発給したり、寺院の領地をめぐる紛争に裁決をくだしたり、井伊家の主としての彼女の活躍はめざましかった。

床下から、いかにも秘密めかしてあらわれたのは次郎法師からの密書にちがいないが、一読した南渓和尚が「あいかわらず生臭い」というのは、なんのことか？

「法師から、このように」といいながら、和尚は書状をまず虎松にわたした。

虎松が一読、軽い緊張の表情のまま、おふくろにわたした。

おふくろはゆっくりと目を通し、ほのぐらい部屋のなかでもあきらかに紅潮の顔色になって、書状を綾乃にわたした。

綾乃が一読し、発言する様子を見せたのを南渓が唇に指をあてて制止する。綾乃の手から書状は南渓にもどってきた。

「お覚悟はよろしいのですな」

南渓がおふくろに視線をあてて、念をおした。

「井伊のお家と、虎松殿の身の上がうまくゆくこと。直親殿の妻、虎松殿の母として、そのほかに願いはありませぬ」

うむと和尚はうなずき、床をかるく、とんとんと叩いて合図し、下からの合図の音にこたえて「まず傑山」といった。

傑山が襖をひらいてあらわれると、和尚が「若君のおふくろさまが引馬城下の松下源太郎殿に再嫁するときまった」と告げた。「若君は源太郎殿の養子となられる」

「承知いたしました」

「昊天と代わってくれ」

傑山は無言で出てゆき、いれかわりに昊天がはいってくる。

「おふくろさまが引馬城下の松下源太郎殿に再嫁するときまった。若君は源太郎殿の養子となられる」

南渓和尚の肩のあたりには緊張が見えていたが、昊天の「承知」の返答とともにほっこりと緩んだ。

「次郎の法師、あいかわらず生臭い。わしのような本物の坊主には難しいことを、何の苦もなくやりとげてしまう」

そして虎松のほうに向きを変え、

「三河の鳳来寺から遠江の引馬の城下へ、おふくろさまのお嫁入りです。逃げるのでもない、隠れるのでもない」

「慣れないことだ。そわそわと落ちつかぬ気分」

四人は一斉に軽い笑い声をあげた。

傑山と昊天の姿は、いつのまにか見えなくなっている。

第二章　流転雌伏の歳月

松下源太郎の妻となって虎松を一人前にそだてる、そうと決心したあとのおふくろの行動には無駄がない。

左馬助(さまのすけ)がもうすこし長生きしていれば、あれこれと便宜をはかってさしあげられたのにと綾乃(あやの)がくやしがるのを、「左馬助はよくやってくれました。亡き左馬助よりも、若くて美しくて威勢のいい綾乃のほうが頼りになる」ともちあげる。

まずくすると刺激の強すぎる言い方だが、彼女の口から出ると明るい気分の称賛にうけとってもらえる。いわれた綾乃が、「死んでしまった左馬助の分もあわせてお手伝いしなければ」と思いこむほどだった。これは彼女の実家の奥山家の気風というものなのだろう。

さて、武家の松下家は遠江(とおとうみ)では由緒のある古い家柄だが、国人(こくじん)層になりあがるだけの勢力をもつにはいたらなかった。といって、ここが潮時であろう、百姓から年貢をとりあげて生きる武士をやめ、武士に年貢をおさめる百姓になりきるのが無難だろうと人生を変えることもしなかった。武士をつづけるのは惰性でやってゆけるが、百姓になるのは勇気を必要とする決断である、容易なわざではない。

農業経営者と武士と、二面の性格の土豪の地位を維持しつつ、松下源太郎は飯尾豊前守(ぶぜんのかみ)の配下となり、引馬(ひくま)の城下に住んでいた。

浜名湖の東の引馬に城をきずいたのは大河内貞綱(おおこうちさだつな)である。その大河内は今川氏(うじ)親(ちか)によって滅ぼされ、引馬城には今川の家来の飯尾豊前守が守将として配された。引馬と掛川が遠江における今川の拠点である。飯尾が叛旗をひるがえして引馬城にたてこもり、今川の軍と戦ったことがある。この合戦で今川の先鋒となり、戦死したのが新野(にいの)左馬助、つまり綾乃の夫である。

引馬の城は肩肘をつっぱってあたりを睥睨(へいげい)するが、所詮は人工物のかなしさ、富士山と天竜川の壮大さには歯がたたない。

東海道を西からすすんできて、引馬にくるとようやく富士山の全貌が視野にはいってくる。近江の湖北の浅井郡に生まれて京都にそだった詩人で禅僧の万里(ばんり)集九(しゅうく)は、五十歳をすぎてはじめて富士山を観た。文明十七年（一四八五）の秋のことだ。

「はじめて富士峯を髣髴(ほうふつ)の間に望む。絶叫して笠をなげうつ」

はじめて観た富士山の威容に感動して万里集九が笠をなげうったのは引馬だった。賑わう引馬の宿駅の様子を、集九は「富屋千区(ふおくせんく)」と評している。

それから八十数年がすぎ、引馬の賑わいはあいかわらずだが、商人よりも武士の姿が目につくのが変化といえば変化。生まれ育ったのは奥山、それから井伊直(なお)親(ちか)に嫁いで井伊谷(いいのや)ですごしてきた虎松の母には、人目の多いのが何よりの隠れ蓑になる。

「虎松に手を出そうにも、こう人目が多ければ手は出せまい」

「うしろには松下さまが目を光らせております」

「安心して暮らせるのは、ほんとうに何年ぶりか」

松下源太郎が、子連れの妻をむかえた。妻をむかえたのも、その妻が子連れであるのも松下源太郎は隠さない。隠さないどころか、妻というのは井伊谷の直親の妻、子というのは直親の息子で、世が世ならば井伊家の跡継ぎだと噂をたてられても、否定もしない。

虎松のとりまき連中は、いまの引馬ならば安心だと判断していた。虎松を養子に、虎松の母を妻にせぬかと次郎法師から打診があると、源太郎はすぐに乗り気になった。

「いつまでも三河に隠れているわけにはいかんでしょう。命の危険はないとしても、このままでは、その、虎松という方が世に出られない。人目の多いこの引馬のほうが、かえって安全でもありますな」

名門・井伊家の御曹司が世に出るのを援助する役割——松下源太郎は大満足してこの役割をひきうけた。うまくいけば井伊家の笠の下で松下家の勢力をのばせるという計算があったのはたしかだが、それだけではない。国人として広い世間に顔と名を売る——いちどは見た夢を自分のかわりに虎松が実現してくれるかもしれぬ、そう思って嬉しがる気分もあったのだ。

虎松と母のふたりが三河の鳳来寺（ほうらいじ）から引馬の城下にうつり、松下源太郎と三人の暮らしがはじまる。

「いつも留守というわけにはいかぬ……」

南渓和尚は井伊谷の龍潭寺（りょうたんじ）で庶務にあたる時間が多くなった。

虎松によって井伊家が再興される日がちかづいた、などといえるものではないが、とにかくも、その日にむかって第一歩をふみだしたのはまちがいない。

であるからには、和尚と龍潭寺はその日にそなえておかねばならない。井伊家の名が大きくなるか、どうか、それは龍潭寺の菩提寺としての活躍に左右される率がきわめて高い。龍潭寺の存在感が重くなるのが井伊家の飾りにも重みにもなる、そういう関係だ。

南渓はしばらくのあいだ井伊谷にひきこもる、引馬には姿を見せない。それについては井伊家の行き方の基本を確認しておかねばならない。今川氏真（うじざね）とのあいだに距離をおき、すこしずつ絶縁のかたちにもってゆく。それと並行して三河の松平家康に接近することをこころがける、という線で一致した。

「松平にちかづく……よろしいですな」

「今川は落ち目、松平は昇り調子。今川とは絶縁するのがよろしい」

「若君のお考えは……」

「松平家康、歳はいくつかな……」

「二十五か六、妻も子も……おお、わすれておりました。さきごろ京都のゆるしをえて従五位下（じゅごいのげ）・三河守（みかわのかみ）に叙任され、徳川と姓を変えたそうです。徳川家康」

「徳川家康、二十五歳。わしより十九年の年長だな」

虎松が家康の年齢に関心をしめしたのは、どういう感情から出たことなのか、わからない。

わが身の将来を託そうとする相手のあれこれを調べて比較検討するのは当然だが、まだ少年の虎松、わが身と比較する正確な尺度をもっているわけではない。ただひとつ彼にできるのは年齢の比較で、歳をきけば徳川家康という者の様態をつかめると察知したわけだろう。従五位下・三河守については何の反応も見せなかった。

「お味方とするには、従五位下も三河守も、虎松をすこしも刺激しない。今川より徳川のほうが頼りになりましょう。あとは、あれこれとつてをたぐって……」

徳川家康に味方すると態度をきめてはみたが、そう簡単に実現するはずはない。家康のほうからも井伊家をとりまく事情の詮索をやっていないはずはなく、ことによると「井伊家は信頼できぬ、相手にならぬように」などと断をくだしているかもしれない。

「つて、といえば……」黙っていた綾乃が膝をのりだし、「次郎の尼さまにお願いするのが賢いやりかたというものではございませんか」と、めずらしく強い調子でいった。

南渓と源太郎が顔を見合わせたのを不審のしるしとうけとったのか、「女が何をいうかと叱られるかもしれませぬが」と身をすくめる仕草。

「いやいや、綾乃よ。女だからどうのこうのといっている余裕はない。で、徳川に、当方の気持ちをつたえる役目は次郎の尼にまかせるのが上策というわけじゃな」

「次郎の尼さまが姿をお出しになりますと、その場のかたくるしい空気がなごやかになり、むずかしいやりとりも、すらすらと……」

源太郎がぽーんと膝をうったのは、綾乃の意見に同感の意思表示であった。

「このたびの、その、虎松さまとおふくろさまのこと、次郎法師さまから直々に申入れがなければ、この源太郎も早速には承知してはおらなかったはず」

「尼さまは、ほんとうにおじょうず」

「なるほど。この和尚よりも次郎法師が適任だろう。松下殿は正面にたてる立場ではなし……」

そちらが遠江に攻めこむときには、事前に通告していただきたい。当方の持てるちからのすべてをかたむけて道案内の役目をはたす所存である——ということを徳川につたえる手段を尼法師に案出してもらう、ことと次第では法師自身に使者の役目をはたしていただくかもしれぬと一決した。

次郎の法師が徳川に橋をかける役目をうけおえば、傑山（けつざん）と昊天（こうてん）のふたりも法師の陰になり日向になって活躍することになる。「傑山と昊天が仏道修行に専念するのは先の、その先ということのようだな」といって、南渓は井伊谷にもどってゆく。

松平から徳川と姓をあらため、従五位下・三河守に叙任された家康は天子の臣下として朝廷の名簿に名を登録された。大いにはりきり、虎視眈々（こしたんたん）、遠江侵攻の機会をうかがっている。

今川氏真は対抗策をたてるのに四苦八苦、少年にすぎない虎松などにかかずらわってはいられないはずだが、油断は禁物、警戒を解くわけにはいかない。

桶狭間で今川義元を倒した織田信長という名の価値が高騰してきた。

しかし、信長がこの地位を維持し、強化するには美濃から近江、そして京都の政界にたいして警戒を怠ることができない。

京都に勢力が集中すると、背後にあたる東海地区への警戒がゆるむ恐れがある。信長としては東海地区は徳川家康に任せる、任せなければ仕方がないという状況になってきた。要するに、信長の天下取りは徳川家康の腕にかかっている。

——そろそろ、わしの出番だ。

家康も意識するようになった。水面下で息をこらしていたのが、水の上に顔を出して楽に呼吸できるようになった。水の上がどんな様子になっているのか、見渡せる余裕が出てきた。

桶狭間合戦の直後こそ、家康は氏真に「弔い合戦をやるべきです」と進言したが、氏真にその気がないとみるやいなや、氏真と絶縁して信長との同盟にふみきった。

家康の重臣の家族の多くが人質として駿府に抑留されていた。家康が氏真と絶縁すると人質は串刺しの刑に処された。

惨劇は予想されていた。おだやかなかたちで氏真と絶交していれば、あるいは惨劇は回避されたかもしれない。だが、それでは、その後における遠江侵攻の刃が鈍ってしまうのである。生涯のうちで何度かおとずれた決断の機会をまえに、家康はためらうことはなかった。

一向一揆(いっこういっき)を鎮圧して三河一国に覇権をたてたのが永禄七年(一五六四)、十年には信長の娘の徳姫(とくひめ)を息子の信康(のぶやす)の妻にむかえ、信長との同盟の固めとした。近臣に「松平」の姓をあたえて家臣団の組織を磐石にしたのもこの時期だ。

そして、いよいよ遠江へ侵攻——


「井伊の名を、徳川家康が知らぬはずはないぞ。女房の母の実家だ」

「知ってはおろうが、だからとて、井伊谷を通って遠江に攻めこむとはかぎらぬ。徳川は井伊に恩顧をこうむっているわけではない」

家康の遠江侵攻は確実だが、日時が確定したわけではない。それまで井伊虎松と家来——家来というよりは親戚——の命脈がたもたれるかどうか、おぼつかない。

なんとしても井伊谷を通過してもらう、これが最重要であるとの認識については南渓和尚をはじめ、親戚の会議で一致を見た。和尚の南渓が戦略会議の議長役をつとめるところに、武家であるはずの井伊家の不思議な雰囲気が出ている。南渓のほかには、まず龍潭寺の次郎法師、虎松の母、いまは亡き新野左馬助の未亡人の綾乃、そして虎松の養父の松下源太郎。戦闘体験があるのは松下源太郎ひとりという、戦略会議にしてはじつに頼りない陣容である。

家康の軍勢が井伊谷を暴風のごとくに通過してくれれば、井伊家にとっては幸先が良い。だが、そうなっても今川が井伊谷に抵抗の陣をかまえることは、まずありえない。山間の、ささやかな領地にすぎないという認識が、井伊谷にたいする今川の警戒心を希薄にさせるにきまっている。

「徳川の軍勢が井伊谷を蹂躙(じゅうりん)する。徳川の軍勢を井伊谷に誘ったのがわれらであると知れば、家来どもは呆れ、怒る。その光景が、いまから手に取るように見えますな」

「だからこそ、徳川勢に井伊谷を通過してもらうのが肝要」

井伊家の家来ども——井伊家には家老の小野をはじめ、親類衆とよばれる臣下の一団と被官(ひかん)衆と称する臣下の一団が従っている。

武家の世界における主家と臣下の関係というと、絶対的な服従を要求する主家にたいして、われさきに忠誠心を発揮して主人に迎合しようとする臣下の存在が想起される。

だが、そういう関係になるのはもうすこし先のこと、あえていうと関ヶ原合戦がおわってからのことだ。

虎松をはじめとする井伊家の者が、いかにすれば徳川家康を井伊谷経由で遠江に侵入させられるかをめぐって苦心していたころ、井伊家の家来と井伊家の主筋の者とは対等であったというとまちがいになるが、それに近い感じの関係であった。

早いはなし、家老の小野家である。

小野和泉は主家の井伊直満と直義を今川に訴えて出て、処刑させてしまった。

そのつぎの家老の小野但馬は和泉とおなじように主家の井伊直親の反乱容疑を今川に訴えて出て、結果としては直親を死に至らしめた。

家老のくせに、とんでもない！　小野家老こそ主家にたいする反乱の罪を負うべきではないか、となるところだが、そうでもないのである。

小野は今川の承認によって井伊家の家老の職をつとめている。井伊家が今川に臣従するとは、そういうことなのだ。

井伊家は全体として今川に服しているが、井伊家の内部のことは井伊家の主筋がすべてをとりしきり、今川といえども外部からの介入はありえない――ということにはならない。

今川にたいする反乱の動きがあると見たならば、それが井伊家の者であろうとも、即座に駿府に報告して指示をうける。それが井伊家の家老の小野の義務なのである。

小野和泉と小野但馬は、直満と直義、そして直親の三人を死に至らしめた。ならば小野は井伊家の滅亡を願って行動しているのかというと、そうではなく、反対に、井伊家の永遠の安泰と繁栄のためにこそ「直満と直義、直親に謀反の企てあり」と今川に訴えたのである。

井伊家の代替はないが、井伊家の主の替わりはいくらでもある――こういう計算式が理解できないと、この時期における武家の主従の関係は理解できない。

無念のうちに死んでいった直満や直義、直親などにとっては小野家老が魔王の使者のように見えたことだろう。

だが、小野家老が主家の者にたいする生殺与奪の権をにぎっていたわけではない。今川にたいする謀反の企てを見逃した、見て見ぬふりをしたと判定されたとき、追討軍を向けられるのは小野であって井伊ではない。

親戚や被官の家来にしても、事情は似たようなもの。かれらは土豪とよばれる階層に属していて、国人の井伊家とは地位の開きははなはだしい。だが、そうだからといって、なにもかも井伊家のいいなりになるわけではない。

親戚筋に中野という家があったが、井伊直盛が桶狭間合戦で負傷して息をひきとるとき、井伊家の領地は中野の管理に任せると遺言したといわれるほど強い実力をもっていた。中野に任せなければ、直盛の死後の井伊家の領地は周囲から寄ってたかっての分捕り合戦の餌食(えじき)になってしまうはずだった。

そういう事情を背景にして、「家来どもは呆れ、怒る。その光景が、いまから手に取るように見えますな」という次第になる。

徳川の軍勢が井伊谷を怒濤のごとく通過して海岸地帯に攻めていく――と仮定して、そのあとで徳川を誘ったのがほかならぬ井伊家だと知れば、親戚や被官たちは茫然とし、つぎに怒る。そしてまたそのあと、かれらは今川よりも新しく、はるかに強力な大名・徳川家の支配のもとに組み込まれた事実を知り、このほうがよかったではないかと、安堵の息をもらすはずだ。

――井伊さまも、われらのために良かれとして、なさったこと。

――徳川は一向宗を信じる者は征伐なさるが、そのほかには、いかにも優しい領主さまだそうだ。

徳川を誘って井伊谷を通らせた井伊家のやりかたを、家来衆は事後承認のかたちで称賛するはず――という結果を見込んだうえで、龍潭寺から引馬にやってきた次郎法師の頭がはげしく回転を始め、てのひらにすっぽりおさまる大きさの持仏を綾乃に見せる。

「法師さま。その可愛らしい阿弥陀さまは水晶でつくったのでしょうね。何の用にお使いになりますか」

「綾乃も知っておろう。井伊の家から今川の家の養女になり、関口義広の妻になった女のことを」

「関口義広とのあいだにお産みなされた娘が三河の家康に嫁ぎ、いまでは築山殿とよばれて……」

「築山殿のおふくろさまはわたしには大叔母にあたる。大叔母が今川の養女になるときに、母親から形見にわたされた一対の阿弥陀さまの持仏のひとつが……」

「そのお守りの仏さま。水晶づくりで、なんと見事な！」

「徳川に嫁ぐとき、持仏は大叔母から築山殿の手にわたりました。そして、これが一対の持仏の片割れ、井伊家にのこったもの。これを築山殿のところへ、そーっと届けます」

「あのー、それはどなたのお役目？」

危険な役目の白羽の矢がだれの身のうえに立ったのか、察しているけれども、綾乃はたずねた。

「そなたひとりでは危険このうえもない。和尚さまに承知していただき、傑山と昊天を付けていただきます」

いますぐということではない、と尼法師はいった。苦笑しているのは機嫌がよろしいしるしなんだろうが、なにが法師の上機嫌をさそったのか。

「岡崎の城下にもぐりこむにはお坊さまの頭では具合がわるかろうと……」

「はあ……」

「傑山も昊天も、いまは髪の毛を長くするのに懸命。南渓和尚さまの命令ですから、否も応もない。それまで、おまえは待たなくてはなりません」

綾乃も笑わずにはいられない。

「おふたりの髪の毛が生えるまで待つ。よく、わかりました！」

永禄十一年（一五六八）の秋――

――雪になります。今年の雪は深くなりそうだ。

――雪が降ってくるのと、傑山さんと昊天さんの髪の毛が伸びてきたのと、因縁のつながりでもあるのでしょうか。

傑山と昊天の髪の毛はようやく肩のあたりまで伸びてきた。それを太くまとめて総髪としたのは「旅の連歌師でござる」と装うためだ。

綾乃の変身については、おふくろや次郎法師、そして南渓和尚のあいだであれこれと意見がくいちがい、本人の綾乃が焦燥に耐えられなくなった。「わたしのことだから、わたしの気持ちをいってもいいだろうね」と、武家の未亡人にふさわしからぬ、かなり荒っぽい言葉のなかに「わたしの気持ち」なるものの意外性が予告されていた。

わが身の変装の手本として綾乃が自薦したのは「旅かせぎの遊女」であった。「ぜひとも、いちどはやってみたかった」のが「旅かせぎの遊女」だというのは、変わり者を自称している次郎法師や南渓和尚にとっても意外千万、わが耳をうたがい、「遊女……?」と身をのりだして問い返したほどだ。

綾乃は「遊女です」と念をおし、どんなきっかけで遊女にあこがれたのか、説明する。

昊天と傑山の髪の毛が伸びてきた、雪が降ってくる、三河の岡崎に間者としてもぐりこむ時が迫ってきたのに、綾乃が遊女にあこがれる理由を綾乃自身が説明にかかる、なんていうことをやっているひまはなさそうな状況だ。

だが、おふくろも次郎法師も和尚も、ゆるされるなら何時間かかっても綾乃の遊女観をききたい風情。

夫の左馬助は善人でありましたが——綾乃は語る——武士であるのがすべて、武士でない人間は人間とはみとめない、といったところがあった。

そういう武士の新野左馬助の妻となり、はじめのうちは満足の日々だったが、ひょっとしたことから、武士のほかの人生があるのを知った。武士でないひとびとが、夫の左馬助やわたしよりも幸せそうに見える。武士であるのと幸せであるのとは、かならずしもおなじではないと知った。

左馬助は、昨日よりも今日、今日よりも明日と、よりいっそう完璧な武士であろうとしていた。手足が地面に触れるのを嫌悪する、百姓みたいになってしまうといって、嫌悪する。そのあたりから、わたしは左馬助を、ときとして疎(うと)ましく思うようになった。

引馬の合戦で左馬助が戦死したのは悲しいが、武士として戦死したのだから、左馬助としては満足であったはず。

三河の鳳来寺からはじめて引馬にきて、武士ではないひとが、おおぜい、明るく晴れやかな表情で生きているのを見た。

わたしにも、ああいう暮らしが出来るのではないかと思いはじめたところへ、変身して三河に忍びこむ大役のことをきき、遊女になれたら嬉しいなと考えた。

なぜ遊女かというと、この引馬でいちばん目につくのが遊女、いちばん明るい顔をしているのが遊女だから。

「気がつかなかったが、そんなに多いかね、引馬の遊女は？」

「和尚さまは色欲がないから遊女の姿がお目にはいらんでしょうが……」

そういうわけでもないが、なるほどなと和尚が納得し、和尚の納得が合図で、綾乃は遊女に変身して三河にもぐりこむときまった。

「ははあ、綾乃が遊女になるのか！」若君の虎松が感激の気分をたっぷりと込めて声をあげたものだから、その場の一同、「おやおや、若君もいつまでも子供ではないというわけですな」と、ほがらかな笑い。

「昨日までは坊主の身の上のわれらふたり。明日からは髪を伸ばし、遊女と組んで三河へゆく……人生は何が起こるか、わかったものではない」

遊女と組んでと昊天はいったが、昊天と傑山はいつも連れ立って行動し、綾乃はふたりの姿が見えず隠れずの距離をたもちつつ、別行動をとって岡崎の城下にもぐりこむ手筈だ。

きみは大井川の東、われは西——家康と武田信玄とのあいだに、今川氏真の領土へ同時に侵攻する約束ができた。

今川を破ったあと、信玄は大井川の東の駿河を、家康は遠江をと、それぞれの分割占領を想定していたが、家康としては「信玄のやつ、どこまで信用できるのか？」と疑い、信玄もまた信玄でおなじ疑いを家康に向けている。利用できるかぎりはあくまで利用するが、底の底までは信頼しないという戦国乱世の外交政策の原則をくずすことはない。

遠江の引馬から三河の岡崎——最短距離でゆこうとすれば、まず浜名湖の北の気賀（きが）へ出て都築（つづき）の佐久米（さくめ）にわたり、そこから三ケ日（みっかび）、日比沢（ひびさわ）をへて本坂峠（ほんざか）で三河にぬける。

遊女姿の綾乃が先に佐久米の城下にはいり、とにもかくにも精一杯の晴れやかな笑顔をふりまく。

まず男が、それから子供があつまってくるのを見計らって、「湖の東と北で、なぜこうまで景気がちがうものか」と湖東の景気の悪さをしきりになげき、「今川さまも引馬や掛川にこだわらず、遠江の都は都築にお移しなさるのが賢明というもの」などと、旅かせぎの遊女には似合わない激烈な政治評論をふりかざす。そして、「やはり浜名さまのご城下だけのことはある。今川さまも、浜名さまをよほど信頼なさっているにちがいない」と浜名氏称賛の結論にもってゆく。都築の佐久米城の主が浜名氏で、今川の配下なのである。

三河と接しているだけに、このあたりでも徳川家康の遠江侵攻はあるのか、ないのか、攻めてくるとすれば、いつ、どの道を通ってくるのかと噂がとびかっている。そこへ、なんとも晴れやかな様子の遊女がわが目で観察したにちがいない湖東と湖北の比較をならべたて、都築をもちあげる。

——引馬も掛川もその程度であったのか。ちかぢか今川さまが浜名さまの領地を増やしてあげるかもしれんな。

――三河の徳川よりは、いままで馴染みのある浜名さまに領主として頑張ってもらうほうがよろしかろう。

――城下の景気がよければ守りの構えも強いと、徳川は考えるはず。われら商人としても景気をもりあげ、徳川が二の足をふむように仕向けてやれ。

本坂峠の駅々に、「徳川の軍勢に通ってもらいたくない。そのためには大いに景気をもりあげて……」の気構えが高まってゆくそのあとから、連歌師に変身した傑山と昊天のふたり、荘重な雰囲気をふりまきつつ、遊女綾乃が種をまいた噂をかためてゆく。

「地元のみなさまがたの目が狭いとはいいませんが……」

「景気のいい城下でなければ稼ぎのならぬのが遊女というもの。なかなか油断のない目で町の様子を観ておるはず」

「岡崎の徳川……なかなか威勢のいい大名だそうですが、所詮は田舎大名、にぎやかな城下は避けて通るにきまっています」

まず綾乃がとおりすぎ、その後、昊天と傑山が通っていったあとには、「徳川を通すまい」とか「この城下はとうてい通過できぬと徳川家康に思わせてやろう」といった気分がみなぎっていた。

じっさいのところ、日比沢の後藤や佐久米の浜名などは「家康めが!」と、はげしい抵抗心をみせ、万が一にそなえて家康の侵入を阻止する構えをかためていた。家康が本坂峠を越えて遠江に攻めこんだとすれば、かなりの被害を出していたはずだ。


本坂峠を越えて三河にはいった綾乃は、遠江の国内を慎重にあるいていたときとはがらり変わって足をはやめたが、豊川にくると足をとめて豊川稲荷のまわりをぶらぶらした。豊川稲荷のそばまできて、稼ぎをしないで通りすぎる遊女は怪しまれるだろうと考えたからだ。

とはいっても、綾乃の場合は稼ぎをしている様子をみせるだけ、本当に遊女の稼ぎをする能力は、残念ながらいまの綾乃にはない。

それから岡崎の城下にはいった。

——さすがは日の出の勢いの徳川家康の城下、ちがうものだね。引馬のにぎわいもなかなかのものだが、岡崎にはかなわない。

まっすぐには見通せない程度に離れた後方から傑山と昊天が付いてくるのをたしかめ、「コンヤノトマリハ、ココ」と身振りで合図して城下のはずれの旅籠（はたご）の、そのまた裏の小屋掛けに身をすくめるようにして、はいっていった。

遊女に仮装して引馬からあるきだしてまもなく、遊女や遊行（ゆぎょう）僧はこういう小屋掛けに泊まるものだと教えられた。

それまでは気にも留めなかったが、城下の街道口にはかならずこういう小屋掛けがあるのだと知った。

旅に出て、われながら賢くなったと思うことの最初の体験である。お武家の女房には何年たってもわかるものじゃないねと、ひとりごとをいったものだ。

——ここだろうね、まちがってはいないだろうね？

これが次郎法師に教えられた岡崎の城下の小屋掛けならば、だれからか、合図があるはずだ。どういう合図なのか、教えられていない。「わかりますよ。まちがうことはありません」と次郎の尼法師さまはおっしゃっただけだ。

法師の自信ありげな様子の記憶を頼りに、今夜はゆっくり眠ればいいさと板敷きの上に身を横にし、うとうととしたかと思うまもなく、重くて暖かく、やわらかい男のからだがのしかかってきた。

これが合図かと思ったが、そうではなく、遊女なら遊女の稼ぎをしろ、はやくやれと、綾乃を促している。十二月の夜、夜着もなしに冷たい眠りにかかったところだから、重くて暖かい男のからだを迎えるのは嫌ではない。

いったい、いくら貰えるんだろう――それぱかり考えながら男が終わったのをたしかめて肌を離すと、男はじゃらじゃらと音をたてて銭をかぞえ、綾乃につかませた。

――これぱかりが遊女の稼ぎじゃないそうだけど。

身繕い(みづくろ)をし、もういちど板敷きに横になると、てのひらで口をふさがれた。女のてのひらだ。

薄暗がりに目が慣れて、相手の表情が読める。

――口をきかずに、しずかに、こちらへ。

そういう意味のことを命じられていると知れた。次郎の法師さまが「ちゃーんとわかりますよ」とおっしゃった、その合図にちがいない。ああ、そうか、さっきの男が合図の合図だったのかもしれない。

女に手をひかれていったのは旅籠の背中にあたるところ、土壁に板で屋根掛けして囲ったなかに明かりが灯っている。

「龍潭寺の次郎の尼法師殿からわたされた、証拠の品の数は……？」

まるで子供の謎々遊びみたい――綾乃は楽しい気分で「ふたーつ」と、子供の口調で答える。

「ふたつの、ひとつを、ここへ……」
五、六人いるなかのひとりが差し出したてのひらに、水晶づくりの阿弥陀の持仏をのせた。
「のこりは、明日……」今夜は眠りなさいということだと解釈し、小屋掛けにもどり、すぐに眠りにおちた。

かるく叩き起こされると、うすぐらい夜明け。ここの旅籠賃はどうしたものだろうと考えるひまもなく、昨夜とは別の女数人に前後をはさまれて歩きだした。

岡崎の城下だとわかってはいるが、城下のどこなのか、土地勘のない綾乃には知るべくもない。

城の塀がでこぼこに入り組んでいるところへ連れこまれ、石段をあがったりおりたりして目の前の扉をあけると、敷物のしいてある部屋のなかだった。

奥のほうに、だれか、いる。暗いから、よく見えないが、身分の高い――女だ。部屋にたれこめているのは女の香りだ。

「証拠の品の、のこりのひとつを……」

次郎法師からわたされた密書を、股の奥に手をつっこんでとりだし、膝で進んで、香りの高い女の前に置いた。

女は水晶の阿弥陀の持仏をふところから取り出し、撫でるようにして、「なんとひさしぶり」と感慨にふけっている。よく見ると、持仏は一体ではなく、二体である。綾乃がわたした持仏が昨夜のうちにこの女の手にとどけられていたわけだ。

「雪の降らぬうちに、はやく。ごくろうでありました」

水晶の阿弥陀の持仏を一体と手紙を一束わたされ、岡崎の城下を出た。遠江をめざし、長くはない戻りの旅をはじめると、うしろから追いかけてくる気配がする。

足早になれば怪しまれると警戒し、走りたいのをおさえてゆっくりと歩くのは楽な気分ではない。

　豊川で、ふたりが追いついた。ほんのしばらく顔を合わせなかっただけだが、昊天も傑山も髪の毛がまたまた長くなっている。

「われらが読むわけにはいかぬが、まあ、築山殿からのお手紙の中身はわかっている。井伊谷を通って攻めこむ件につき同意、もうひとつは、井伊虎松の名を覚えておくように家康殿につたえます、ということ」

　肩の荷がおりるとはこういう気分をいうらしいが、あまりに簡単に事が済んでしまったようでもあり、綾乃は複雑な気分。

「わたしは失敗はしなかったはずですが、わたしが何もやらなかったとしても、うまくいっていたのではないでしょうか」

「和尚さまか、法師さまか、綾乃さんとは別のつてで徳川家には通じていた――そういったことを考えている？」

「……」

「すべては井伊家のため、の名目でわれらは動いている。だが、名目がなければ動かぬかというと……」

「あ、そうですね、昊天さま。遊女の真似がしてみたかったから、わたしは……」

「それ、それ。名目がなくても、好きなことなら、やる。そういう人間が井伊家のゆかりには多いということだ」

「というわけだから、井伊家の若君にはいよいよしっかりしてもらわなければ！」

「こんどのお役目は、三河に行くより、三河から遠江に無事にもどり、この手紙を若君はじめ、わが師の和尚やおふくろさま、松下殿におとどけするほうが大事。そういうわけで、綾乃さん、お役目はまだ終わったわけではない。油断は禁物」

「徳川の軍勢が井伊谷を通過するとは、井伊家のだれも知らない。だから、手紙を一日もはやく、引馬に……」

「雪にならぬうちに……」

武田信玄と徳川家康をくらべて、下位につけられるのは家康である。信玄と家康では大名としての格がちがう。今川氏真の領国へ攻めこむ時期を決めるのは信玄であって、家康ではない。

信玄にも苦手とするものがある、越後の上杉謙信の存在である。今川領に攻めこんだ背後から謙信に攻撃されてはたまらないから、迂闊には行動できない。

だが、その謙信にとっても強力で巨大な敵が存在した。信玄でも家康でもなく、冬の空から降ってくる雪であった。信濃・飛騨・甲斐の山々が雪に埋もれたら、もはや東海道には攻めこめない。攻めこめないだけならまだしも、山の南で合戦して退却するときに雪で進路を阻まれれば、全軍はたちまち崩壊してしまう。

永禄十一年（一五六八）の初冬――この時点で信玄は行動をおこさざるをえなかった。

この年の九月、織田信長が足利義昭をかついで上洛、義昭を室町幕府十五代の将軍の座にすわらせることに成功したのである。信玄にくらべれば、織田信長ははるかに格下の存在であった。その信長に先んじられたのだ、もはや一日も待てぬ焦燥の思いの信玄であった。

武田の騎馬軍団の進撃はまさに疾風怒濤、甲駿の国境を突破した翌日には海岸の薩埵峠に迫った。駿府城から兵を出した氏真は、断崖が海にせりだした天険の薩埵峠で武田軍を撃退できると考えていたようだが、これまで本格的な戦闘を指揮したことのない氏真には予想もつかぬ事態がおこっていた。重臣の多くが武田に内通していたのである。武田軍を追い返すはずの薩埵峠の要害が、逆に敵をひきこむ入口になってしまった。

駿府に逃げ帰る氏真を、武田の大軍が追撃する。

ささえられなくなった氏真は掛川城に落ちていった。東海道の覇者であったはずの今川氏が滅亡への道を歩きはじめた。

武田信玄に追われた今川氏真が駿府から掛川城に逃げこんだ日、徳川家康が三河の岡崎から出馬した。最短距離の本坂峠越えではなく、もっと北の陣座峠を越えて侵入してくるのは、遊女に変身した綾乃や、昊天と傑山の奮闘により、ほぼたしかである。

「まちがいないか?」

「昨夜のうちに下吉田の柿本、宇利の小幡から鏡の合図がしきりにありました。松下殿はご覧になりませんでしたか？」

「わしは見なかったが、綾乃さまの仲間の鏡の合図があったのなら、心配はない。徳川家康は井伊谷を通って今川を征伐する」

井伊谷のあたりに勢力を張っている鈴木重時と近藤康用（やすちか）が家康軍の先鋒をうけたまわり、遠江侵攻の嚮導役（きょうどう）をつとめる手筈になっている。鈴木と近藤だけでは不安があるので、井伊谷からわずか東の都田（みやこだ）の土豪、菅沼忠久が加わって嚮導役の三人組を結成した。菅沼忠久の父の元景は井伊直親に仕えていたことがある。

悲しいことながら、名門の井伊家もいまは「あってなきがごとき存在」である。井伊家の血をひく女性、龍潭寺の次郎法師が地頭の役割をはたしてはいるが、ほかの国人との外交交渉や軍事の面、広い意味での政治むきのことに責任をはたす者がいない。

引馬の武士の松下源太郎の養子になった虎松がいるが、井伊家の主として世間に顔を出したことはない。だから井伊家は「あってなきがごとき存在」なのだ。

菅沼忠久は井伊家の再興をねがっている。みずから政治力をつけて国人になるならともかく、その可能性はない。井伊家に臣従する土豪としての地位をまもるのが菅沼の当面の願いだから、是が非でも家康の井伊谷通過を実現させたい。

菅沼忠久にあわせて近藤と鈴木の三人を家康に売りこんだのは、菅沼の本家筋の菅沼定盈（さだみつ）であったろう。菅沼定盈は三河の野田を本拠地としている。綾乃や龍潭寺の昊天と傑山の苦心の扇動作戦が成功したのも、菅沼定盈が菅沼忠久や近藤、鈴木を売りこんだからだ。

――菅沼よ、よろしく頼むぞ。井伊谷を無事に通過できれば、このたびの遠江侵攻の半分は成功したのもおなじ。これからは三人を井伊谷三人衆とよぶことにする。

家康と井伊谷三人衆とのあいだに正式な契約が交わされた。

「三人衆は徳川家康が井伊谷を通過して遠江に侵入する作戦の先導役をはたす」

「家康は三人衆の所領を安堵し、武田信玄が介入する場合には見放すことなく援助する」

「以上の誓約が偽りであるなら、家康は梵天・帝釈・四大天王、わけても富士と白山、総じて日本国中の神祇の御罰をこうむることになる」

宇利の小幡から柘植野(つげの)を通り、陣座峠をこえて遠江に家康の軍勢が姿をあらわした。狩宿から中山橋をすぎれば井伊家の勢力範囲の奥山だ。悠々と進軍する家康は十二月十五日の夜には井伊谷の城を占領し、本陣をおいた。刑部(おさかべ)から白須賀(しらすか)の城を落として引馬に入城したのが十八日、岡崎を出て五日後に引馬に入城したのはまさに疾風怒濤の語に恥じない。

「井伊谷が、三河の者の手に落ちたか！」

「とおっしゃると、和尚さま、三河者に取られるぐらいなら今川の領地のままであるほうがいい、さようにきこえますが……」

「いまさら、三河だ、いや遠江だなどといっても仕方はないが、井伊谷の天国がわれら井伊家の頭のうえを素通りしてしまったのは悲しい」

引馬の松下家——少年虎松をかこんで、おふくろと綾乃、南渓和尚に傑山と昊天、そして松下源太郎と龍潭寺の次郎法師が額をよせあっている。

引馬の城と天竜川のなかほど、頭陀寺(ずだじ)という地に武士の館がある。松下加兵衛之綱（ゆきつな）と、加兵衛の義兄の源太郎清景の頭陀寺城だ。

松下家はもともと三河の武士だが、おなじ三河で国人としての成長をとげた今川氏の東征にしたがって遠江に所領をあたえられた。今川氏の後を追うかたちで三河の徳川が遠江を制圧しかかっているいま、松下の両士は今川と絶縁して徳川の傘下にはいろうとしている。

松下源太郎が井伊家の幼主――になるはずの――虎松を養子とし、虎松の母を妻にむかえたのも、「今川から徳川へ」の方向転換を徳川家康に好感をもって見てもらおうという生臭い狙いがあった。

生臭いのを理由に松下を批判できるものではない。戦国の世を生き抜かねばならぬ宿命の武士であるからこそ松下源太郎も、源太郎の養子になった虎松も、大いに生臭くなければならない。

さて、頭陀寺城の寄合で南渓和尚が「井伊谷の天国」といった言葉には悲痛なひびきがこもっている。天国の井伊谷が井伊家の手にはもどらず、井伊家の頭越しに、三河から攻めこんできた徳川家康の手に落ちてしまったのを「悲しい」となげくのも、とりかえしのつかぬ宝物への未練が見える。

「和尚さま、滅相もないことをおっしゃっては困ります。井伊谷はかならず井伊家の領地になり、われらを歓迎するはずです」

「そうですよ、和尚さま。井伊谷が井伊家にもどる日のために、傑山さんも昊天さんも髪の毛を剃ったり伸ばしたり……」

わたしは遊女にまでなって、といいかけて綾乃は口を閉ざす。岡崎の城下にしのびこむ方便として遊女に仮装したが、いまとなれば、本物の遊女になってしまうほうが理屈に合っている気がしてならない。「遊女にまでなって」といえば、なにやら遊女を軽蔑した言い分、軽蔑の罰として、遊女から「仲間に入れてやらないよ」と拒絶される恐れを感じる。

それはそれとして、松下家の寄合をおおっている重苦しい雰囲気は容易にはかたづきそうもない。

家康は引馬に入城した。家康の妻の築山殿にたいして「井伊家の虎松をよろしくお引立て下さるように」と依頼の意志が通じてあり、築山殿からは水晶の阿弥陀の持仏を証拠に「了解しました」との回答を得ている。

ならば、ならば、家康から頭陀寺の松下の館へ早速の呼出しがかかり、「養子の虎松ともうす者を連れて松下源太郎が伺候すべし」の内意がつたえられて当然だ。

それなのに、いつになっても、家康から「参れ」の呼出しがない。

じつをいえば、家康からの内意がつたえられるものと決めてかかり、呼出しに遅滞すればどんな咎めにあうかもしれぬ、ともかくも早いうちに用意をととのえておくに越したことはなしと、一同が晴れ着に身をつつんで寄りあつまっている次第なのだ。

次郎法師の横の包みに、いざそのときに虎松少年を飾りたてるべく、井伊家にゆかりの美服が入れてある。

白糸づくしの肌着はおふくろと次郎法師、そして綾乃が精魂こめて縫いあげたものだ。もうひとり、直親の先代、桶狭間で戦死した直盛の未亡人はいまは尼の姿の祐椿(ゆうちん)だが、孫の晴れ着を縫うと聞いてじっとしていられなくなり、おしかけるように出てきて仲間にくわわった。

夜を徹して肌着を縫い、縫いつつ語りあっていた女たちの興奮の雰囲気を、昊天も傑山もはっきりとおぼえている。おぼえているだけに、いっそう悲しくなる。

これほどまでして待っているのに、美服の装いは無駄にせよと徳川殿はいうのであるか！

「わしは見放されておるのか。わしを見放す神様の名を知りたいものだ！」

かぞえて八歳の少年虎松が、今宵の寄合でたった一度だけ口にした言葉である。

夜もふけたが、引馬の城下は騒がしい。

新しい主の徳川家康が古い主の今川氏真を滅亡させようと、氏真が身をひそめる掛川に迫ってゆく。その準備で夜もすがらの騒ぎがつづく。松下の屋敷だけがひっそりと静まりかえっていた。

今川氏真をほろぼすべく、家康はしきりに攻撃をしかけ、ようやく永禄十二年（一五六九）の初夏に氏真を追い出して掛川城を手に入れた。

大井川を境にすると協定したのかどうか、判然とはしないが、家康が掛川まで侵出すれば、大井川の東の駿河を占領した武田信玄との対立は避けられない。信玄は大井川の西では最大の要衝の高天神城をおさえて家康の侵出を阻止しようとした。しばらくは、高天神城の掌握をめぐる一進一退の攻防がつづく。

高天神城のすこし西に馬伏塚城という城があった。東から高天神を攻める信玄には縁がないが、西から攻める家康にとって馬伏塚城は前進基地として重要な意味があった。

松下源太郎は馬伏塚城の守備隊の一員として出陣した。

この城の守備隊はむずかしい役どころである。

あくまでも前進基地としての城を守る役目だから、いざ突撃のときには後陣をうけもち、一番槍といった晴れやかな武功をあげる機会はない。

そして、戦局不利、総員退却となれば守備隊は味方のいちばんうしろに位置し、じりじりと時間をかけて退却して敵の追撃の的になる。

松下源太郎が馬伏塚城の守備隊に配置されたのは、もっとも危険な役割をひきうける覚悟があるのかどうか、家康による試みであった。躊躇したり拒絶したりすれば、松下兄弟の頭陀寺の館と領地は有無をいわさず取り上げられ、浪人になるほかはない。

馬伏塚にゆく前夜、源太郎は虎松とおふくろをまえにして、しみじみと語った。虎松は養子、おふくろは妻だが、松下家よりは井伊家が格上であるのは否めない事実、あらたまって語るときには他人行儀になる。

「馬伏塚城守備の役目をうまく果たせば、徳川殿に目をかけてもらえる。虎松殿の件をもうしあげる機会もふえるわけだから、あきらめず、待つことだ」

虎松を呼ぶのに敬語をつけるところに、井伊家にたいする松下源太郎の尊敬がしめされている。嫌々ながら敬語をつけて呼んでいる雰囲気ではない。虎松の存在について徳川家康が「おお、井伊谷の井伊家のご幼主であられたか」と認識する瞬間、松下源太郎と井伊虎松の立場は逆転するはずだ。

おふくろは松下源太郎のことを「松下殿」と呼ぶようになった。彼女に、子連れで世話になっている男に媚を売るという卑屈な気配はない。

「掛川の城は、虎松の父の直親を殺した朝比奈が守っていたところ。その掛川城を手に入れた家康殿は、『おおそうか。あの井伊直親はこの掛川の城で……』と思いだされることがないのでしょうか、松下殿」

掛川――朝比奈――井伊直親の連想が直親の子の虎松の名につながり、築山殿からの言葉添えの記憶がよみがえって——と、他人の心理が好ましいかたちで展開してくれることだけを頼りにしている。

無理でしょうなと、突き放せないのが源太郎の辛さである。ともかくも夫の自分としては、虎松と妻のために、ちからになってやれることを探さねばならぬ。なにか、ないのか？

「武士の子は、かならず武士にならなければならぬと、だれが決めたのですか？」

悲痛な虎松の叫びである。

おなじような疑問を言葉を換えて訴えることが多くなった。

——武士の子と生まれただけでは武士になれない！

ならば、否応なしに武士になるまえに、武士になる途（みち）をとるか、拒否するか、選択がゆるされていいのではないか——虎松の煩悶（はんもん）はこのあたりにある。

武士ではない人間がたくさんいて、それぞれの仕事をやって生きている。そういう現実の発見を土台として虎松は八歳から九歳、九歳から十歳と年齢をかさねてきた。

「わしにも、よくは、わからぬこと。じっさいのところ、深く考えたこともなかった。武士の子として生まれただけでは武士にはなれない……」

——母上よ、松下殿よ、武士にならずに生きてゆく途が、わたしのまえには閉ざされておるのでしょうか！

虎松が、叫びたいのに叫ばず、喉の奥に仕舞い込んだのはこの言葉であったのを無言のうちに確認して、虎松の母と源太郎はならべた夜具に身をよこたえた。

その翌日、無理に元気な様子をよそおって源太郎が出ていったかと思うと、すぐに小走りにもどってきて、

「思い出した、名は藤吉郎、小男であった！」

第三章　信長と家康の同盟

織田信長の家来の、木下藤吉郎という背の低い男をよく知っている、藤吉郎――信長――家康の線で虎松のことを頼めば効果があるはずだと、小走りにもどってきた源太郎が息をきらせて、いう。馬伏塚（まぶせづか）にむかってほんの五、六歩あるいたところで、むかしのことが思いだされたのだと。

「南渓（なんけい）和尚さまに、使いを出しましょうか。すぐにお出（い）でいただきたい、と」

「和尚を待ってはいられぬ。虎松殿にもきいてもらって、そのあとで虎松殿から和尚さまにつたえてもらえば……」

虎松がよびだされ、「その藤吉郎という男を連れてきたのは之綱（ゆきつな）殿のおやじさま、長則（ながのり）殿であった。おやじさまが……」と源太郎がはなしはじめる。馬伏塚の守備隊の一員として出てゆかねばならぬ源太郎が、あせる気をおさえて、木下藤吉郎なる男のことを語った。

二十年ほどむかし、松下之綱の父の長則が引馬(ひくま)の城下を歩いていると、うしろで声がする。

「長いな、長いな。長すぎるな！」

気にもせずに歩いてゆくと、また、

「長すぎるよ。そんな長い槍で、なにが出来るものか！」

松下長則は槍が得意、人並み超えて長い槍を供に担がせて出歩くのを自慢にしていた。うしろに槍持がいないと心細い気がするせいもあるが、口には出せぬから、「槍もなしに歩いて、何が武士か！」といった気負いの様子を表に出すようにしている。

槍の長いのに文句をつけられたのがわかった。

ふりかえると、汚らしい身なりの小男がひとり、前屈(まえかが)みの姿勢でせかせかと歩いて、付いてくる。せわしない歩きぶりで、生まれ育ちは武士の家ではないと、わかる。

「小僧っ……！」

睨みつけられる勢いにおそれをなして逃げ出すかと思ったのに、ひょいっと地を飛んで近づいてきた。通りがかりの者が三人、五人と足を止め、長則が小男と喧嘩でもはじめるのかと、期待の表情で見つめている。

きちんとした身なりの、槍持を供に連れた武士と、ろくに飯も食っていないのではと思われるほど貧相に痩せて、背の低い男と——喧嘩になるわけがないのに、小男のほうは「喧嘩なら買ってやるよ」といわんばかりの、剽軽(ひょうきん)な感じ。

おのれの槍が長すぎるほど長いのは心得ている長則である、「長い槍で、わるいか」などと反応すれば小僧の手に乗せられるだけだと考え、下手(したて)に出ることにした。

雑踏の城下で庶民を相手に喧嘩をして、勝ったところで何の得にもならない。わるくすると、身分が重荷になって面目ないさまにならぬともかぎらない。

「小僧よ、ものは相談ということがある。長い槍が目障りではあろうが、ここは見逃してはくれぬかな」

小僧の予想していた展開ではなかったらしい。「無礼！」と威猛高(いたけだか)においつめられ、あわれ命もはかなくなりそうになったとき、とっておきの頓智(とんち)の術を発揮して逃げきり、見物人の拍手喝采をあびて退場、というのが小僧の予想する展開であった。

「見逃してくれ……おじさん、そりゃ、まずいよ。お武家のいうことじゃない！」

当惑を隠さぬ率直な態度に、この小男の人柄の良さが知れる。

「どうすれば、いいのか？」

「膝に両手をついて……土下座はしなくてかまわない……謝ってくれ」

槍持が、槍を持つ手に、ぎゅーっとちからを入れたのがわかる。槍持が主人の槍の鞘をはらって武器にし、戦闘することはありえないが、主人への忠節を怠ったと処罰されないかぎりの奮闘はやってみせる覚悟をきめたのだ。

待て、と槍持をおさえ、「土下座をせずにすむならありがたい」と、衆人環視のなかで長則は両膝に両手をつき、やわらかに腰をかがめた。無言、ただ腰をかがめるだけ。

「おじさん、あんたは偉いひとだ。褒美に、これを、やるよ！」

目の前に差し出されたのが、何か、ちいさすぎて、わからない。うーんと顔を近づけたら、小男の指先がぴかりと光った。恐怖心の反応で、咄嗟に飛びさがった。

「おれの、勝ちだ。そうだろ、おじさん。これで目を突けば、いまごろはおじさん、何にも見えやしない」

「何だ、それは?」

「見えないだろ。見えないほどちいさいけれど、これがなければ小袖も着られん。縫い針だよ、おじさん」

　れっきとした武士の松下長則に両手をついて挨拶させた小男、それがのちの木下藤吉郎で、織田信長の家来、とにかく威勢がいいというので、いまや殿様からも同輩からも、たいした評判なのだそうだ。

「おじさん……ああ、おれを雇ってくれるときまれば、『おじさん』じゃなくて『殿様』と呼ばなければならん、それくらいは知ってるんだからね……おれを雇わないか。下働きなら、だれにも負けない。縫い針を売るのもわるくはないが、飽きちゃった」

「名は……？」

「日吉(ひよし)……丸……日吉丸(ひよしまる)。苗字はないよ、さむらいの生まれじゃない。苗字がなくても針を売るには困らないけれど、お武家に仕えるとなると苗字が要るわけだなあ……」

長則が生国をたずねると、そんなことがなぜ必要なんだと馬鹿にした顔つきで、尾張の中村だといい、「中村、知ってるのかい」と質問を返してきた。

「縫い針もって、尾張から遠江まで売り歩いてきたのか。なるほど、東にゆけばゆくほど針は売れるだろうな」

「針が売れるのはいいんだけど、ゆけばゆくほど景色が淋しくなる、立派な身なりのお武家がすくなくなる。おれはお武家になるんだから、立派なお武家の身なりを見て、真似しなければならないんだ」

尾張の中村に母はいるが、父はいない。父の顔は知らないんだと小僧はいった。子供ではないが、大人ともいえない、年の頃は十三か十四。

——武士になる。

武士になるのを生涯の目標にする者もいるんだなと、長則は知った。武士の家に生まれて武士になった長則にはわからぬこと。

ほんの些細なきっかけで長則は刀よりも槍に興味が湧き、槍を抱かなければ眠れない神秘の思いの時間をおくったこともある。刀は差すが、関心はない。

刀と槍――わしは選択をしたのか?

この小僧は、武士のほかの人生を生きられるのに、それを拒否して武士として生きようとしている。

武士と武士でない生き方と――小僧は選択した、わしは選択しなかった。

選択には勇気が要る。小僧が選択し、わしが選択しなかったのは、小僧に勇気があってもわしには勇気がなかったから、なのか。

「おじさん。おれを雇ってくれないなら、付いていっても無駄になるだけだから……」

「付いて、こい!」

ぴたぴたと足音をはやめて、小僧は長則のあとから付いてきた。

頭陀寺(ずだじ)の館には長則の子の之綱がいた。歳がおなじとわかったとき、長別はすぐに、日吉丸が之綱のそばにいる時間を長くするよう指図した。

若様の遊び相手というわけだが、日吉丸はそれを鼻にかけて、ほかの奉公人を見下すということがない。あんたたちは薪(まき)を割ったり鎧(よろい)を日に干したりが仕事、おれは若様の相手が仕事、おなじだよといった雰囲気を出している。

日吉丸のほかの者が之綱の相手にならないときまったわけでもなく、ちかくの百姓が肥(こえ)を汲みにくるのを相手に、日吉丸が臭い半日をおくらないわけでもない。

源太郎の述懐はいつしか、苦笑まじりの不平になってきた。

――之綱殿とわしは歳がおなじ、おなじ松下の一族。之綱殿には遊び相手がいるが、わしにはおらぬ。日吉丸をそばにしている之綱殿の姿はなんとも眩しく、羨ましいものに見えたものだ。

日吉丸は出世をかさねる。

出世といったところで、本来の身分はあってないようなもの、銭袋をわたされて日常の収支を勘定する程度だが、同輩すべての上位に立ったことで嫉妬の視線をあびる。

――先日の客人から、脇差の鍔をおき忘れてはいないかと尋ねてきたが。

――それならば、あの日吉丸の仕業にきまっております。

――駿府の館へおくったはずの書類、いまだ届いておらぬようだが。

――あの日吉丸が出し忘れたにきまっております。

ということがつづく。松下長則も之綱も日吉丸がそんなことをするはずはないとは思うものの、日吉丸が同僚の支持をうしなったのもまた事実と認めなければならない。

父の長則に命じられ、日吉丸に引導をわたすのは之綱の役目になった。

「そういうわけで、この家から出ていってくれぬか。おまえが悪いのではないことを保証する紹介状も書いてやる、せめてそれで満足して……」

日吉丸はふかぶかと頭をさげ、主人というわけではない源太郎にまで「ごきげんよう」と丁寧に挨拶して、あしかけ三年くらした頭陀寺の屋敷から出ていった。

それっきり源太郎は日吉丸のことを忘れていた。之綱にはときおりの通信があり、之綱が源太郎にはなしてくれることもあった。そのうちに話題にのぼらなくなったのは、源太郎が日吉丸のことに興味をしめさなくなったからであったろう。

桶狭間で織田信長が今川義元を倒したのが永禄三年（一五六〇）、あいだに三河があるから遠い国の感じの尾張が、にわかに身近に感じられるようになり、なにかにつけて木下藤吉郎の名が出る。

たとえば、二条城の留守居役の件がある。信長が足利義昭の御所としてつくってやったのが二条城だが、信長が京都から岐阜にもどるとき、二条城の留守居役が木下藤吉郎に命じられたと知った。藤吉郎は信頼されている。

木下藤吉郎――きいたことのない名だが、どういう家の出で、どんな経歴、どんな功績があって信長の信頼を勝ちえたのか？

尾張の中村の生まれ、とりたてていうほどのこともない家の者。武士になりたいと途方もないことを口走っているうちに家を出て東にむかい、駿河の手前の遠江で武家奉公をしていたが、いつのまにか尾張にもどって織田家の奉公人になった、とか。

ふむふむ、ときくだけで、その先に興味がとどかぬ源太郎であったが、たったいま馬伏塚にゆこうとして屋敷を出たとき、不意に思いついたのだ——その木下藤吉郎というのは、あの日吉丸ではなかろうか、それにちがいない！

「近い親戚のこと、これは決して悪口でも妬みでもない、そのつもりで」と源太郎は断りをつけ、居心地がわるそうな様子で、

「ちかごろ、わしのまえにいるときの之綱殿の態度が、そわそわと落ちつかぬものになった」と説明した。馬伏塚城の守備隊任務に行かねばならぬ時刻だから、

「之綱殿は落ちつかなくなった」という源太郎自身も落ちつかぬ様子。

源太郎が推測するところ、藤吉郎からは織田家における出世物語の詳細が知らされ、恩返しのつもりで、「機会があれば、松下さまのこと、殿によろしく申しあげておきましょう」と、ちからづよい示唆があったにちがいない。

「之綱殿よりは、おやじさまの長則殿の手柄というべきだろうが、この引馬で路頭にまよっていた日吉丸をたすけた善報が、こうなった」

源太郎があわただしく出ていったあと、虎松と母親は顔を見合わせた。大きな変化が予告されている。

　それはわかるが、何が変わるのか、ふたりにはわからない。

「武士の生まれではないのに、その、日吉丸というひとは武士になり、仲間もうらやむほどの出世をとげた。京都のお城の留守居役を任される、たいしたものだ」

「運がよければ……」

「運だけではない、はずだ。他人にはまねの出来ぬ、たいそうなことを日吉丸はやったのだ。何をやったのか、それがわかれば！」

「松下之綱さまなら、われらも知らぬわけではない。何をやったから日吉丸が出世したのか、たずねてみましょうか」

「教えては、くれんでしょう」

「秘密なことが、ある、と？」

「縁起のようなものがあって、日吉丸のことを他人に教えれば縁起が落ちる、それは困ると之綱さまは思うにちがいない」

「縫い針……かな？」

「……？」

「縫い針に、出世の秘密のようなちからがこもっていて……」

わが母親は善人であり、かつまた愚かな人物であると、虎松は悟った。かなしいことだが、いまここで母親の愚を指摘しなければ、自分は永久に大人になれないと直観した。

「縫い針に魔法のちからがあるなど、そのような愚かなことをいってはなりませぬ。日吉丸の出世の秘密は、たぶん、松下長則というひとの、世にも稀なる長槍に注目して、しかも、おそれることなく長則さまに言葉をかけた、その果敢なところにあるはず」

「カカン……？」

「そうです、母上。大切なのは、武士の子はつねに果敢であれ、ということ」


遠江では平穏がつづいている。

徳川家康は織田信長との提携をふかめる、信長の本城の岐阜に出向いたり、信長とともに上洛して京都で売名のための演技をしたり。

越前の朝倉義景を追討する信長の軍勢が京都から出勤したときには、家康も加勢出陣した。

朝倉の軍勢を追いつめ、金ヶ崎城の占領もまぢか、連合軍の勝利はうたがいないと思われたが、そこで意外な事態がおこった。信長の妹婿の浅井長政が信長を裏切り、琵琶湖の北岸、北近江で信長の背後を攻撃したのである。

前方に朝倉義景、背後から浅井長政に挟撃された織田・徳川連合軍はたちまち窮地においった。

信長と家康は恥も外聞もすてて、朽木越えで京都に逃げかえった。

こうした一方的な退却の場合、殿軍の奮戦が全軍の生死の鍵をにぎる。

「まかせたぞ！」

「命に替えても！」

殿軍の大役をまかされ、金ヶ崎に残留したのは木下藤吉郎であった。

朝倉軍が一歩攻め寄ってきたら、一歩だけ後退する。恐怖にかられて二歩も三歩も後退するのは殿軍としては大失態なのである。

そしてまた、たとえ敵が弱みをみせても、決して反撃してはならない。敵に勝つのではなく、味方の全軍を無事に退却させるのが殿軍の役割なのだ。だから、殿軍が全滅し、その結果として本隊は一兵もうしなうことなく退却できる場合もある。全滅した殿軍の功績は莫大なものとして表彰され、語りつがれる。

三河や遠江でこそ戦闘体験の豊富な家康だが、遠い越前にはじめて遠征して勝利が目前と思われた瞬間、前後を敵にはさまれて退却しなければならなくなった恐怖ははかりしれない。最短距離の近江路を敗走しようにも、そこには敵の浅井軍が充満している。

不案内の土地を通り、つい先日には信長の同盟者として派手な売名の演技をやった京都に逃げかえるのは苦しいが、ほかに策はない。信長の軍と前後して京都に帰れれば、また新しい展望もわいてこよう。

殿軍の藤吉郎は奮戦した。少数の——殿軍は少数であるほうが機能的——手兵を指揮し、五十挺ほどの鉄砲を連射して朝倉勢の前進をおさえ、背中を見せないように構えて、一歩、また一歩と後退してゆく。

朝倉勢に肉薄され、藤吉郎が苦境におちいる場面は何度もあった。それを見て、本隊の最後尾に位置して退却する家康は「殿軍に加勢せよ」と命令する。家康としてはともかくも自軍を退却させるのが第一、殿軍に協力するのは余計なことではあるが、家康はあえて藤吉郎にちからを貸した。

家康の協力の効果もあり、藤吉郎は信長の本隊が朽木の渓谷と峠を無事に通過したのを確認してから速度をはやめ、信長のあとから京都にもどった。

「ご苦労であった」

「徳川殿にたすけていただいた場面が何度かありました。殿から徳川殿に、お言葉をかけていただきたいと存じます」

藤吉郎の願いはききいれられ、信長から家康に丁寧な挨拶があった。金ヶ崎撤退作戦では藤吉郎と家康の双方が武名をあげた。

家康にとって木下藤吉郎という名が忘れられないものになった。

「あの男、歳はいくつか？」

「織田殿からの、これほどの信任を考えれば若くはないはず……」

「といって、歳を取っているともいえぬようだが……」

「わが君より六つ、七つの年上かと……」

木下藤吉郎、のちに羽柴をへて豊臣秀吉と改姓、改名する男の生まれ年ははっきりしていない。それは生まれ年の正確さが必要とされない身分であったのを意味するわけだが、天文の五年（一五三六）か六年あたりだとする説が強い。家康のほうは天文十一年とはっきりしているから、ふたりの歳の差は五年ないし六年、藤吉郎が年上、家康が年下である。

信長と家康が越前の戦線から逃げかえったのが元亀元年（一五七〇）の初夏、態勢を立てなおして、復讐戦にとりかかる。

北近江の姉川の河口で決戦がおこなわれるときまった。

朝倉・浅井連合軍は将軍足利義昭のよびかけに応じ、武田信玄を要とする信長包囲網の一環としての役割も兼ねる。

武田信玄は姉川の戦場に出てくるべきであったが、関東の覇者、小田原の北条氏康に背後から攻撃される恐れがあり、出陣は不可能になった。

織田・徳川連合軍が二万三千、朝倉・浅井連合軍が一万八千、姉川をはさんで陣をかまえたのが六月二十七日。

その夜、あしたの攻撃をめぐって、織田方と徳川方のあいだに一触即発の一刻があった。

徳川殿は加勢の軍であるから、敵勢のうちの弱みを見せた部隊と戦っていただく――これが織田方の陣容編成担当者の言い分。

それにたいして、わざわざ加勢にまいったのに脇役にまわされるのは納得がいかぬ、正面の最強の敵のほかを相手にするつもりはないと、徳川方は意地を張る。「最強の敵を相手に戦うのでなければ参戦せず、このまま岡崎にもどる」とさえ徳川方が主張し、おさまりがつかなくなった。

織田方の使者の毛利新介が右往左往するのを尻目に、徳川方の交渉担当者の酒井忠次は胸を張ってみせる。

徳川方の態度は傲慢であった、そういっていいすぎではない。

今度は勝てる、勝利は得やすいという判断が傲慢の前提になっていた。越前の金ヶ崎まで攻めていったのはいいが、うしろで浅井長政が裏切るとはすこしも考えなかった甘さにみじめな敗走の原因があった。

今度は、ちがう。

織田方に加勢するというよりは、徳川の敵の朝倉と浅井を殲滅(せんめつ)してやるんだという戦意にあふれ、戦闘準備に手抜きも怠りもなかった自信がある。その自信がいわせている、脇役として戦うぐらいなら、いまここで旗を巻いて岡崎にもどるほうが名誉を汚さずにすむと。

「それほどまでにもうされるのは、酒井殿、この毛利新介を使者として認めぬと、こういうわけでありますか！」

「とんでもない。徳川の主従にとって毛利新介殿の名がどんなに尊いか、ご本人の毛利殿はご存じないのではないか」

「わしの名が、尊い……？」

「桶狭間で、にっくき今川義元の首を切りおとした勇者、その勇者の名が毛利新介であったのを徳川の家中で知らぬものはおらん。おるとすれば、子々孫々にいたるまで恥辱をこうむりましょう！」

いわれて、毛利、「それならば使者の面子（めんつ）も立てていただき、明日の決戦で脇役にまわるのを承知してほしい」と嵩（かさ）にかかった言い分をおしつけたが、「それと、これとを同一に論じるわけにはゆかぬ」と反撃される。

あしたの決戦の相手の朝倉よりも浅井よりも、今夜の味方の織田方のほうが敵

であるかのような必死の面差しの徳川の面々があつまってきて、

「酒井よ、負けるな」

口には出さないが、雰囲気で激励する。

岡崎から近江の姉川くんだりまで、いったい何の目的で遠征してきたのか――

こういう思いが徳川方の面々の胸の底にある。

今度の合戦の勝利はうたがいなし、思う存分に暴れまわって功績をあげ、たっぷりの恩賞にあずかろうという目算があったからこそ不平もいわずにやってきた。いまさら、「徳川のみなさまは脇役」といわれ、はいそうですかと引っこんではいられない。

毛利新介はふくれっ面で織田陣に帰ってゆき、しばらくして、ひとりの同輩をつれて徳川の本陣にもどってきた。

「拙者が使者では信頼に値せぬとおっしゃるようですから……」

毛利が重い口調でいいだしたのをさえぎって、徳川方の部将のなかから声があがった。

「おまえは、いや、あなたは、引馬の頭陀寺の日吉丸！」

日吉丸と呼ばれた男は、声のする方にふりむき、「なんと、まあ、引馬の頭陀寺の松下の源太郎さまですな。源太郎さまも、毛利新介のお使者役には不満でござったのか！」と小柄な身体には似合わぬ大声を返してきた。

今川義元がたおれたあと松下之綱は徳川家康に仕え、掛川城奪取の合戦では菅沼某をやっつける功績をあげた。

松下一族の代表格の之綱が徳川に仕えたのにひきずられ、之綱よりは一枚か二枚は格下の源太郎も徳川の家来になり、勝利のうたがいない姉川合戦で一旗あげてやろうと遠征してきて、かつては日吉丸、いまは木下藤吉郎と立派な名前になった小男と感激の対面をはたした。

「之綱殿は、わしのことを、何もいわなかったのですか？」

「何もおっしゃいませんでしたな。生きているとも、亡くなったとも……」

おなじ松下一族の者だからこそ、名誉と褒賞の機会をめぐってはげしく対立することもある。

木下藤吉郎が出てきたから、というわけでもないが、姉川合戦の攻撃をめぐる軋轢は信長が一歩ひいたかたちで解決がついた。徳川軍が第一陣、柴田勝家と明智光秀が第二陣に配され、稲葉や氏家の美濃衆が第三陣をうけたまわって戦い、勝利した。

織田・徳川連合軍が勝ったとはいっても、朝倉義景や浅井長政は戦死もせず、両家は滅亡もしない。

それどころか、将軍・足利義昭がひときわ声を大きくして「信長打倒！」をよびかけた結果、京都を中心とする政情は信長に不利に展開する気配をみせてきた。そこで信長は朝廷に手をまわし、正親町天皇が「天下安穏のために双方に停戦を命じる」との体裁をとって、休戦にもちこんだ。

――よし、よし。幸先はよし！

家康が三河の岡崎から遠江の引馬に本拠をうつし、引馬の城に大々的に修理をくわえたうえで「浜松城」とあらためる。このあたりには「浜松荘」という荘園があったから、それにちなんでの命名だ。

そうと知ったとき、松下源太郎は腹の底からの快感をあじわったものだ。

いまや東海地区で大いに売り出している徳川家康の本拠が、松下一族の地元にうつってくる。いや、占領者、勝利者として君臨してくるのだ。とりあえず、これが松下一族にとって利益をもたらさぬはずはない。

だが、松下一族のなかでは義弟の之綱が本家の主であるような顔をし、世間もそのように之綱をあつかっていて、義兄ではありながら源太郎は之綱の下に控える姿勢をとらなければならない。

くやしいことだが、現実がこうなっているからには、正面きって反抗もできない。反抗したとしても、之綱はなかなかの器量人、まずは勝ち目はないと思わなければならない。となれば、ひとまず本家筋の主として敬意を表しておくほうが得策だ。

だがしかし、源太郎は之綱にはない宝物をもっている。井伊家の幼主の——現時点では井伊家の幼主とはいいきれないところがあるが——虎松と母親を、養子とその母、つまりわが妻としてかかえている、その事実。

姉川の戦場でほんとうにひさしぶりに再会した藤吉郎は、源太郎が眩しい思いで見上げる存在に変貌していた。そのむかし、引馬の頭陀寺の松下屋敷で、あのひとを「小僧！」と呼びつけ、見くだしたことが恥ずかしく思われた。

恥ずかしい体験をしたあとで、度胸が出てきた。姉川の戦場から撤退するときに藤吉郎に面会をもとめ、虎松のことを願ってみた。

「井伊谷（いいのや）をはじめとする引佐（いなさ）郡の一帯はいまは徳川殿の支配地です。そこで、井伊谷の井伊家の虎松が井伊家の主として認められれば、井伊谷はおろか、遠江の少なくない地域の安定が徳川殿の名のもとに実現されるはず。それはとりもなおさず、徳川殿の同盟者の織田さまの権威に花をそえるはずです」

家康が虎松に目をかけ、ちからを貸し、井伊谷の土豪勢力の全員が井伊家の権威のもとに服するように命じていただきたいと願う――欲張りといわれても仕方がないと覚悟していた、藤吉郎の地位とちからに取りすがる思いの源太郎であったから。

「井伊家の領地は、どれくらいだったのですかな」

「三千石とも、六千石とも……つまりは徳川殿の裁量次第。なんともうしましても、井伊家の先祖は……」

源太郎がいうのを藤吉郎がさえぎり、ひきとって、「南朝の宗良（むねなが）親王さまをお助けして、ですな」といったから源太郎は仰天した。「知っていた……いや、ご存じで！」

源太郎の仰天の気持ちの表明は率直なものであり、なんの打算もないが、それにたいする藤吉郎の反応は芝居気たっぷり、武士というよりは廟堂に立つ者の風情。

「あなたのお求めにしたがい、お会いいたすべきかどうか、拙者の独断で決めるわけにもいきませんので……」

――あなたとはちがい、わたしは側近の者をはべらせる身分。あなたがどういう筋の者か、対面をもとめてきた目的は何か、いちおうは側近の者に調べさせたうえで、こうやってお会いしておるのです。あなたのことをすべて知っておるとはいえないが、かなり多くのことを知っているのですよ！

藤吉郎の態度は、源太郎に親近感をいだかせる。

そのむかし、遠江の引馬の城下で縫い針を売りあるく行商をやっていたといえば聞こえはいいが、背がひくくて少年の印象が強いから、よくいって遊び半分、わるくとれば親にはぐれて放浪している少年だ。源太郎と藤吉郎のつきあいはこれが全部、姉川の戦場で再会したけれども、これはまだ、つきあいといえるほどの時間を経過していない。

――放浪の少年時代をおくったひとが南朝も、宗良親王も、知るはずがない。

源太郎はこう考えていた。

そのことを、藤吉郎は察している。察しているのを隠さないから、相手に親近感をあたえる。

――わたしが宗良親王さまのことを知るはずはないが、なあに、そういうことは側近の者がやってくれますからと、秘密といえばおおげさだが、秘密みたいなことを自分から打ち明けてしまう。「南朝の親王さまをお助けして、なんていう晴れがましいことは、わたしの主人の信長には薬にするほどもない。ここだけのはなし、というやつですが……」藤吉郎は歳のわりには皺(しわ)の多い口元をてのひらで覆って、「由緒とか伝統ということになると、へなへなとなる。まあ、権威に弱いという、あれですな」

源太郎に親近感をあたえた手応えは充分、藤吉郎は調子にのって、「いやいや、松下さまのようなお家来をおもちの徳川殿がうらやましい！」ともちあげる。

「いまや日の出のいきおいの徳川殿だが、自分ひとりのちからでは、宗良親王さまをお助けした由緒のある井伊家と手をむすぶことはできますまい。松下さまのような、徳川殿のためなら火のなか水のなか、という方があってこそ……」

いずれの時をみはからい、井伊家の若君のこと、主の信長にもうしておきますと、藤吉郎は胸をはって請け合ってくれた。

「ま、わるいようにはならんでしょう」

「かさね、がさね」

しばらくお待ちをと藤吉郎はいい、陣幕の奥に姿を消した。

「ぐずぐず、するな！」

「目をひらいて、よーく、さがせ！」

「それじゃ、ない！」

藤吉郎は大声で叱っているが、叱られている相手の反応が聞こえない。藤吉郎の大声のほか、聞こえるのは、がさごそごそ、箱や袋を開けたり閉めたりする物音ばかり。

——はははあ、日吉丸。やっておるな！

藤吉郎の一人芝居を察知して、源太郎の気持ちが軽く、明るくなった。

大切な品物をさがしているが、藤吉郎ともあろう大物、自分で手をくだしてさがすわけにはいかない。側近またはお付きの者の役目なのだが、その者のやることがもたもたとまだるく、思わず知らず大声で叱責してしまった——といった場面を自作自演している。

幕の奥から出てきた藤吉郎、一人芝居であっても芝居は芝居、ずーっと主役を張ってきたから疲れたのは確か、うっすらと汗をかいているのが藤吉郎の誠実。

「家来をもつのも考えもの。役に立つ者は、そう多くはおらぬものです……ああ、松下さま。お恥ずかしいが、これを、その、井伊家の若さまに」

きらきら光るものを、指にはさんで源太郎に差し出した。

「あ、しっかりとお持ちください。滑って落ちると、危険」

「危険なものを、虎松殿に……」

てのひらに載せられたのは——

「お、縫い針」

「虎松とおっしゃるのか、井伊家の若君は。その虎松さまの出世をお祈りする、藤吉郎の心からのしるしとして……」

虎松の出世を祈る心からのしるしとして縫い針を差し上げる。源太郎の手から虎松殿にわたしてあげてくれと、藤吉郎は下向きかげんの顔つきで、告げた。


松下源太郎が供をつれて、井伊谷の龍潭寺に馬をすすめる。

浜松からまっすぐ北にむかい、視界をさえぎるもののない三方原(みかたがはら)をとおりぬけて、やや西に、都田川(みやこだ)を越えれば井伊谷だ。途中で何度か、「なるほどな」「さすがに」とつぶやいたのは徳川家康の武威の強烈なこと、それにたいする敬服の雰囲気を知ったのが原因だ。

乗馬を楽しむ気分で浜松から井伊谷に行ける、その事実に圧倒された。

これまでは、すぐに命にかかわるとはいえないまでも、めざすところに安全にたどりつけるかどうか、道行く本人にもわからなかった。

駅から駅、宿から宿へと、あらかじめつたえておいて、先方から迎えのひとを出してもらう約束ができてから、不安な一歩をふみだしたものだ。迎えのひとが出ていてくれるかどうか、たしかめる手だてはない。それがまず不安だが、仕方がない。

陣座峠を越えて攻めこんできた家康は、つぎつぎと服従の意志をつたえてくる土豪たちに「その方の土地の安全を何よりも優先せよ」と命じた。この場合、「ひとを選んではならぬ」と厳しく条件をつけることが大事だ。この立場のひとは安全、そうでなければ命も身も安全を保証しないというのでは家康の名に傷がつく。

「今川のころなら、思いもよらぬことであるな」

馬上から供の者に声をかけると、待っていたように素早く、

「三河者が峠を越えて攻めてきたと聞いたときには肝もつぶれる気がしましたが、いまとなれば、なぜ、もっとはやく徳川さまが攻めてきてくれなかったのかと」

仲間の者がよりあつまってそれが話題にならぬことはない、という。

ふと、思いつき、

「おまえの名は、何といったかな」

「タケ……」

「タケと……つまらぬ名だ。いまから吉丸(よしまる)にせよ。おまえは吉丸だ、よいな」

日吉丸にあやかっての吉丸だが、供の者には否も応もない。そのむかしの日吉丸、いまは途方もない出世をとげて木下藤吉郎となった男にゆかりの名の者を供にすれば、わしの前途は洋々たるもの！

はてな、わしはいつから縁起かつぎになったのかなと、くすぐったい気持ちで馬にゆられ、井伊谷の龍潭寺についた。


引馬の城を浜松城と名をあらためて岡崎からうつってきた家康は、ついに武田信玄と絶縁して敵対し、越後の上杉謙信と提携する覚悟をかためた。

浜松の源太郎が南渓和尚をたずね、ふたりだけの、いってみれば井伊家の最高戦略会議のつもり。いずれ家康と信玄とのあいだに死闘が繰りひろげられるはずだが、そうなるまでのほんの一刻を和尚との内容の濃い意見の交換にあてようと、源太郎が浜松からやってきた。

「皮肉なもの」

「築山殿が、それとも家康殿が……？」

虎松さまのことは家康殿に「よろしく」ともうしあげたと、築山殿から綾乃を通じてつたえられてきた。ともかくも虎松さまの件は家康と築山殿の夫妻の耳に達した、われら井伊家の運もすこしずつ上向きになる、めでたいと喜んだあとで和尚が「皮肉なもの」と感想めいた言葉を付け足した。

皮肉なものだという、その意味がわからないから源太郎は当惑し、皮肉なのは家康のことか、それとも夫人の築山殿のことなのかと聞き返した。

南渓和尚が「これがわからぬか」と、源太郎の頭のはたらきにいささか故障を発見したといった当惑の顔つきで、説明にかかる。

――家康が人質として駿府の城にいるのであれば、虎松さまの件は築山殿の一言で、どのようにでもなったはず。駿府は築山殿のご実家のあるところ、家康は夫とはいえ、入婿同然の頼りない身の上、築山殿の母上の実家の井伊家の頼み事なれば、「それは、このように」と、ぴしゃり、築山殿のお指図で決まっていたはずだ。

それが、桶狭間で義元が戦死してからというもの、急な坂をころがりおちるように今川の家はかたむき、いまでは跡形もない。

築山殿の身柄を奪うようにして本拠地の岡崎にもどってから家康は、日の出の勢い、かたや築山殿は駿府の実家から引き離されて昔日の勢いはない。

日の出の勢いの家康に、どうかよろしくと虎松さまの件を頼まなければならぬとは、つまり事態の逆転、これを皮肉といわずに何という？

「なるほど」

「それで、終わりですか」

「はあ……？」

「ひとに、さんざん説明させておきながら、終われば『なるほど』だけで済ませるつもりですか」

思いもかけぬ和尚の強硬な姿勢に、源太郎はたじたじとなった。井伊家の将来について、ふたりだけの最高戦略会議をひらくつもりでやってきたが、これでは、喧嘩わかれになるかも――

源太郎の青ざめた表情に気づいたのだろうか、にやりと和尚が笑ったので、怒りの姿勢はほんの冗談とわかった。

「この、わしを、嘲笑なさるとは」

「おおげさなこと、いいなさるな。ともかくも井伊家の将来に光が見えてきた。喜ばしいこと」

そこで今日の相談ですがと和尚は膝を折って前屈みになり、「若君がいつなんどき世にお出になられても恥ずかしくないように、武術を……」、源太郎が「おお、じつは、わしもそのことを」とうけて、さっそくに虎松の武術稽古について打合せがはじまった。

「ちかごろ、愚劣な意見が幅をきかせておるようだが」

「愚劣な……？」

「例の、大将みずから剣にも槍にも、もちろん弓にも秀でておらねばならぬ、などと……」

戦場に出た以上は主君、大将といえども勇敢なる戦士のひとりである。戦士であり、かつ大将であることを重視すれば、ふつうの戦士以上の戦闘能力をもたなければならん――こういう意見がうまれていた。合戦にやぶれて名前と姿を消していった大名や国人の例をみれば、なるほど、無視できない意見だと思われた。

個別の分野では、南蛮からつたわって急速に普及してきた鉄砲のことがある。珍奇で希少な武器であるところから、鉄砲こそは大将たる者が率先して稽古して成果を家来にしめすべきものであるという意見が出てきている。

「これほど愚かな意見はないと思うが、松下殿のお考えは、どうかな」

武士一般ではなく、一族一家の主君たる者の武術だから簡単には答えられない。松下源太郎、武士にはちがいないが、一族一家の大部隊を指揮して戦場に立った体験はなく、この先にも予想されない。

「虎松さまはわしの養子ではありますが、いずれは井伊家の主となられるお方。戦場に出れば、わが首は取られまい、敵の首はいくつ取れるだろうかと指おりかぞえる養父の、不肖源太郎とは立場がちがいます」

和尚にたいして不平をいう、不貞腐(ふてくさ)れた態度に見られるのも心外だから、「主君たるべきひとには、それなりの武術の道があって然(しか)るべきだと存じます」と言葉を添えた。

かねがね思案はしてきたがと和尚が前置きしたのは、源太郎の機嫌を損ねないようにとの気遣いであったろう。

「能ですな、猿楽」

ぽつりと、雨上がりの雨垂れの感じで、いった。

お坊さまは通常の感覚で生きてはいない、ものをいわぬと知ってはいるが、弓や刀のことを議論していて、「能ですな」と突っこまれた驚愕はほかに譬えようがない。心理ではなく、生理の弱点をつかれた。

「う……」と源太郎は息が詰まり、詰まった息が元にもどると、こんどは咳き込みがはじまっておさまりがつかず、両手を床に、腰を折ったまま苦しい時をすごした。

だが和尚は容赦なく、「大将の武術は能に似ておる、能を手本とすべきです。なぜならば」と弁じはじめ、和尚の弁舌がおわらないうちは咳き込みもおわらないと源太郎は観念した。

——戦場における大将の任務は敵兵のひとりふたりを斬り殺すのではなく、敵にたいして勝利をあげること、いいかえれば正義に勝利を得させるところにある。そういう見方で能の筋書きを考えてゆくと、まさに能の筋書きは正義が勝利を得るまでの過程を述べておると解釈できる。

——若君は正義そのものであるから、かならず勝利を得られる。勝利を得られる近い将来を想定し、そこに至る奮闘の経過をおんみずから述べられる。これすなわち若君の武術の稽古であるべきである。

「松下殿もご存じのように……さようか、本式の能をご覧になられたことは、おありにならぬか。それはそれとして……能の舞台の主役はシテと称し、あるいはワキと称し、つまり演者だが、じつをいうと、能の舞台の全体をうごかしておるのは謡(うたい)じゃな、ウー・オー・トー・レーの謡が能をうごかしておる」

「若君が謡をなさる……？」

「登場人物を思うがままにうごかし、最後には正義をして勝利を得さしめる。大将たるもの、これでなくては！」

理屈はわからないが、これは名案ではあるまいかと源太郎は思った。世の中を思うままにうごかすのが謡であるなら——この大前提について十割の納得がいったとはいえないが——いずれは大将になられる虎松殿が謡をなさる気分で武将たちをうごかせばいいわけだ。

「若君に、謡を稽古なさっていただきましょう」

さっそく駿府に傑山（けつざん）が派遣され、虎松の謡の師匠としてふさわしい人物を探すことになった。

駿府は中世の京都の文化圏の、最東端であった。駿府より東に文化がないというのではない。京都の文化の波紋ではなくて、別の体系の独自の文化が展開されていたという意味だ。

今川氏は京都の文化を誘致するのに熱心であった。京都の文化の主役の貴族たちは、戦乱をのがれて地方に亡命するのを嘆いた。だが、駿府なら別である、まんざら嫌ではないのですよと、張り切って亡命していった面がある。

今川が滅亡したあとの駿府には、職をうしない、といって京都に帰ろうにも帰れない貴族や芸能者が群れていた。井伊家の若君の虎松に能をおしえてくれる芸能者を探すのは、さほどむずかしくはないはずだ。

「われながら理由がわからないのですが、このたびの駿府ゆきについては傑山、興奮しております」

「昊天の分まで、今川なきあとの駿府の様子を観察してくることだ。ふるい国主が滅亡して新しい国主の武田の城下になった駿府……」

「城を攻めるならともかく、若君のために謡の師匠を探す役目となると……」

「幼主が武術稽古として能をおやりになる。その意味を、傑山、おまえは納得せぬ、昊天はすみやかに理解した。能の盛んな駿府にゆけば理解もすすもうかと、おまえを派遣する次第なのだ。とっくりと、観てまいれ」

「髪の毛はこのまま、伸ばさずに……」

「武田を警戒しなければならんのは徳川、われら井伊家ではない。徳川の密偵とうたがわれても、井伊家ゆかりの龍潭寺の僧であることさえ証明できれば支障はない」

傑山は井伊谷から浜松の城下をとおり、海岸ぞいに駿府にゆく。あとを見送りながら南渓は「駿府でだめなら、あの傑山め、京都の新熊野神社に連れていってやるしか、手はないのお」と愉快な調子の声でいった。

「新熊野神社が謡の本場である、といった由来があるのですか？」

「足利の歴代は、おそれ多くも南朝を圧迫して北朝をあがめた。われら井伊谷の者には憎い敵だが、それはそれ、新熊野の境内における観阿弥と世阿弥の勧進能が鹿苑院に激賞され、武家と能のむすびつきを決定的にした。新熊野には能と武家のむすびつきにからむ神秘な空気がいまでも残っているはずだと、わしは思う」

「虎松殿が新熊野に参詣して……」

「そのような嬉しい日がくるならば……！」

鹿苑院とは室町幕府の三代将軍、足利義満の院号である。

徳川家康が武田信玄と真っ正面から敵対したのを「無謀」とみる意見もあった。大名としての格や経歴をくらべれば、家康が劣るのは否めない。

反対に、信玄を敵にまわさなければ大名とはいえないという見方もあり、その理由として真っ先にあげられるのは関東の北条氏康との関係であった。家康は氏康と提携し、この提携をちからに信玄と敵対したのである。

その氏康が死んだのが元亀二年（一五七一）の十月だ。

氏康の息子の氏政（うじまさ）は信玄の娘を妻としていることもあって、もともとから家康を敬遠、信玄と接近していた。氏康の死がきっかけになって、北条氏の甲斐接近、遠江離反の傾向は一挙に加速されることになった。

将軍義昭と織田信長との関係が最悪の状態になり、信長の傘下にはいるのを躊躇（ちゅうちょ）している大名にたいして義昭は「信長包囲網に参加せよ」とよびかけていた。義昭のよびかけは信玄にも達し、信玄はますます自信を強めた。

地を這う小鼠めがけて大鷲が天空から襲いかかるといった感じで、その名も高い甲州騎馬軍団を中心戦力とする武田信玄の大軍が遠江に攻めこんできた。小田原の北条氏政に背後を襲われる心配がなくなったから、信玄としては全力を投入できる。

元亀三年（一五七二）の秋になると、信玄はまず「上洛する！」と政治宣伝をはじめた。

近江の姉川で一敗地にまみれている越前の朝倉や近江の浅井は雪辱を期し、信玄が徳川家康の抵抗を蹴散らして上京するのを手ぐすねひいて待ちこがれている。

「遠江で武田軍が勝利！」の報知があり次第に、まず美濃路に軍勢をおくって岐阜城を挟撃、信長の留守部隊を殲滅してから武田軍と轡をならべて京都に打ちこみ、信長を追放して正親町天皇と足利義昭を推戴する——このような戦略を描いていた。

絵空事とはいえない。


近江の浅井長政に「今日ただいま出陣」と急報を発したのを合図に、信玄は甲府から茅野、杖突峠から高遠、伊那谷に出た。

ここでまず山県昌景ひきいる先鋒隊の五千が美濃寄りの道を南下、三河の設楽郡から遠江の奥山に侵入した。

信玄の本隊は伊那谷から青崩峠で越境し、まっすぐ南下して天竜川ぞいにくだれば浜松だが、天野景貫の犬居城で数日の休憩をとった。青崩峠をこえてから遠江の中心まで、敵地のなか、信玄を案内したのが天野景貫であった。

犬居城から西南にむかい、天竜川をわたればすぐに浜松城だが、信玄はそうはしない。一隊を分け、只来を経由して二俣に向かわせた。信玄の本隊は周智郡の天方・一宮・飯田の館を占領して守将を配置し、さらに西に進んで木原・西島・袋井をむすぶ線に陣をかまえた。

「袋の鼠というが、なるほど、虎松殿、おわかりですかな。東を奥にして湾曲するかたちの諸隊がじわじわと西に進軍すれば、浜松の城は巨大な武田軍の網のなかに吸いこまれてしまう。こりゃ、合戦じゃない。船から網をおろして魚取りするようなもの」

「わかるぞ。西の三河からは山県昌景の別働隊が押し寄せている、浜松の城は東西から挟撃されて、逃げようがない」

井伊谷の龍潭寺にあつまり、鳩首協議という言葉そのままに深刻な顔をよせて、一枚の地図をなかにして戦局を検討しているのは井伊虎松をはじめ、松下源太郎や南渓和尚、昼も夜も離れたことのない傑山が謡の師匠を探しに駿府に出張しているので珍しく単身の昊天、次郎の尼法師もひさしぶりに顔を出している。

そのほかにはおふくろと綾乃、綾乃からは「遅れますが、かならず参加」の連絡があった。

「綾乃……いまは、どのあたりで稼いでいるのですかな。夜も遅くなるのに、おんなひとり、無事に来られるものやら」

「合図がありました。日の落ちる寸前、ぴかりと、鏡の合図がありました」

「ありましたか、綾乃から鏡の合図が。それなら安心」

　このあたりで旅かせぎをしている遊女は、一枚ずつ、てのひらの大きさの鏡を持っている。それが旅かせぎの遊女の仲間のしるしである、そういう噂があった。その噂は本当であると、綾乃が知らせてきた。鏡を持たぬ遊女は旅かせぎが出来ないしきたりになっている。

　そうと知った綾乃も一枚の鏡を手に入れたわけだ。何人かの遊女の仲間をつくり、夜になるのを待って山から山へ、辻から辻へ、ちかちかと鏡を光らせて連絡してくる。綾乃がいうには、鏡を持っている遊女のつながりの上のほうには岡崎の築山殿がひかえているとのことであった。

　綾乃の安全は確認されたけれども、綾乃より先に龍潭寺の一室で顔を寄せている面々の境遇というか立場というか、まことに奇妙なことになっている。

　山県昌景の部隊は、かつての家康とおなじく陣座峠を越えた。陣座峠を越え、まず奥山、そして井伊谷と、井伊家の本拠の村々を押しつぶしながら進軍していった。

さきに龍潭寺に着いていた虎松と源太郎は昌景の部隊が井伊谷を蹂躙(じゅうりん)しつつ浜松をめざす不気味な物音を耳にし、目にしているが、何もできない。

「山県の軍勢によって井伊谷が踏みにじられている。井伊谷はわれら井伊家の領地のはずである。であるのに、われらは鉄砲の弾も飛んでこぬここから黙って見ておるだけ、手出しができぬ、手を出そうともせぬ。なんと奇妙な姿ではあるまいか」

虎松の意見というか、感想というか、それは大筋としては正しい。そのとおりなのである。

そこへ南渓和尚があらわれ、虎松と源太郎のやりとりに口をはさむ。

「この龍潭寺に、若君、あなたがお出ましのことは山県昌景に筒抜けになっておりましょう。であるのに、昌景はこの寺を攻めぬ。なぜか、それをまずお考えくだされ」

虎松には、わかっている。

わかっていることを口に出すのが苦しいと知っているから、そこに躊躇が出る。わかっているから、質問をして苦しい立場から逃れようという無意識の動作に出る。

源太郎が、視線で「さあ！」と強制したから、虎松は決意した。

「われらの井伊家は、ないのも同然。わしの首を取っても戦功にならぬ……そういうことだな」

「井伊家としては、恥ずかしいかぎり」

「井伊家を復興せぬうちは、わしの首は安全であるわけだ」

「首を狙われるのがお嫌いでしょうか？」

「好きも嫌いも選択はできぬ。それが井伊虎松という者の宿命であるようだ」

和尚と源太郎が首を垂れたとき、音もなく綾乃がはいってきて、「武田の本隊は浜松城を攻撃はせぬつもり」と小声でいった。和尚や源太郎の不審顔に答えて、「二俣の城を踏みやぶり、都田から祝田(ほうだ)をめざしておる、とのこと」。綾乃は説明をおわり、ふーわりと虎松の横にすわる。だれも綾乃を咎めない。

「山県の部隊は？」

「二俣で信玄の本隊と一体になったといいます」

「もはや二俣まで進軍しておったか！」

山県昌景も浜松の城を攻めようとはしない。それはつまり、信玄が攻城戦ではなくて野戦で勝敗を決しようと家康に挑戦しているしるしであった。

信玄が都田から祝田をめざして進軍しているのが事実なら、浜松と井伊谷のあいだの広大な高地、三方原が決戦の場になる。


三方原の合戦で徳川家康は惨敗した。織田信長からわずかの援軍が参戦したが、勢いに乗る信玄の敵としてはあまりにも脆弱なものでしかなかった。

大将の家康は命からがら浜松に逃げ帰り、乗馬のまま門をくぐると、「門を閉めるな、あけておけ！」とさけんで湯漬け飯を三杯、さらさらとたいらげ、枕をもってこさせて横になり、たちまち鼾（いびき）をかきはじめた。

山県昌景は家康を追って浜松城の大手門まで来たが、大手門があけひろげられているのに危険を感じ、攻撃を中止した。

ともかくも、惨敗を絵にかいたような負けいくさであった。

大勝利をおさめた信玄の軍勢は、三方原から一気に浜松城に襲いかかり、敗走したばかりの徳川の主従を血祭りにあげるはずであったにちがいない。だが、三方原から浜松への進軍も浜松城攻撃も、どちらも実行されずに終わった。

越前から近江に出陣していた朝倉義景が、何を考えたのか、越前にひきあげてしまったのである。近江と美濃の安全に不安が出てきたわけだが、信玄は上洛しなければならない。たとえ単独であろうとも、上洛して信長と対決して勝ち、信長を追放して天下を奪いとらなければならない。

上洛——それは武田信玄の公約、同盟者の朝倉が脱落したぐらいでは上洛を中止する理由にならない。

上洛するためには傷を少なくしなければならない。信玄が浜松城を攻撃しなかったのは、こういう戦術的な理由からだろう。

西に向かって進軍をつづけ、刑部（おさかべ）で新年をむかえて三河にはいり、野田（のだ）城の菅沼定盈（さだみつ）を攻めた。定盈は家康の重臣で、東三河を守備する大役を背負っている。

家康は援軍を派遣したが、三方原の勝利の勢いに乗る武田軍の士気はすさまじく、野田城はまたたくまに陥落した。

野田城奪取を祝う声が、京都の公家をはじめ、あっちこっちからとどいた。朝倉の離反で傷ついた信玄の胸もいささかは癒されたろうが、じつは、信玄の胸の宿痾は救いがたいところにまで進行していた。

高熱と咳に苦しめられ、鳳来寺で静養したが思わしくなく、上洛を断念して甲府にひきあげることにした。

甲府にもどる途中、信濃の伊那郡の駒場で武田信玄の命は終わった。元亀から天正へと年号の変わった最初の年の四月のことだ。

浜松城下の頭陀寺、松下源太郎の屋敷では南渓和尚がしょんぼりしている。

日ごろは陽気にふるまう和尚だけに、同席の者は声もかけられない。

同席の者が陽気で和尚だけがしょんぼりしているわけではない、和尚の落胆が人一倍はげしいのである。

三方原合戦のとばっちりで、龍潭寺が焼けてしまった。和尚も次郎法師も、傑山も昊天も、しばしの寝所を探して井伊谷や浜松城下を行ったり来たりしている始末。

次郎法師の苦心の蓄積があるから再建が不可能ではないにしても、井伊家の復興のための画策は一頓挫をきたした状況だ。

「武田信玄が死んだのと龍潭寺を焼かれたのと、秤にかければ、どうなるか」

「信玄の死は徳川殿のためにはこのうえなく喜ばしいけれども、といって、われらには一文の得にもならぬ」

「まあ、和尚さまともあろうお方が、一文の得などと……」

「仏に仕える身を思えばこそ、一文と、安く値をつけた。本心をいえば、一万とか百万とか、大きな数字を、大声で、叫びたい！」

虎松はかぞえて十三歳、そろそろ元服を考えねばならぬ年頃だが、井伊という武家の家が、あるのか、ないのか、はっきりしないのだから、元服の式をあげる名目が立たない。

継承すべき家があってこその元服である。だが、相続すべき家もないのに元服の式をあげてはならんという規則があるわけでも、ない。

そこで、こういう問題が出てくる。

虎松がとにもかくにも元服して一人前の武家になったとすると、「おお、井伊家が復興したのか。ならば、井伊家の財産を渡してもらおう。黙って渡すのが嫌ならば、合戦して、虎松とかいう当主の首をいただくまでのこと」こういって騒ぎだす武家があらわれるかもしれない。奇妙だが、絶対にないとはいいきれない。

井伊家の財産というものが、これまた、あるのか、ないのか、判然とはしないのだが、財産がなければ戦争を仕掛けられないという保証は、これまた、ない。

「元服せぬかぎり、虎松殿の命の安全度はきわめて高い。それは事実」

なんとも悲しいことの保証をする役回りになったものよと、松下源太郎は虎松が元服しない場合の現実の利益を一同のまえに提示した。

仕方はなかろう。しきたりにとらわれ、元服の式をあげて武家として危険な航海にこぎだすよりは、元服せず、一人前どころか半人前でさえない存在として、日の当たるときまで待とう。

それでもだめなら、もともとだめな宿命とあきらめ、それぞれ別の道をすすも

うではないかと、きまりかかったときに、綾乃が息せき切ってとびこんできて、

「築山殿から、たったいま……」

――井伊家の虎松という者を引見してみようかと、家康殿が口に出しました！

築山殿から綾乃への通告は、旅かせぎの遊女の鏡の合図で、岡崎から浜松へ伝えられてきた。

第四章　長篠の銃撃戦

徳川家康が「井伊谷の井伊家の虎松という若者に会ってみようかな」と意向を洩らし、それを耳にした家康夫人の築山殿が――家康の気が変わらぬうちにということだろう――旅かせぎの遊女の綾乃につたえた。

嬉しい知らせをかかえた綾乃が浜松の頭陀寺の松下家にとびこんできたのは天正三年（一五七五）の正月だ。

井伊谷とはちがって海にちかい浜松の城下、温暖な正月の日々がすぎているが、この日ばかりは、どういうわけであったか、西の風が浜名湖の冷たい空気を吹きよせている。

「待っていようときめたのが、よかったわけだな！」

「築山殿のおちからには感服する。ご実家の関口家も、関口の主の今川の家がつぶれてしまって、嫁ぎ先の家康殿のほかには頼る相手がいない。この境遇では、なにも望みませぬ、主さまのお指図のままに、となるのが普通だが……」

「夫の家康殿に張り合っておる、というと夫婦の喧嘩を煽るようだが、ご実家の血筋につながる虎松殿のことを、これほどまで……」

「めでたい正月になりました！」

家康は「会ってみようかな」といっただけだ。

井伊家の権威がとりもどされ、虎松が井伊家の主の座にすわるときまったわけではない。

きまったのは家康の気持ちだけだ。それさえ、いつなんどき「井伊の虎松？……知らんぞ」と、ふりだしにもどらぬ保証はない。すべては家康の気持ちにかかっている。

そこで、「徳川殿のお気持ちの変わらぬうちに、はやく！」となったわけだが、何を、どうすればいいか、知っている者は、その日そのとき、松下の屋敷にはひとりもいない。

すこし遅れて、龍潭寺(りょうたんじ)の次郎法師がやってきた。

男たちはばたばたと、あわただしく、てんでばらばら、口々にいいあうだけで、まとまる方向に話題が整理されない。

男たちよりいくらかは落ちついた様子の綾乃に、法師がたずねた。

これこれしかじかと綾乃は事情を説明していたが、大切なことを隠すためだろう、余計なことをわざと強調している感じもあった。綾乃の説明がおわらぬうちに莞爾(かんじ)と笑いかえした法師は「なによりもまず衣装を。そのほかは、あとまわしでよろしい」自信たっぷりに宣言した。

「おふくろさまのお気持ちも、うかがわなければなりますまい」と源太郎が照れくさそうにいったのは、わが妻を「おふくろさま」と敬語で呼ばねばならぬ不思議な立場を意識したからだ。

いまは虎松の養父の源太郎だが、その虎松がちかぢか井伊家の主になりそうな気配が濃厚である。

国人(こくじん)と呼ばれたいが、その希望はかなえられそうもない松下家と、宗良(むねなが)親王をお助けした輝かしい由緒を誇る井伊谷の井伊家、武家としての格がちがう。家康の扱い次第では井伊家が格の高い武家として復興し、井伊谷はおろか引佐一帯の領主として君臨する日が到来しないとはだれもいえない。

となると、虎松の母、そしてわが妻のこの女は「わが君の母」になるわけだから——軽い当惑の気分でわが妻のことを「おふくろさま」と呼ぶ。

「ひととおりの衣装はととのえてあります。まずは法師さまにご覧いただき、足りぬものをととのえ、人目には見せられぬ恥ずかしいものを捨てる、などいたしまして……」

「費用が要るな。よろしい、龍潭寺の再建はあとまわしとする」

「仏さまのお住まいを……よろしいのですか、和尚さま！」

「若君が世に出るためです、伽藍の再建はしばらく時間をお貸しくだされと、この和尚から仏さまにお断りしておきます。まさか、ゆるさぬとはおっしゃらぬ」

「虎松殿の——母はわが子を『殿』づけで呼んだ——父親ゆずりの衣類はいくらかございますが、恥ずかしながら当世風の衣装が足りませぬ」

あれこれと、指を折ってかぞえるのはもっぱら女、男は「今川義元が元服のとき」などと故実の知識をくらべている、そのとき、

「わしは……」

「ああ、若君」

「わしは、井伊谷に行かねばならんと考えるが、どうじゃ」

「ですが、龍潭寺はいま……」

「龍潭寺ではない。井伊谷の、井戸のそばに立ってみたい」

理由もいわぬ。自分で思いついたのか、ひとから教えられたのか、そのこともいわなかったが、もういちど虎松は「井伊谷の、井戸のそばに立ってみたい」眉をひきしめていい、両のこぶしを軽くにぎって緊張の気分をあらわした。

「はーあ、若様」と感嘆の溜め息をついたのは綾乃であった。


頭陀寺の松下家に、見ただけで由緒ある品とわかる大小の櫃（ひつ）の数々がはこびこまれた。

次郎法師がまちうけ、つぎつぎと蓋をあけ、ふむふむとうなずきながら、品物をとりだして床にならべる。汚れがつかぬように厚い敷物がしいてある。

「これで、すべて？」

「はい、法師さま」

「徳川殿が派手好みなのか、どうか、わからぬが、いまはともかく派手に仕上げるのが肝要」

「派手な衣装は都のはやり、ともきいております。織田信長という方も、奇異というべきほどの派手好みだとか……」

「足りないものが、あれとこれと」

　綾乃が姿をあらわし、おふくろから事情をきくと、心得顔で出てゆき、まもなくもどったときには十人ほどの女を連れていた。綾乃の仲間の、旅かせぎの遊女だ。

「法師さま、おふくろさま。仲間のうち、針仕事が得意なものに来てもらいました……さあさあ、みなさん、こちらへ」

　ふだんはくすみがちの松下の屋敷が遊女の登場で明るく、はなやかになった。おふくろにも次郎の法師にもそれぞれの見栄えの良さはあるが、綾乃を先頭とする遊女たちの、ぴーんと張りつめた美しさのまえには薄墨色のかたまりと化す。しきたりの美の基準にのっとった威厳はあるが、われこそはと競う先鋭の美はない。

「みなさまご苦労ですね」と尼の法師に声をかけられたときには威厳のまえにひるんだ遊女たちだが、それも一瞬、おふくろが床のうえ一面にひろげた白絹や麻、紗と綾の織物にむらがり、これは肌着に、あれは小袖にと品選びをはじめたときには、それぞれの美の経験と裁断と裁縫の技術を競う修羅場となった。

「ああっ、唐織(からおり)を、そのように斜めに切ってしまっては!」

「ご心配なく、おふくろさま。ご覧くださいな、これとそれとを合わせて、こういたしますと……」

思いもよらぬ色彩と織り目の組合せに、おふくろは戸惑い、そして感じ入る。

――このひとたちは、わたしが決して見ることがない美や、行けるはずのない土地の美を見て、知っている!

おや、綾乃さん、派手な景色になりましたなといいながら源太郎がはいってきて、遊女たちの嬌声の歓迎をうけながす。

「これを使わぬ手はない」

「これ、というのは……？」

源太郎が指先につまんで差し出したのは——

「縫い針を、こんなにたくさん！」

「筑前守殿の出世にあやかるのです！」

勢いこんだ源太郎が、かつての日吉丸が木下藤吉郎と名を変え、いまはもっと出世して羽柴筑前守秀吉となったいきさつの説明にかかる。近江の姉川の戦場でもらったのがこの縫い針、この針で虎松殿の晴れの衣装を縫いあげ、神秘のちからの恵みをいただこうではないかと長広舌をふるった。

「その方も、わたしたちのように、旅から旅へと……？」

「旅から旅の、その途中でこの浜松の城下にあらわれ、わたしの義弟の松下之綱（ゆきつな）というものの父に拾われた。この屋敷で暮らしたこともある」

一カ所に落ちつくよりは、自分たちのように旅から旅の暮らしをするのが、人間、いちばんいいようだと互いに共感をかわしつつ、女たちは高価で華麗な染めと織りの布を裁断、そして縫製にかかる。

——なるほどね。出世するひとが売りあるいていた針は、するすると通って、気持ちがいいもんだね！

——ほんのすこしまえまで、肩衣は格式の高いものではなかったのに、いまではすっかり様変わり。

——面白い染めがあると、何十枚でもつくりたくなるのが小袖だね！

——そんな、あんた。ひとさまの着る物を自分の楽しみにしちゃ、もうしわけないよ。

三日のあいだ女たちががやがやとやっているうちに、何枚もの肩衣や小袖、道服ができあがってきた。

綾乃が思い詰めた表情でおふくろと源太郎にむかい、「おはなしが……」といったのは、女たちが立ち去る用意をはじめたときだ。次郎の法師は井伊谷にもどっていった。「みなさんにお礼をもうしてから……それまでは待ってもらうよ」

女たちが立ち去り、しずかになった。大切なことをいうまえに、綾乃は深い呼吸をして、息を止める。

「築山のお方さまがおっしゃるには、家康さまは、そのおー、ともかくも虎松さまの顔かたちをご覧になってからだと……」

　綾乃は溜めていた息を吐き出した。わたしはいってしまった、あとがどうなろうと、みなさまにお預けいたしましたからねと、安堵の気持ちが顔に出ている。

「それは、何の不審もない……」

「いやいや、おふくろさま。綾乃さんが心配しているのはそういうことではなく……」

　そういうことではない、のである。

　家康は虎松を寵童にしようとしている。三河守の寵童としてふさわしい美貌と聡明を見つけたら、寵童と寵臣の二役を兼ねる重要人物として採用するということ。

　家康の意向を夫人の築山殿が察知し、井伊家の側に異議はないのかと綾乃に質した、ということを綾乃は辛い気持ちでいっているのであった。

「綾乃！」

　おふくろが綾乃を「さん」をつけずに呼び捨てにしたのは怒りのしるしだ。

「あなたは、虎松が家康殿の稚児になるほどの器量よしではないと、こういうのですね。井伊家の正統の主である直親とわたしのあいだの子です、顔かたちで他人にひけを取るはずはない！」

いやいや、綾乃さんが案じているのはそういうことではなくてと、源太郎がじれったい気持ちで説得するが、そういう源太郎としても、こじれてきた事態をどう解きほぐせばいいか、名案を思いつけない。

松下源太郎、おふくろ、そして綾乃——三人のなかでいちばん勇気があるのは綾乃であることが証明された。

綾乃は、こじれてしまった事態を解決する役目を果たせるのは自分のほかにはなさそうだと見当をつけるやいなや、「えいやっ！」の気合をこめて、源太郎でもなく、おふくろでもなく、こじれた事態そのものに突進する思いで、いったのだ。

「家康さまはご自分の寝所のなかに呼び入れる男として虎松さまがふさわしいかどうか、それをお知りになるために……」

「ふさわしいのは虎松です。家康殿の寝所を天竺（てんじく）や極楽なみに楽しくしてさしあげられるのは、あの子のほかにはいない！」

「いや、そうではなくて」と源太郎がまたまたおふくろの錯覚を指摘し、それに応じておふくろが——このあたりに彼女の人柄の良さがしめされている——考え方の方向に相当な程度の修正をくわえた結果、「それじゃあ、虎松と綾乃さんは、あのー」と疑問のなかにおのずから答えがふくまれている発言をして、ようやく事態は解決の曙光(しょこう)を見いだしたのである。

「はい。おふくろさま。虎松さまは何度も何度も、わたしのお客さまになっていただきました。あの若さですから、あの、激しいんです。激しいうえに、おじょうずなんです。それだものだから、わたし、虎松さまは男がお嫌いなのではないか、それはそれでかまわないんだけれど、などと考えているうちに築山のお方さまから……」

主さまが「井伊の若者に会ってみようか」と意向を洩らした、この時をのがしてはなりませぬぞと築山のお方さまがおっしゃる。待ちこがれていた井伊のお家の再興が日の目をみると、とびあがるほど嬉しい気分がしたのと、「まさか？」の不安と、ふたつが一度にやってきて、わたしはもう、と綾乃がここ数日の不安をぶちあけた。

——若君は女が大好き、男は大ッ嫌いだとすると、家康さまの寝所に呼ばれてもお断りになるだろう。家康さまは恥をかかされ、お怒りのあまりに井伊家の再興が駄目になるのはもちろん、おふくろさまや和尚さま、次郎の法師さまや松下さま、そしてわたしなどが皆殺しになる。

わたしは冥土で夫の左馬助に会えるんだから、なにがなんでも殺されるのは嫌というわけじゃないが、あっちこっちを逃げまわる苦心のすえに、ようやくここまでこぎつけた若様やおふくろさまはお気の毒でならない。それを思うと、居ても立ってもいられない。

おふくろが血相を変え、綾乃に迫り、きびしい調子で宣言した。「虎松殿は男が嫌いだなどと、口が裂けてもいってはなりませぬ！」

源太郎がつづけて、「男が好きだとか嫌いだとか、虎松殿の好みなどは、このさい、地の底に埋めて隠さなければならん。井伊家の若君は男も大好き、女も大好き」

綾乃の頭のなかでは疑問と納得の気分がぐるぐると渦をまいているようだが、だんだんに納得の方に落ちついてきたようだ。

「あー、あー、そういうー、つまりはー、そのー、若様のお好みは考えないほうがいいわけですね」

　聡明さの点ではだれにも負けないはずの綾乃の納得が遅れたのは、聡明ゆえの考えすぎというものであった。

　ともかくも綾乃が納得して、一同は安心――さて、このつぎが難関のなかの難関だと、息を止める緊張。

　おふくろがてのひらをぎゅーっとにぎりしめたのは、一同にかわって不安の気持ちを仕草でしめしたもの。

「で、どうなのですか。虎松殿は、その、男から見たとき、男として……」

　綾乃は首をかしげる。おふくろさまの質問は、いままで一度でも考えたことのない種類のことがらだ。女の相手の男として若様がどういう男なのか、綾乃は体験して知っているが、男の相手の男としての若様なんて――

「依怙贔屓（えこひいき）がない立場にたてるのは、まず、このわしだけ……」と断って源太郎、はじめは渋い顔をしてみせたが、無理やりの渋面をいつまでも続けられるわけがない。破顔一笑して、「もうしぶん、なし！」と太鼓判をおした。

「このさい、養父の立場を捨てていえば、男の相手として虎松殿はいまが旬の盛り。花の命はみじかいという、家康殿の男ざかりもいつまでも続くわけはなし。いまを逃せば、井伊家の再興の前途は暗澹たることに」

おふくろは「それで当然」といった顔つきだが綾乃はまたまた首をかしげ、「女から見ていい男は男から見てもいい男、そういうことなのかしら」と、ひとりごと。

浜松城の家康と井伊谷の龍潭寺の南渓和尚とのあいだの交渉がすすみ、家康の指名によって井伊虎松が井伊谷の領主として復興することが内定した。

井伊家からいえば復興だが、家康の立場でいえば、今川を倒して手に入れた遠江の領地の一部を井伊虎松にあたえ、虎松を臣下の一員にむかえいれるだけのこと、復興とか再興といった意味はぜんぜんない。

井伊家の再興は内定したが、それだけで事はすまない。それ相応の理由があって、井伊虎松が徳川家に抱えられるのを世間に納得させせなければならない。

儀式である。

いまや遠江のなかに、家康のすることに異議をとなえる者はいない。だが、それと、世間に井伊虎松の召し抱えを納得させることとは別のことだ。だれが、何といおうと、家康の好きなようにやってかまわないが、強引に過ぎれば反感を買い、いずれは毒の矢となって徳川家に突き刺さる。

――世間の了解を得られるように、できるだけの手は尽くすつもりである。ほーれ、このように。

ほーれ、このように、が儀式である。天正三年（一五七五）二月の十五日に儀式がおこなわれるときまった。井伊家の幼主の虎松、のちに井伊直政となのる青年武将はそのとき十五歳になっている。家康は三十四歳。

鷹野へお出での途中、しかるべきところでお待ちせよ、との指示であったから、南渓和尚と松下源太郎がうちあわせ、八幡の前のあたりでは如何でございましょうと提案、お城から「八幡の前……こころえた」と回答があった。

井伊虎松の主従一同は天正三年二月十五日に、浜松城下の八幡宮の前で家康の引見をうける。家康が鷹狩にゆく途中、聰明と美貌をかねそなえた井伊虎松に目が止まり、「だれであるか?」と声をかける——儀式の次第がきまった。

その日、まだ夜もあけぬうちから虎松と松下源太郎は八幡宮の前に陣取った。陣取るといっても、槍を立てるわけでも、幔幕(まんまく)を張りまわすことでもない。

——鷹狩にゆかれるとうけたまわり、おそれながらご尊顔を拝させていただきたく、お待ちもうしておりました。

こういう風を装うわけだから、目立ってもならず、といって見えなければ何にもならない。この日の虎松の衣装については一同のあいだに激論がたたかわされ、もっとも熱心なのが虎松本人であったのは、これまたみなの意外とするところであった。

二月十五日の早朝に八幡の前で家康を待ちうけると儀式の次第がきまって最初に行動をおこしたのが虎松、「井伊谷の井戸にゆくぞ」と、てこでもうごかぬ強い表情で宣言した。

しばらくまえから虎松は、井伊谷にゆく、井伊谷の井戸を見にゆくといっていた。井伊谷の井伊城ではなくて井戸だというのが奇っ怪に思われたが、若い男にありがちな威勢よく見せたいための気まぐれとうけとる者がおおく、つまりは相手にされなかった。

それが、八幡の前で家康の通るのを待ちうけるときまると、虎松は真剣に、執拗にいいつのるのであった。

「徳川さまの臣下となることが正式にきまらぬうちは……」

「いやいや。井伊谷の井戸に行ったそのあとで徳川殿にお目にかかる。それが正しい順序というもの」

いくら止めてもきかぬ様子。ある朝、自分ひとりで井伊谷めざして小走りにあるきだした。

井伊谷の龍潭寺の傑山と昊天は、何も知らされていない若君の突然のお出ましに仰天、あれこれとたずねるのに虎松は答えようともせず、井伊家の祖先が出現した井戸のそばに立ったかと思うと、手桶を片手にちかくの小川の岸に立ち、水を汲んで井戸にもどって、じゃーっと注ぎ入れる。

井戸と小川を黙々と往復して水を注ぎこむうち、厳寒の季節ながら虎松の襟元から湯気がたちのぼってきた。

えいっと片肌ぬぎになり、手桶をもって小川にゆき、水を汲んで――

「若様。長いあいだの涸れ井戸です。何日かかって水を入れても……」

「そうともいえんぞ。ほれ、見ろ……」

昊天が覗いてみると、気のせいか、底のほうに水溜まりのような色が見える。

「底が抜けた、とばかり思っておりました」

「もうすこし、水を……」

水の溜まる音が聞こえるようになり、虎松は「これで、よし」といい、両手を井戸側にかけて上半身をぐいーっと乗り出した。

右に左に、からだをねじっているのは、水の底に映る上半身の角度をいろいろと変えるためらしい。

ふむ、ふむ、とつぶやいて身を起こし、「これなら、まあ、徳川殿も失望はなさるまいぞ。恥をかかせることにもなるまいぞ」と傑山にむかって笑ってみせた。

で、二月十五日の衣装のことになると、井伊谷の井戸を覗きこんだ経験をしきりにいいつのり、「襟元には青色を」と青色にこだわるのである。「顎(あご)から首にかけて、わしは色が白い。白い色には青色が似合いなのだ、白い色が映えるのは何よりも青色じゃ」と主張して、ゆずらない。

和尚や次郎法師は茶色にこだわったが、虎松の強烈な青色ごのみには負け、青色を基調とした直垂に黄色の胸紐を左右に下げる、派手な装飾になった。

「元服もすまぬうちに、直垂は」と案じる者もあったが、いつもの平静さとはうってかわって声高に虎松は「この歳になっても元服をすまされぬ、それがそもそもまちがっておるわけだ」と、いささかの鬱憤の色を顔にあらわし、新調の直垂に腕を通し、まだ明けやらぬ一刻を八幡の社頭ですごしている。

家康の一行がちかづいたら綾乃が鏡の合図で知らせることになっている。合図があったら虎松は敷物をはずして土下座し、うやうやしい姿勢で家康のまえに平伏する。

浜名湖で採れた小魚か蜆か、在に売りにゆく小商人が八幡の境内にはいってきて、拝殿のまえに荷物をおろした。

かたちどおりの祈りを終え、荷物を担ごうとして足元がふらつき、荷物を取り落としそうになった。とんとんとーんと足をふみなおした姿勢をそのまま、虎松にむかってぶっつけてきた。

社殿のうしろに身を隠していたおふくろと綾乃が、はっとたじろぎ、泳ぐように出てゆこうとするのをうしろから抱きとめたのが昊天。傑山が、たーっと飛躍して商人にとびかかり、片手のてのひらを口に押しつけたのは声を出させないため。のこりの片手で喉を締めつけていたが、商人のからだからちからが抜けたのを確認して、手をはなした。

「声を出されると、あぶないところだった」

「神聖な境内を騒がした罪が家康殿におよぶということで、このたびのお目見えが延期となっては一大事のところ。まずは無難にきりぬけました」

浜松の城門から綾乃が発した鏡の合図が仲間の遊女によって辻から辻へとひきつがれ、八幡の社（やしろ）にとどいた。

——家康さまがご門を出られた。ご機嫌はよろしい。

頃合いをみはからい、井伊虎松が前に、松下源太郎が後見役よろしく斜めうしろにひかえ、八幡の前に土下座して、待つ。ほかの者は拝殿のうしろに身を隠している。

行列がちかづいてきて、家康の馬が八幡の前で止まった。

止まったのではない。築山殿から、だれへ、だれからこれへと伝わっていいふくめられた者が、それと気づかれぬ合図をして行列を止めたのである。八幡の前で馬が止まったら、土下座している若者に顔を向けろと指示されている従者が数人いる。

行列が止まり、数人の従者の視線が、社前で土下座している若者に向いた。

それにつられて、というふりをして家康が虎松に目をとめ、「あれはだれであるか」と下問があった。

声をかけられた者が、つーっと走って松下源太郎の横に膝をつき、耳打ちする。大きくうなずいてもどり、家康に報告する。

「井伊谷の井伊家の者であるか。その顔、見知った！」

これで儀式は終わり、井伊虎松は徳川家康の臣下にかかえられ、二千石をあたえられた。

虎松は松下源太郎の養子として徳川家康に仕えることになった。

ただちに井伊家を再興すると約束されていたから、姓と名を井伊万千代（まんちよ）とあらためた。家康の幼名の竹千代にちなみ、井伊家の万代の祖となる願いをこめて万千代という名になった。

通称のつもりだろうが、万千代とはもちろん幼名の類である。虎松も幼名であり、その虎松が家康に仕えたのを機会に万千代と、これまた幼名をつけてもらったについては不服がないはずはなかった。

――まだ元服もしておらぬから仕方がないとはいえ、十五歳にもなって虎松あらため万千代とはなさけない。

――徳川殿に仕える身、わしの勝手で元服はできぬが、いつになれば「元服せよ」とゆるしていただけるのか。

不満の思いが時として万千代の顔に出ぬことはないのを、通称「井伊谷三人衆」は複雑な気持ちで観察している。井伊谷三人衆とは家康が三河から遠江に攻めこんだときに嚮導（きょうどう）の役目を買って出た菅沼忠久・鈴木重時・近藤康用（やすちか）の三人、三河と遠江の国境のあたりに勢力を張っている土豪である。

遠江一円の主になった家康が三人衆をあらためて召しかかえたのはもちろんだが、家康は三人衆にたいし、井伊万千代の付属として行動せよと命じた。

万千代の支配地のなかに勢力を張っている土豪は三人衆だけではない。この状況において三人だけが万千代付属を指示されたのは名誉のことにちがいない。ほかの土豪衆にたいする「触れ頭（がしら）」の地位に上昇したかのような誇りももったはずだ。

その反面、三人衆が万千代にたいする服属の身分に固定されたのを意味してもいる。遠江の天と地がひっくりかえらぬかぎり、井伊万千代の下位の身分の状況はつづく。遠江における階級の序列は徳川家康――井伊万千代――井伊谷三人衆――そのほかの土豪となっている。三人衆の地位はなかなか高いわけだが、そうであればなおさらに井伊家はかれらにとっての〈目の上のたんこぶ〉なのだ。

三人衆がいつまでも井伊家が〈目の上のたんこぶ〉であることの不満に執着すると、鬱屈した日々の連続になり、井伊谷の平穏に罅（ひび）が生じるおそれがある。そこで家康は――家康の独創とはいえないが――魔法のような言い方でもって三人衆の自尊心をくすぐる。

——その方どもは万千代のやること、なすこと、すべてにわたっての監察役であるぞ。忘れるなよ。

万千代の言動にたいする監察役なら、家康にたいする服従の度合いは同等ではないか、などという錯覚におちいることもあり、それが井伊谷三人衆の名を誇りをもって受け入れる素地ともなった。

錯覚された対等の感覚から、「万千代の元服がそう簡単にゆるされるはずはないぞ」といった優越の判断が生じる。「われらは独立の武家、万千代はいわば徳川殿の愛玩物にすぎぬ」という軽視の感覚ともなる。

三方原(みかたがはら)で家康の軍勢を蹴散らした直後、信州伊那の駒場(こまんば)で生涯を終えたのが甲斐の武田信玄。

信玄のあとをついだのが武田勝頼(かつより)、天文十五年(一五四六)の生まれ、井伊万千代より十五年の年長、家康より四年だけ若い。

——実の子とはいえ、あの信玄の才と気をそっくりうけつげるはずはない。

父にくらべて割引の評価をする向きも多いが、三年か五年か、ともかくも合戦と領地支配の腕を見てから判断しても遅くはないと、いささか弁護する見方もある。

天下取り競争の一番手、それが織田信長なのはいうまでもないが、織田のつぎはだれかとなると、徳川よりも武田の名をあげる意見も強い。徳川が二番手ないし三番手として支えるのは織田の天下か武田の天下か、そういう関係でしか徳川の名は登場しない。徳川は永遠の二番手ないし三番手である、といった位置づけだ。

さて、武田勝頼は三河と遠江に攻めこもうとしている。三遠(さんえん)侵攻はいわば父の代からの遺策だ。

武田と徳川の攻防戦の鍵は、三河の戦線では長篠城(ながしの)が、遠江では高天神城(たかてんじん)がにぎっている。長篠城と高天神城を確保する者が東海の戦局で優位に立つのは確実だ。

天正二年（一五七四）の春の時点でいうと、長篠城は武田勝頼が、高天神城は徳川家康が支配していた。長篠にくわえて高天神城をも奪おうとした勝頼の攻撃によって、この年の東海地区の戦争の幕がきっておとされた。

二万五千の武田の騎馬軍団が高天神城めざして甲府を出発、駿府から道を西にとって小山から相良、そして高天神城を包囲した。

高天神の守備は小笠原長忠である。ふるくから今川の臣下であったが、今川が滅亡したあとは家康に仕えている。

「武田軍は大勢なり、援軍を！」

小笠原の要請にこたえて家康は救援軍をおくるとともに、織田信長にも高天神城の危急を訴えて援軍派遣を要請した。

織田信長は越前の一向一揆との対決をひかえて多忙であったが、同盟者・家康のたっての要請を無視するわけにもいかない。あわただしく岐阜を発ったが、到着前に高天神城は武田軍の手に落ちていた。

だが、家康は高天神城をあきらめるわけにはいかない。大井川の西に一歩も二歩も食いこんだ高天神城を勝頼におさえられているかぎり、家康の遠江支配には大きな風穴があいたも同然なのである。

高天神からやや西、馬伏塚に城をきずいて高天神城の武田軍にたいする防壁とし、守将として大須賀康高を配した。

松下源太郎の頭陀寺の屋敷をたずねた万千代が、真剣な面持ちで質問をなげた。

「高天神をまもるわが殿の備えに手ぬかりがあったのではなかろうか？」

主君の戦略に疑問を表明するのは最高の神聖にたいする反逆になりかねない。そのことは万千代も了解しているはずだが、それにしては初歩的な失態をおかしかねない質問である。

唇に指をあてて源太郎が「万千代よ、そのような」といいかけたのを笑顔で制して、「ここだけのはなし」と反応したのは万千代と源太郎との、子供と大人との関係が反対になったかのように見られた。

まだ元服もしていない万千代から誓約を提示された――そのように受け取ったからには源太郎は応じざるをえない。

「ならば、ここだけのはなしということで……」と念をおしておいて、「高天神の防備の薄いのを、武田に洩らした者がいる。そうとしか、わしには考えられぬ」

「間者が……！」

源太郎はまたまた唇に指で蓋をして、万千代の高声を制した。「間者」など、めったに口に出すべき言葉ではない。主取りをする武士ならば、それくらいは肝に銘じておかねばならぬ。

万千代の、深刻な様子の深い溜め息を翻訳すれば、「わが殿の家中のご支配は鉄壁のごとしと思っていたが、そうともいえぬらしいぞ。われらの周辺に間者がおったとはな！」という衝撃の嘆きになる。

井伊万千代は家康のそばちかくに仕えることになった。

このころ、もしも万千代の日々の行動に注意するひとがあれば、家康の重臣の言動に目をくばり、耳をかたむけている姿に気づいたはずである。

――だれだれは、このような性格のひと。だれそれは、だれと仲が良く、だれだれと競争の関係にある。

そういったことに、ことさらに気をくばって探っていた。探っていたというと万千代が間者をもって自任していたような感じになるが、そういうわけではない。

目標とすべき性格と避けねばならぬ性格との区別をつけられるように、おのれの人物評価の物差しを鍛えていた、そういえば適切であろう。

万千代がサカイサエモンとつぶやくことが多くなった。そうと気づいたのは、かつては養父、いまは後見として、万千代に責任をもたざるをえない松下源太郎である。

サカイサエモン――酒井左衛門尉（のちには左衛門督）忠次のことである。

家康の片腕――この言葉を何のためらいもなく使える典型的な人物、それが酒井左衛門尉忠次であった。作戦の協議、戦場における駆け引き、そういうときには家康の影武者のような素早い動きをみせる。

猪突猛進の破滅型ではなく、わが殿の勝利と利益のために、いま、なにを、どうすればいいかが咄嗟にわかる男――万千代は最大限の尊敬をサカイサエモンにささげている。

万千代のごとき新参者が、酒井左衛門尉忠次をサカイサエモンとよぶのは礼を欠いた行為に見えぬこともない。だが、それもこれも人柄による。万千代がサカイサエモンというときの敬意は、だれにも疑うことができなかった。

「ぜひともサカイサエモンにお願いしたいのです。井伊万千代、一生の願いです」

松下源太郎を相手に、赤ん坊のように駄々を捏ねている万千代。

対して源太郎は「それはあなた、武士の元服ということの意義を理解しておらぬ証拠ですぞ」と、かつての養子、いまは徳川の臣下として同僚の万千代の序列をどう考えればいいのか、すこしばかり当惑の様子で、敬語の使い方の基準を上へ下へと変えながら諭している。

いささか混乱の事態にいたる経過はつぎのようなものであった。

天正四年（一五七六）二月、井伊万千代は遠江の芝原で武田勝頼と戦った。万千代の初陣である。

武士の初陣にさいしては具足初めの儀式をおこない、神に武勇を祈るしきたりになっていた。

生涯で最初の具足を着せてやる役を具足親という。具足初めと元服がかさなる場合もすくないから、具足親が烏帽子親であることも多い。

一族の長老格の者や父親の上司が頼まれて具足親の役をつとめるのがふつうだが、万千代の場合、父が亡くなって久しいから、父の上司はいない。一族の長老といっても、そもそも井伊家なるものがついさきごろまで浪々の境遇であったから、長老でございますと威張れる人物がいるわけがない。

そこで、家康が登場する。家康が万千代の具足親をつとめるわけではないが、家康の指名によって菅沼定政なる勇者が万千代に具足を着せる大役をはたすことになった。

だが――

「万千代殿よ。菅沼殿が具足親では不満であると顔に書いてありますぞ」

挑発してかかったのはかつての養父、いまも後見の役を負っている松下源太郎であった。

万千代はサカイサエモンに具足親になってもらいたい望みをもっている――そうと見やぶったのが源太郎であった。

本人の望みがかなえられる場ではない、そもそも本人の望みを表明できる場でもない。そのことは万千代自身がよく知っているはずだが、このところのサカイサエモンへの傾倒と具足初めと時期がかさなったため、万千代は「ひょっとすると……」の期待をもってしまったらしい。

万千代の胸中を叩いてみた結果、やはり万千代はサカイサエモンが具足親になってくれるように、あっちこっちに手をまわしているらしいと判明した。

「ぜひにでも、サカイサエモンにお願いしたいのです」

お願いしたいといわれた源太郎だが、これだけは阻止しなければならんと決意した。万千代の手足を縛ってでも口に蓋をしてでも、これだけは断念させなければならぬと覚悟をきめた。

「武士の具足初めの意義は容易なものではありませぬぞ」

松下源太郎は、具足初めの儀式の原則的な意義から説きあかそうとする。

具足初めとは一個の武士を誕生させる儀式であり、それまでの数年ないし十数年の幼少体験を全否定することからはじまる。戦場における主家と自家の維持、成長を可能とする神秘な力を主君から授けていただく儀式でもある。

「神秘の武力を主君や世間にかわって授ける役目、それが具足親なのだ。どうかな、井伊万千代殿よ。自分の好みで具足親を選んではならぬわけが納得できたであろう！」

おわりのところに、ちょっとばかりの恫喝の調子を利かせた。照れくさい説教に終止符を打つには恫喝の調子でやるほかにはないと源太郎は計算した。

「わが殿がおっしゃる、菅沼定政というお方は……？」

どのような経歴の持主であるのか、春秋に富む井伊万千代の人生の手本となるほどの勇者であるのか、たずねようとした万千代の先手をとって源太郎が菅沼定政の猛烈な経歴をかいつまんで語ってきかせる。じつは源太郎、こういう場面もあろうかと、菅沼定政のひととなり、経歴を関係者からききだしていたのだ。

菅沼定政の先祖は美濃の土岐郡の明智に住んでいたので、明智を姓としていた。天文二十一年（一五五二）に明智定明が斎藤道三と戦って死んだ。その定明の長男が定政である。

定政は前年に生まれたばかり、臣下に守られて三河に亡命し、母方の叔父の菅沼定仙に養われた。生き別れの母は足利将軍家からあたえられた文書や家系図をふところにして諸方を放浪、ようやく三河の菅沼定仙に養われている息子と再会した。

「母と生き別れ、それから再会なされたのか！」

わが身の過去に似たところがあるのを知って、感慨無量の面持ちの万千代だ。

明智定政の、その後――

菅沼定仙の推薦で徳川家康に仕えることになった永禄七年（一五六四）、明智から菅沼に姓をあらためた。

初陣は永禄八年、三河の寺部城攻撃であった。出陣にあたり家康が手ずから鎧を着せ、貞宗の脇差をあたえたのが定政の元服と具足初めになった。定政の具足親と烏帽子親はほかならぬ家康なのだ。

姉川の合戦では六つの敵の首を取り、三方原の合戦では負傷した味方の武士を馬の尻骨に乗せて帰陣するなど、勇者の名と誉れをほしいままにした。

「合戦に敗れて家をうしない、家来にそだてられ、養い親の推薦でわが殿に仕える道がひらけたことなど、なにもかも万千代殿に似た境遇である。それを由緒として、わが殿は菅沼定政殿を万千代殿の具足親にどうかともうされておる」

放浪の身の定政であったが、家康の小姓として仕えてから戦功をつみあげ、いまでは三河国の加茂郡に知行所をあたえられ、家康の臣下の加藤吉正を配せられている。

「加藤氏、ひとりだけ？」

井伊万千代は、なんとも意外なことを聞いたものだといったように、首をかしげ、目を剝（む）いて源太郎を見つめる。

「菅沼氏と比較すれば、あなたが莫大な恩恵をこうむっておる事実がよくおわかりでしょう」

美濃の土岐氏は清和源氏の一流で、美濃源氏の諸氏のうちでもっとも有力な一族であった。

源頼光の六世の光衡が美濃の土岐に住みついて土岐氏の祖となり、足利氏に重用されて歴代にわたって美濃国の守護をつとめた。

美濃の守護十一代目の頼芸（よりなり）が臣下の斎藤道三に敗れ、いったんは滅亡の憂き目をみるが、ともかくも定政は美濃の守護をつとめた家柄の土岐頼芸の血につながる名門の出である。

名門出身にして武功にかがやく定政でさえ、配されているのは加藤吉正ひとりだけ。それにたいして井伊万千代は、なんの武功もたてぬうちから井伊谷三人衆を付けてもらっている。家康の寵愛の重さのほどがわかろうというものだ。

家康が万千代の具足親として菅沼定政を指名したのは、本来ならば万千代と定政は同列に置かれるべきところであると、暗示する意味があったのかもしれない。

定政の具足親が家康であったのだから、家康の神秘のちからが定政から万千代へと継承されることでもある。

「なるほど。菅沼氏を具足親として、ありがたくお迎えいたしますと、殿にもうしあげてくだされ」

井伊万千代は菅沼定政を具足親として生涯で最初の甲冑を身につけ、そのまま芝原の戦場に出ていった。

このころ、徳川家康の家中にわきおこっていた、険悪な疑問というか、いわくいいがたい不穏な空気があった。井伊万千代をめぐる疑問——元服の式も済んでいない子供を戦場にひきだして武田方から嘲笑されはしないかという不安であった。

敵方に嘲笑される、嘲笑されるに足る理由があれば、これだけで軍団の戦意低下はあきらかだ。

子供を合戦の場に出してはならぬ法のようなものがあるわけではない。しかし、敵の軍勢のなかに子供がいるとわかったときの困惑を考えてみれば、理由の如何を問わず、子供を戦場に、しかも戦力として出すのは武士の世界の掟に反するものといわねばならない。

万千代が闘志を見せなければまた別だが、遠江の芝原でも、のちの駿河の田中でも、万千代はめざましい働きをみせた。

「だれだ、あれは？」

「井伊谷の井伊万千代」

「井伊家――絶えたのではないか？」

「いちどは絶えたが、家康が万千代に目を留めて、再興させた」

「万千代の名は？」

「万千代」

「ふざけるな。万千代の諱（いみな）は何かとたずねておる」

「元服をすませておらぬから諱はない。幼名は虎松といったが、家康が万千代の通称をあたえた。万千代は通称、諱ではない」

「元服もしていない子供を相手に、われら武田の猛者（もさ）が一泡も二泡もふかされたのか。くそったれ！」

こんなふうな会話が敵陣でかわされているのかと思えば、歴戦の徳川勇士、居ても立ってもいられない。

井伊万千代はまだ元服をすませていない。元服をすませた者を一人前の武士とする掟からすれば、万千代はまだ子供なのである。

軍団の最高責任者、徳川家康にこの理屈がわからぬはずはないが、「万千代を元服させせよ」との指示は出さない。

——殿は万千代を、戦士よりは寵童、宝物として大切になされている。元服すれば寵童でなくなるのを惜しまれ、今日よりは明日、明日よりは明後日と一日のばしにのばされているのが殿の心境、他意はあるまい。

およそのところはこのようなものであろうと重臣どもは考えているが、寵童のまま大切になさりたいのであれば、危険な戦場に、敵方の嘲笑となるのも厭(いと)わずにお出しになるのは、なぜなのか？

なぜ、と問いつめて答えの出ることではない。

武田勝頼は遠江侵攻の拠点の高天神城を確保している。高天神城にくわえて長篠城があれば三河侵攻の拠点が出来る、三遠あわせて徳川の手から奪う日はちかづいたと大いに張り切って長篠城の攻略にとりかかる。

長篠城を守るのは奥平信昌が指揮する五百ばかりの小部隊。天正三年（一五七五）五月一日からはじまった勝頼の猛攻をしのいでいたが、兵糧も底をつき、落城必至となったので、奥平信昌は鳥居強右衛門(すねえもん)を密使として主君家康に援兵の派遣を要請した。

強右衛門は武田軍の包囲を突破して浜松にたどりつき、家康から「援兵を送る」と、ありがたい言葉をきいて、すぐ、援兵にさきだって長篠城にもどろうとした。包囲をかいくぐって城にはいろうとしたが、発見され、捕虜となった。

武田の武士が強右衛門を地べたにすわらせ、後ろ手に縛って、言う。

「命を助けてやらんでもないが、どうじゃ？」

「知ったことか！」

「『味方の援兵は来ぬ、あきらめて降伏、城を開けよ』と言うだけでよい。言えば、おまえは命を落とさずにすむ。どうじゃ！」

「……」

「どうじゃ！」

後ろ手を縛る縄が、ひときわ、ぎゅーっと締められた。

歯を食いしばって耐えようとした強右衛門だが、もはや忍耐の限界。

「わかった。言おう、『お味方は来ぬ、あきらめて城門を開けよ』と」

強右衛門は磔柱にくくりつけられ、城内から見える高い位置に吊りあげられた。

「おお、強右衛門！」

「強右衛門、どうしたッ。お味方の援兵はやってくるのか！」

「返事してくれ！」

強右衛門の背中を武田の兵が槍でつっつき、「『援兵はこぬ、あきらめて開城せよ』と叫べ」と、いそがせる。

「お味方の衆よーッ。援兵は、援兵は……」

「はやく、強右衛門！」

「援兵は……参ります。わずかの辛抱……」

みなまでいいおわらぬうち、強右衛門の背中を武田の兵の槍先がつらぬいた。

うすれてゆく強右衛門の意識のなかに、かけつける援兵の人馬の音がひびいた。


「どうじゃ、万千代、戦争は恐ろしいか」と家康が念をおす口調で問いかける。

恐ろしいかと問われた万千代は「恐ろしいか」で満足する家康ではないと気づき、「いや。恐ろしくはございませぬ」と答えたが、これぎりは負けるのはつまらぬこと。勝たねばならんわけですから恐ろしいと思っているひまはない……これを万千代の答えといたします」と、ながながと弁じた。

「勝たねばならんが、勝てぬときもあるぞ」

「ならば、負ければいい」

負ければいい、などとは武士にあるまじき弱音、叱られると思った万千代がいいかえすよりさきに、家康がいった。

「井伊家は負け戦の連続であったのだな、負けるのも慣れておる、か」

負け戦の連続などといわれるのは恥ずかしいはずだが、いま目の前の家康にいわれてもそれほど恥ずかしくはない。

どういうわけなんだろう？

万千代の頭のなか、というか、耳の奥というか、ぐぅわーんと鳴っているだけ。家康から「井伊家は負け戦の連続」といわれて恥ずかしくないのは、はっきりときこえないせいかもしれない。

長篠の合戦を、万千代はずーっと後方の詰めの陣で観戦した。

家康は「危険である、後方で見ておれ」とだけいい、どこに席を占めるべきかはいわなかったから、味方の陣営から発射される銃声が、より強く聞こえる方角をめざしてあるいているうちに、どうやら織田軍の陣営にちかいところへ迷いこんだようである。

「だれだ。そこは敵の弾が飛んでくる、そんなことも知らずに……」

「三河守に仕える、井伊万千代」

「万千代……なるほど、子供だな」

子供は危険である、はやく徳川の陣地にもどれと追い返されるかと思ったが、その男はもういちど「弾が飛んでくるぞ」といっただけで土煙のなかに消えていった。

たしかに弾は飛んでくるが、五間ほど先にちからなく落ちるだけだとわかり、それからは織田軍の鉄砲隊の素早いうごきに目を見張っていた。

――どうであったか？

この合戦がおわれば、かならず家康から質問される。じょうずに答えるためにはじょうずに見ておかねばと思うから目を見張ってみているが、

――このありさまを、なんと言い表せばいいものか？

いまから冷や汗が出る思いだ。

兵士と馬が、ごたごたと、ばらばらに動いているだけである。カッセン――合戦という言葉に期待していた華やかさ、荘厳さといったものの、かけらもない。

血の匂いがはげしいものだと思いこんでいたが、血の匂いはそうでもないかわり

に、硝煙と土煙の、匂いというか臭みというか。

あの匂いを思い出したので、万千代は「わが先祖が、あんな汚らしい合戦で負けたと思うと……」そのあとを「哀れに思えて仕方がない」とつづけるつもりだったが、家康はいわせず、自分で「汚らしい……うん、うん、まことに合戦とは汚らしいもの。勝ったにしても威張れるものではない、負ければ苦しいだけ」、顔を顰（しか）めてみせたのは、ここだけのはなしにしておけよ、の合図だと万千代はこころえた。

家康に喜んでもらえる答えをしなかったという悔いがのこりそうだから、「ひとつだけ」と前置きし、「大将は射撃を訓練するのがいいのか、部下に任せておけばいいのか、そのことが、いささか……」といった。

「鉄砲を撃てる、それぐらいにしておけ。大将が銃の名人になど、なってはいかん。銃の名人といわれなければ出世できぬ家来がいくらでもおる。そういう者の出世の道を塞いではいかんのだ」

天正三年（一五七五）五月二十一日、織田と徳川の連合軍が三河の長篠城外、設楽原（しだらはら）に武田勝頼の大軍をむかえて戦い、圧勝した。

突進する武田の騎馬隊にたいして、連合軍とくに織田軍の銃隊が規則ただしい波状の射撃をあびせた。馬防柵で突進を止められて速度の鈍るところに、灼熱の鉛弾が横なぐりの雨のように飛んできて馬の肌を傷つけ、騎馬武者の鎧に穴をあけた。

銃隊攻撃という新しい戦法を編み出したのは信長の天才だが、これで完成に達したはずはない。銃隊攻撃で武田勝頼を倒した信長が新しいかたちの銃の攻撃で倒されるときもあるはずだ。

その合戦を観戦した井伊万千代は「汚らしい」という感想をまとめ、家康への報告とした。

龍潭寺にまいって和尚に無沙汰を詫びたいのですがと万千代が願うと、家康は「そうじゃ。井伊谷の和尚のことを、ころっと忘れておった。よろしく、つたえよ」と快諾した。

家康が「南渓を忘れていた」と、まるで、なにか悪いことをしたかのようにいうのは筋が通らない。それほど深い交際があるわけではないからだ。

だが、そこで、「忘れていた。悪く思ってくれるなよと、つたえてくれ」と謙虚な言い方をすると、相手につたわったときの印象がちがう。徳川家康は三十四歳、こういう老練な手を使えるようになってきた。

浜松の城下から井伊谷に馬をとばす。

井伊の若様がおもどりになられた——突き刺さる視線をはっきり感じる。感じるからこそ、今日ここへ駆けつけて、和尚にうったえなければならないことがある。

「和尚よ。わしは、いつまで徳川殿の寵童でなければならんのか。ことによると、わしの知らぬところで、いついつまでと期限をさだめた約束のようなものがあったのではないか。それならそれと——かまわんぞ、わしは怒りはせぬ——いってくれ。教えてくれ！」

勢いこんでいるから言い方をまちがえているというか、万千代が本当に聞きたいのは「約束の期限」ではなく、「約束など、ない」との和尚の断言である。

「ご存じなかった……！」

「何のことを……？」

　武士が主取りをするのに、いついつまでと期限をかぎることはありえない。寵童として主の寝所の相手をつとめるのも主を持つ者のつとめのひとつ、期限をかぎることはありえないと和尚は、丁寧な口調で説明し、「この和尚の言い忘れのひとつなのでしょう。ならば歳のせいだと、おゆるしくだされ」と腰をかがめた。

「主取り……」

「主取りでございます」

「主取りならば期限はない。つとめの種類の約束もない……なるほど」

　おわかりかと、和尚は念をおさない。念をおさないかわりに、「それはそれとして」と話題を変えるのに熱心になった。和尚がもちだした新しい話題というのは、「いかがでしょうか。われら禅僧の真似をして、公案(こうあん)をおやりになっては

……」

「おやりになっては」の続きを呑みこみ、むにゃむにゃとごまかしたのは「公案をやる」という言い方が乱暴である、禅僧として上品でないと非難されるかも、

いや、われとわが身を非難しなければならぬ事態をまねいたかもしれぬと、咄嗟に身をひいたわけだ。南渓和尚には粗忽の一面がある。

「公案は僧の修行にかぎったものではない、こういいたいわけだな」

「ご明察」

万千代が顎を突き出して、「その公案というのを出してみよ」とうながし、和尚がぎゅーっ、ぎゅーっと硬い調子の筆を走らせた。

夜ふけて戦場を過ぐれば
寒月白骨を照らす

意味を訳せというのでもなく、感想をいえというのでもない。目の玉をひんむいて「あかんべえ」とやるのも公案にたいする対応のひとつであるという解釈もありうる。ぴーっと飛んできたものを、かーんと叩きかえす、とでもいえばいいのか。和尚が「うむ」とうなずけば、井伊万千代は和尚の禅の弟子になるわけだ。

井伊谷の龍潭寺で、万千代が和尚に提出したものが如何なるものであったか、両人のほかに知るものはない。

ともかくも万千代は和尚の禅の弟子になった。それを記念にというのはあまりに俗っぽいが、万千代は和尚にねがって法名をつけてもらった。

「祥寿院清涼泰安（しょうじゅいんせいりょうたいあん）」

「ありがとう、ございます」

――築山のお方さま、それと、信康さまがご生害（しょうがい）なされました！

途方もない悲報をつたえてきたのは綾乃であった。

綾乃は三河の岡崎から悲報を発したと思われるが、浜松の松下家につたえたのは綾乃自身ではなく、名の知れぬ遊女のひとりであった。岡崎から浜松へ、いつものように鏡の合図で順送りに送られてきたのだろう。

いずれは綾乃があらわれ、悲痛な事件の詳細を教えてくれるはずと思っていたが、いつになっても綾乃は姿を見せない。浜松城の中も外も奇っ怪な噂であふれかえり、ひとびとは周章狼狽、そのうちに、これが事件の真相であろうという大筋が判明してきた。

家康が浜松にうつったあと、岡崎は嫡子の信康に任された。家康の夫人、信康の生母の築山殿も信康とともに岡崎にのこった。これが悲劇の種をまいたといえなくもない。

信康の夫人はほかならぬ織田信長の娘、徳姫。徳姫は岡崎城の第一夫人として扱われるはずのところ、姑の築山殿がでーんと存在感をしめしているので、控えの立場にまわらざるをえない。

——わたくしは昼も夜も哀しい立場におかれ、泣きくらしております。

これくらいのうちは、まだよかったが、

——わが夫の信康と姑の築山殿めは、父上のご恩もわすれ、武田勝頼に内通しております！

あくまでも噂であるが、こういう内容の書状が岐阜の信長のもとに届いた。徳姫の不満にかこつけて、だれか別の者が、けしからぬ讒訴をやったと疑えないこともない。闇のなかの経過なのだ。

信長は家康の側近第一の酒井左衛門尉忠次をよびつけ、疑惑の数々について釈明をもとめた。

——おおせの通りでございます。

それも事実、これも事実と、十二カ条の疑惑のうちの十カ条までが事実でありますと忠次は認めてしまったという。

「あのサカイサエモンが！」

万千代には信じられぬ。

忠次の立場も苦しかったはずだが、家康が第二の弁明使を岐阜に送り、「忠次のいうのは事実ではありませぬ」と訂正することはありえない。織田信長と徳川家康の地位の相違は画然としている。

両人を処刑せよと信長は指示した。嫌ならば同盟を即時に破棄するぞと、無言の威（おど）しが効いている。

家康は脅迫に屈した。浜松にちかい富塚で築山殿を殺させ、つぎに二俣城で信康を切腹させた。天正七年（一五七九）の夏の惨事である。

織田との同盟を維持するためには、妻も長男も犠牲にする家康——その家康を主として仕える井伊万千代の肝は恐怖にちぢみ、背筋は冷えた。

——そこまでやらねば武士の家は守れんのか。いや、そこまでやって守らなければならぬほどの価値が、武士の家にあるのか？

　これといった理由はないが、綾乃が浜松にきて、岡崎で起こった悲劇の詳細を教えてくれれば疑問もすこしは解けるような気がした。

　だが、綾乃はあらわれなかった。

　岡崎の惨事から一カ月ほどすぎ、ひとりの女の子が井伊谷城の門番にちかづいて、「綾乃さまからの預かりものです」と、包みの品を手渡した。あけてみると、てのひらにおさまる小型の鏡だ。

　浜松の松下家に万千代がもってゆき、おふくろといっしょに点検したところ、綾乃の鏡とわかった。裏の刻みでそれと知れると、おふくろは涙ながらにいった。

　ここ数年のあいだ、三河・遠江・駿河の三国の遊女は岡崎の築山殿を守り神として崇（あが）めていた。築山殿が保護してくれるわけでもなく、遊女の気持ちの拠り所といったものだが、築山殿はこの役目を嬉しがってひきうけ、綾乃を通じて、あれこれと手をさしのべてくれていたのだそうだ。

「おふくろさまは、そうと知りながら……」

「綾乃から、黙っていてくれと口を封じられていました」

「大名の夫人には、遊女の仕事と暮らしを保護する義務のようなものがあるのですか」

「義務などというはっきりしたものではないが、大名夫人は女のなかの女という立場だから……」

おふくろは下をむき、「簗山殿のたすけがなくなって、これから三国の遊女の暮らしはどうなることやら」と溜め息をついた。

第五章　甲州武田氏の滅亡

井伊谷の龍潭寺の南渓和尚から昊天を通じて「読経はいかがかな。おこたるなかれ」と、身辺監視じみた伝言があり、万千代は「朝に晩に勤めております。上達具合のほどは昊天師がお知らせを」と返答した。

公案をしめされて、応じた。「祥寿院清涼泰安」の法名もいただいた。だから万千代は南渓和尚の弟子ということになっている。

万千代の先祖が井伊家の菩提寺として建立したのが龍潭寺だから、住職はいわば身内も同然、弟子だとか師だとかいって畏まる必要もないが、越えてはならぬ一線というものはある。

早い話、龍潭寺は井伊谷城だけの仏殿ではない。大袈裟にいえば、龍潭寺の門は天下にむかって開かれている。そこへ万千代が、龍潭寺はわが井伊家の仏間も同然といった顔で出入りすれば寺の門を閉ざすのと同様になりかねない。

　師弟の関係をただの形式におわらせない工夫として、和尚は万千代に「読経をやりなされ」と命じた。

「読経の、稽古を？」

「読経に稽古はありえない。仏に仕えるのに稽古とお勤めの相違があるわけはないのだからな」

　万千代は敷物からすべり落ちると、師にむかってかるく礼をした。未熟な考えを披露して恥ずかしゅうございますと、謙譲の気分を表明したわけだ。こういう謙譲の礼を照れずにやるのは気分がいい。

　万千代は読経をはじめた。禅僧になるつもりはないが、声をはりあげて経を読むのは案外に気分のいいものだと知った。

　雑念がすこしずつ消えて、色彩のかたまりのようだった頭が音の交響の洞窟になった感じになってくる。

　そういう感覚になりましたと報告し、いくらか僧の水準に近づいたしるしだろうかとたずねたら、和尚は手にしていた小ぶりの茶碗を投げつけてきた。機嫌のいいときの和尚は、わざと乱暴なふるまいをする。

「それくらいで僧侶になれるなら、この世のなか、坊主であふれかえる。ま、僧侶にはなれずとも、戦場ではなかなか役に立つ」

「読経が、戦場で……？」


長篠合戦で織田軍の鉄砲隊の波状射撃にやられた武田勝頼、かなりの痛手をうけたはずだが、三遠(さんえん)の戦線から撤退はせず、今日はここ、明日はそこと兵を出して家康をなやませている。

天正六年（一五七八）の三月――築山殿と信康の惨劇のまえ――家康は駿河の田中城を攻撃した。井伊万千代も出陣したが、井伊家の旗印をかかげた一騎の武士としてではない。小姓組として家康の馬脇をかためる一員としての出陣であった。

田中城の守備隊は、まさか大井川をこえて徳川が攻めてくるとは考えていなかった。気がついたときには大軍に包囲されかかっていたから、あわてて逃げ出すのが精一杯。

いよいよ城にのりこむときになって、今度は徳川の軍に乱れが生じた。浜松からほとんど休みなく進撃してきた結果、隊列が伸び過ぎた。城の弱点に攻撃を集中できない。

万千代は家康の許可を得て、味方の隊列を抜けて前面にたちふさがり、「そこ、止まれ！」「こちらは、この線まで進んで止まれ！」と号令をかけはじめた。

突撃作戦の指揮をとったというのは正確ではない。突撃の一歩手前の、おのおのの隊を有効に配列する、攻撃の準備の段階の指揮である。

万千代の声が、遠くまでとどいた。

先に出過ぎた隊は止まり、遅れた隊は前進して万千代が示す線で停止し、つぎの指示を待つ余裕ができた。

——出過ぎた真似をする若僧。あれは、だれだ？

——井伊の万千代といって、ちかごろ殿のお気に入り。

——遠くまで、すーっと通る声だな。あの声で三千とか五千とか、いずれは大知を拝領するかもしれぬぞ。

——でかい声が出世の元になるなら、坊主はみんな一国一城のあるじだ。

万千代は坊主ではないが、坊主の南渓和尚に指示されてつづけている読経の声で、まずは注目をあつめることに成功した。万千代がいつまでも寵童のままでいると、いちばん困るのはほかでもない、主君の家康なのだ。

声であれ槍であれ、つまるところは衆人の注目をひきつけるのが肝腎である。

和尚は「井伊家の殿は大声で一国一城を手に入れる」とさけび、「次郎の法師さまに知らせなくては」と手を打って傑山を呼んだ。

「名をつけるひまがなかった。その方の好みで名をつけよ」

万千代は家康から馬をいただいた。駿河の田中城攻めで大声を張りあげ、注目をあつめたのを家康がみずから確認した、そのしるしということである。

——さて、不平がましくいうのは、だれであろうかな?

家康の家来のうち、井伊万千代がいちばん注目しているのは酒井忠次である。

酒井殿と呼ぶこともあるが、ふつうのときにはサカイサエモンと、万千代の心情を知らぬひとがきけば、「無礼きわまる」と怒りだすような呼び方をしている。

そのサカイサエモンは、万千代が殿から馬を頂戴したときいたとき、まずはじめに「殿はお目が高い」と喜び、そのつぎに「名門の出を鼻にかけるところが見えませぬからな、井伊殿には」とお馬頂戴の正当性を評価した。

あの酒井が、いまさら、どんな顔をして殿の御前に出られるのかと、裏にまわって悪しざまにいう声が高い。酒井が織田殿にたいして、築山殿母子への疑惑をあっさり認めてしまう失態をやったから、殿はお方さまと嫡男さまと、掛け替えのないふたりを失われたのだという非難に筋がないとはいえない。

その酒井や本多、榊原といった三河譜代の家来にまじって意見をさしはさむ立場ではないのを、万千代は意識している。だがしかし、と万千代は思う、サカイサエモン、やはりたいしたものだなあ！

自分から差し控えていれば、世間は酒井の行動の背景を勝手に推測してくれる。わが失態がお方さまと嫡男さまと、大切な命を失わせてしまった。殿の前はもちろん、ひとまえに出せる顔ではない――酒井は恥じ、恐縮して、みずから世間に顔をださない決意をしたのだ、と。

それが、ちがう。

サカイサエモンは逼塞（ひっそく）するどころか、それまでとすこしも変わらずに家康のそばに出仕している。出過ぎるでもなく、慇懃(いんぎん)無礼でもなく、粛々(しゅくしゅく)と。

「やはりたいしたもの」のサカイサエモンが喜んでくれたのは、万千代としては予想どおりだった。

真っ向からではないが、万千代の耳にはいるようにそれとなく非難したのは、これまた予想したとおり、本多作左衛門重次であった。

「あのような名馬を、ひともあろうに、井伊万千代などに賜るとは！」

万千代の出身と地位を軽蔑し、返す刀で主君家康の見識のなさに不平をとなえる言い方であった。

こういう場合、きこえないふりで通すのがいいのか、ききとがめて反発すべきであるのか、時と場合によるのはもちろんだが、意識せずにじょうずに判断できるのがつまりは少年から大人へ成長した証である。

このとき、井伊万千代はありったけのちからで奥歯をかみしめ、重次に反発したい衝動をおさえきった。大身ではないが武名は赫々(かっかく)たる重次、へたに手を出せば吹っ飛ばされる。

——本多作左衛門重次というひとにたいしては、このように。

失敗は避けられない。

だが、いまはまだ、失敗するにははやすぎる。いまの失敗はとりかえしがつかない。いま、ここで失敗すると、おふくろや南渓和尚、おふくろのご亭主の松下源太郎殿、次郎の法師さま、井伊谷の小領主のだれそれが——、わが身にかかっている期待の重さを指おりかぞえる万千代であった。

海がちかづき、遠のいたかと思うと、突然すぐ目の前に、春の光にかがやく海があらわれてくる。

浜松から東へ、高天神(たかてんじん)の城をめざして徳川の軍団がすすんでゆく。

「おどろいたよ。どんどん東にきているのに富士が見えなくなるところもあるんだな」

「いまさら、何を」

「見えなくなると、どうしても見たくなる。それが富士のお山。このままじゃ大変だと思うから、ともかくも見えるところまでは進んでおこうと……それが富士のお山」

「おおげさな。おまえひとりの富士でもあるまいに」

　飛んでも跳ねても歴史に名がのこる気遣いのない連中は気楽なものだが、れっきとした騎馬武者は、そうはいかない。合戦の前と後で地位や身分に変化がなければ、合戦しなかったも同然なのだ。

「いや、本多殿、あなたの武功にあやかりたい」

「どうして、どうして。榊原殿、あなたの勇猛には、われら本多一族のうちでかなう者はおりませぬ」

　お世辞たらたらの胸のなかは、どうすればこいつを出し抜いて殿のお褒めの言葉をいただけるだろうかと、そればっかり。

　何年何月のどこどこの合戦では、こいつめの先祖のだれだれに、わが祖先のだれだれが出し抜かれて大恥をかいた。こんどはわしが先祖の屈辱の仕返しをやらねばならんと、歯ぎしりの覚悟の矛先が過去へ過去へとさかのぼる。

　たがいの対抗心は氷解するはずもないが、井伊万千代のごとき新参者を目の前にすると対抗が提携に、提携から一味同心に凝縮して熱気をおびる。

　わが同族の重次がいうには――本多忠勝が重次の不満を代弁して榊原康政に訴

える——京都から出張してきた皇族の落胤の末裔が禅寺でそだち、いささか学問ができるだけでお馬を頂戴する。こんなことなら、われらの息子は武士として育てるのは止めて、つぎからつぎへと禅寺に放りこむのが出世の早道になるではないかと、こんな苦情をもうしております。乱暴な言い方だが、それはそれ、重次の不満にも一理はあるというものです。

忠勝の訴えを康政がひきとり、「禅寺もふつうの禅寺ではだめだ。井伊谷とかいう、山奥の禅寺でなければ」

忠勝も康政も、うしろから馬をうたせてくる井伊万千代の耳に聞こえるのを意識して口裏をあわせる。

万千代の耳には、先輩ふたりが放つ言葉の矢が一本のこらず突き刺さっている。だからふたりの計算どおりといえるが、それより先に万千代も計算していたとまでは気がつかない。

そろそろ戦功をあげなければならぬなと万千代は判断した。

主君家康とふたりだけですごしていたとき、家康が「馬に乗れるようになったかな」とたずねたことがある。乗れるも乗れないもない。井伊万千代、自慢ではないが、馬と槍と弓と刀と、武士の技のうちで乗馬ほど得意なものはない。そうとご存じだから、さきほどのお馬頂戴があったのではないかと反論しかけて、はっと気づいた。

――一人前の武士になる時がきたと、殿はおっしゃっている！

「井伊万千代、馬に乗れます。いつでもお目にかける用意ができております」

「それは楽しみである」

高天神城攻撃が実質的な初陣となるとわかったとき、万千代は井伊谷に急使を送って和尚のちからを借りた。

――ナカゾウをお貸しいただく時がまいりました！

井伊谷に生まれそだち、龍潭寺の走り使いをしていた少年、修行をしていないから僧ではないが、小僧よりは年齢が高いので「中僧――ナカゾウ」とよばれる。いつまでも若君の側近役をしてはいられない昊天と傑山のかわりに使っていただきますと、和尚からいわれていた。そのナカゾウを高天神に先発させ、万千代が戦功をあげるとすれば、どこで、どういう作戦がありうるか、しらべさせておく。

　万千代自身は地位の高い先輩のうしろからつかずはなれず付いてゆき、自慢もまじえて披露するにちがいない戦功のための戦略を盗み聞きしようという計算をしていた。

　計算は、半分だけ当たった。本多忠勝も榊原康政もべらべらとよくしゃべるが、おしゃべりの大半がほかならぬ万千代への軽蔑と嫉妬であった。これは万千代の計算の外のことであった。


　――水攻めです。短くて半年、もっと長引くかもしれませぬ。松下さまも、そのように判断しておられます。

　高天神攻撃の後詰めの馬伏塚（まぶせづか）城についたとき、ナカゾウから秘密の連絡があった。長期の水攻め――万千代も予想していたところである。

　高天神城の包囲は天正八年（一五八〇）の三月にはじまった。周囲に深い堀を設け、掘りあげた土を高く盛って土手をつくり、土手のうえに塀を組み立てて城への出入りを完全に封鎖する。

守備隊の将の岡部長教は甲府の主君勝頼に援兵の派遣を要請したが、勝頼は遠江へ援軍をおくれない。相模の小田原の北条氏との提携がやぶれてしまったから、ここで高天神へ兵をおくるとなると北条の支配地を突破しなければならないが、いまの勝頼には、とうてい出来ない相談であった。

蟻一匹さえも出られない、もぐりこめない高天神城となったが、それでも天正八年のうちはもちこたえた。

大将の家康に焦りの色はみられないが、家来のあいだには疲労と焦燥の空気が重苦しくなってきた。

これはこれでよろしいのだと、万千代は観察している。

名だたる重臣たちのだれひとりとして、いまだに戦功をあげていない。城の全周からじわじわと包囲の輪をせばめているのだから、だれかが功績をあげるといった場面はありえない。

だが、万千代には万千代の焦燥がある。本多や榊原にくらべれば、自分はまだ若い。だが、その若さが裏目に出ないとはいえぬ、その恐れだ。

若いだけに、いちど疲労を感じれば抵抗がならず、押しつぶされてしまうかもしれぬという恐怖。

——ナカゾウが、なにか名案を見つけてくれぬか！

そのナカゾウからこっそりと連絡があり、案内の者のあとからついてゆくと、暗闇のなかに小さな祠が見えてきた。

「リョウタンジ」

「オショウサマ」

合言葉で、暗闇のむこうにいるのがナカゾウだと確認された。

ナカゾウは万千代を祠の裏の藪につれてゆき、地面に腹這いになり、このように耳を地面に付けてみてくださいとうながす。

「……？」

「聞こえませぬか、水の音が」

こんなところに水の音、場違いもはなはだしいと思いながら、しかし龍潭寺でそだったナカゾウがでたらめをいうはずはないと考え直し、じいーっと耳をおしつけたら、われながら驚くほど鮮明な音がきこえてきた。しいーっ、しいーっと絶え間なくきこえる。

「地下水の流れではないのです。ひとの手でつくった水路なのです」

「これが、水路？」

祠の横に、なんの変哲もない細い流れがある。これが城のなかに流れこんでいないのはだれの目にもあきらかだ。

だが、それだけではないのを、ナカゾウの炯眼が見破った。流れは藪のなかで分水されて、深い穴に溜まり、そこからあふれた水が地面から三尺ほど下に掘られた導水路を流れて城のなかに吸いこまれてゆく。

「この祠は……」

「地下で分水しているのを隠す、神がかりの仕掛けなのです」

隣村との水争いの惨劇のなかで、わが村の水利は確保しようという智恵の賜物であったろう。高天神の城ができるよりも前のことであったにちがいない。

徳川方はこの秘密を知らず、武田方は知っていた。奪い、奪われ、あしかけ七年にわたった高天神城の争奪戦——城が武田の手にある時期は長いのにたいして徳川の占拠は短期のうちに終わっていた不思議な事実の謎は、じつはこの分水の仕掛けにあったのだ。

「ナカゾウ、おまえが自分で見つけたはずはない。だれか、おしえてくれたひとがおるはず」

「それは……」

「謝礼はたっぷり、わかっておろうな」

「もちろんでございます」

甲府から援軍はやってこない、命の綱の秘密の水路は断たれてしまう。こうなっては、いかに勇将の岡部長教といえども勝ち目はない。食糧を断たれ、水を失った高天神城は立ち枯れてしまった。年は天正九年（一五八一）とかわって桜の花が咲きはじめていた。

二十一歳でめざましい戦功をあげた井伊万千代には、これまで以上の嫉妬と羨望の視線が集中するが、それは覚悟のうえのこと。

高天神城は失いたくない——焦った武田勝頼が救援軍の先頭になって出てくるところを待ち伏せて血祭りにあげる作戦を、家康は立てていたはずだ。

勝頼は出なかった。

誘導作戦にひっかからなかったのを、さすがは信玄の子の勝頼と称賛できないこともない。だが、遠江に出陣する意欲も軍事力もなくしていたのが勝頼の真相であった。高天神城をうしなった勝頼は、もはや座して滅亡を待つだけの存在となりはてていた。

天正十年（一五八二）二月、織田信長は武田勝頼追討の檄（げき）を発した。信長みずからは美濃から、北条氏政は関東から、徳川家康は遠江から、金森長近（ながちか）は飛驒から、それぞれ満を持して甲斐に軍隊をすすめた。負けるはずがない合戦がはじまる。

遠江の東の駿河国は勝頼によって放置された状態になっていたから、やすやすと家康の手に落ちた。この瞬間に家康は駿遠三（すんえんさん）（駿河・遠江・三河）の領主になった。格上の同盟者の信長の承認を必要とするが、信長が「否」というはずはない。

駿府無血開城――駿府にはいった家康は領民を保護する指令を発し、治安維持のための手をつぎつぎと打った。

駿府からいよいよ甲斐の国に攻め入ろうとしたとき、駿河の江尻城主、勝頼の重臣として有名な穴山梅雪（あなやまばいせつ）が降伏してきた。梅雪は武田信玄の甥、勝頼の姉婿である。

武田一族の主柱の梅雪が降伏し、甲斐に攻めこむ家康の先に立って案内役をつとめる。まさに戦国無残、いちど落ち目になったら最後、目も当てられぬ修羅の絵巻となる。梅雪につづいて、名だたる武田の勇将があいついで家康の軍門にくだってきた。

天正十年三月三日、勝頼は甲府の新城から逃げ出した。小山田信茂の勧めに応じて、五百人ほどの部隊をつれて都留（つる）郡の岩殿城をめざした。岩殿城が小山田信茂の城であったのだ。

七日の夜、信茂は「一足さきに帰城して殿をお迎えする準備をいたします」といい、人質の母を連れて出ていったが、いつになってももどってこない。不審に思った勝頼が使者をおくったが、笹子（ささご）峠で追い返されてしまった。滅亡は必至となった勝頼からすこしでも早く離れたいために、信茂はうそをついたらしい。

この失敗——滑稽というのが適切かもしれない——のあとで勝頼の部隊は部隊ともいえぬ四十人ほどになり、天目山（てんもくざん）に籠もろうとしたが、それさえ果たせず、天目山の麓の田野で全員が切腹した。武田の滅亡は三月十一日のことだ。

「あれが、織田家の総領！」

井伊万千代は信忠を見て、恐怖のあまりに肝っ玉が縮みあがる。

甲府に攻めこんだ織田軍の総大将は信長の嫡男の信忠であった。弘治三年（一五五七）生まれ、二十六歳の信忠は甲府に踏みこむやいなや、「殺せ、殺せ。ひとりも生かすな！」と叫びつづける。信忠の陣営に降伏してくる武田の臣下のほとんど全員が処刑された。行方の知れぬ者は捜索隊を派遣してまで、逮捕し、命を奪った。

「全員を殺せと、お父上から命じられておるのだろうか？」

「生かしておけば、武田の再興につながる恐れがある。再興といえば、ああ……」

あわてて口をつぐむのは、目の前にいる井伊万千代こそ、消えかかった井伊家を再興させた当人と気づいたからだ。

相手の狼狽の様子に、「いや、お気になさらずに」といった意味をこめた微笑をおくるものの、万千代の心中は複雑に動揺する。

いちどは消えた弱小大名の井伊家を徳川の威光によって再興させた者――徳川の臣下のあいだでこの評価が消えることはないものと覚悟しなければならない。

かならずしも井伊家や万千代を軽蔑する評価ではないが、善かれ悪しかれ、「井伊は格別」の印象は強調される。幼名そのままと思われがちの「万千代」さえ「井伊は格別」の材料になる。

いい気持ちはしない。

こんなことなら、再興に失敗、そのまま完全に消えてしまったほうがよかったと、何度も思わせられたものだ。井伊家は格別だから再興が実現した――こういわれるたびに針の筵にすわる心地がした。

それがいま、激変した。

信忠の目のとどかないところで、家康が武田の遺臣に救いの手をさしのべている。

徳川の陣営に飛びこんできた者は、ほとんど救われた。織田軍の探索の目をのがれた者で居所のわかっている者には「そのまま、そこに隠れて」と合図をおくった。織田軍が撤退してからあらためて救援するぞと指示して、安心させた。

万千代は先頭に立って奔走した。

なぜ、このように熱心になるのか、はじめのうちは考えもしなかったが、一息ついたときに気がついた。自分がそのように扱ってほしいように武田の遺臣を扱っている、これが嬉しくないはずはないと気がついた。

――わが君が武田の遺臣を最終的にどう扱われるか、いまは知れない。だが、すくなくとも一日だけは命を延ばしてやれた！

織田信長がすこし遅れて到着したが、万千代は遠くから一瞥(いちべつ)を送っただけですませた。武田遺臣の殲滅を命じた大将かと思うと、英雄というよりは魔王のような、不気味な感じがしてならなかった。

「織田殿に気づかれると、わが君にとってもよろしくはない」

万千代を咎(とが)める雰囲気が濃厚になりつつあった。武田遺臣の救命に徳川の主従をあげてとりくんでいる――このように信長に見られるのが危険でないとはいえない。

「気づかれぬように、こっそりと。こっそりとやるのは武士らしくはないが、いまは便法ということで……」

後半の説明は余計なものというべきであった。しょせんは「井伊は格別」なのである、武士らしくない卑怯な真似をやったからとて弁明は不要だ。

こっそりとやります、心配なさらぬようにと万千代は弁明した。だが、そのじつ、信長が東海道経由で安土に凱旋していったあとからは、武田遺臣の救済の任務に、これ見よがしに奔走する万千代であった。

一日もはやく浜松にもどりたい気持ちが募る同輩が多いなか、快活そのままにふるまう万千代の姿は、家康でさえ、「あれは、だれかな?」と驚嘆の目をむけたほど目立った。

甲斐から安土に凱旋した信長は京都にむかう。

その信長に招待されて家康は安土にゆき、さらに京都にのぼることになった。

井伊万千代も家康の小姓組の一員として選抜され、はじめて京都に行くことになった。井伊谷の南渓和尚をはじめ、たくさんのひとから祝いの言葉と餞別の品が贈られてきた。

「忘れておるかもしれんが、京都は宗良親王さまのふるさと。そして、井伊家の祖のふるさとかもしれぬから……」

和尚から、何でもよい、宗良親王さまにゆかりの品を見つけて井伊谷への土産としてくれと、念入りの依頼がつたえられた。「井伊万千代の義務であるぞ、そうおっしゃらんばかりの勢いでした」とつけくわえたのはナカゾウである。ナカゾウも万千代のお供で京都に出てゆく。

信長は安土で家康の一行を饗応した。嫡子の信忠、降参して家康の重臣になったばかりの穴山梅雪、そして本多忠勝・榊原康政・酒井忠次・石川数正・井伊万千代といった面々が随行している。

安土城の奇観に驚嘆するのを横目で見て快感を味わうのが信長の狙いとわかっているから、家康も臣下も大げさに驚いてみせる。井伊万千代などは「これで天子さまの内裏というものがあれば、安土はまさに天下の都というわけですな」ともちあげ、饗応役を苦笑させた。

饗応役は明智光秀である。

家康を歓迎する任務がおわると明智は丹波の亀山の城にもどり、それから中国の戦線めざして出征していった。羽柴秀吉が先鋒となって出陣、いまごろは備中高松の清水宗治（むねはる）を攻めているはずだ。明智は秀吉を後援し、信長の到着にそなえる予定。

明智と前後して家康の一行も安土から京都にむかった。そのあとから信長が上京する予定だが、それまで時間がある、堺の湊（みなと）でも見物してはどうかと信長は勧めた。

信長の勧めというか、無言の指示のとおりに家康の一行は京都から堺にむかった。

浜松を出たときから井伊万千代はひそかに期待するところがあった、京都で秀吉に会えるのではなかろうか、会いたいものだなと。

安土に着いて、すぐに秀吉のことをたずねた。中国攻略の先鋒をうけたまわって出陣した、いまごろは高松城の清水宗治を水攻めしているはずだと聞いて失望したけれども、秀吉が大任を命じられる地位にあるのを知ったのは嬉しく、頼もしく、本多や榊原のまえに出ると思わず自慢の鼻が高くなるのをおさえられない。

——殿さえも、この万千代ほどには羽柴秀吉殿と親しくはない。本多や榊原など、羽柴殿については何も知らんのだ。

京都で秀吉に会えたら、なによりも先に縫い針のことでお礼をいおうと考えていた。頂いた縫い針を縁起物として主君家康にお目にかかるときの晴れ着を縫いました。井伊万千代が今日、この身分にのぼれたのも、あの縫い針のおかげなのですと、心からの感謝の気持ちをこめていいたかった。

京都についたが、秀吉に会えないとわかっているから興奮もしない。理由はちがうだろうが、本多や石川も京都にいることに興奮しないようであった。

——貧弱！

——駿府の賑わいを喜んだお公卿さまが、これなら京都にもどりたくないとおっしゃったそうだ。

——京都にしかないものというと、天子さまの内裏だが。

——いや、わからんぞ。あの織田殿のことだ、内裏も安土に移せといえば、そのとおりにならんとも、かぎらぬ。

――まさか！

――ポルトガル人の南蛮寺は、どうかな。京都よりも先に九州にはたくさんの南蛮寺がつくられているそうだが。

――いずれ、浜松の城下にも南蛮寺が建つだろう。

――まさか！

知ったかぶりの顔の万千代だが、じつは、同輩たちのいっていることの半分ぐらいしか理解できない。とくに、天子さまと織田信長と、どっちがどうなのか、となるとお手あげだ。

天子さまの子は親王さまとよばれ、あの井伊谷のような山奥にまで姿をあらわす。

信長の子は、どうなるのか。信長の子が親王さまとよばれることは、あるんだろうか？

家康の京都の宿舎は茶屋四郎次郎の屋敷だった。四郎次郎は家康の一行といっしょに堺を見物し、ひとりだけ先に帰京した。帰京次第、四郎次郎は信長にたいして家康の謝辞をつたえるはずだ。

「おかげをもちまして堺の湊をゆるゆると拝見いたしました。このうえは一刻もはやく帰京し、無事ご入京の祝辞をもうしあげたく、そのこと、茶屋四郎次郎によりもうしあげさせます」

信長は征夷大将軍に任じられ、源頼朝と足利尊氏につづいて第三次の幕府をひらくのではないかと噂されていた。信長は噂を肯定も否定もしない。

将軍になるのは信長ではなく、嫡男の信忠である。信長は天皇により近い権威を創造して信忠の政権を後見するのだろう、といった推測もうまれている。

――相手は織田殿である、お祝いの辞をいくら重ねてもお怒りにはなられまい。

状況の次第ではどのような意味にも変化する「祝辞」を茶屋四郎次郎にのべさせ、六月二日の朝にはかさねて本多忠勝を京都に先発させ、本日のうちに帰京いたしますと伝えさせた。

京都にいそぐ忠勝が万千代と顔をあわせると、「浜松の夏も暑くてたまらぬが、この堺の暑さはまた格別」と、忠勝の気性にしてはめずらしい気候の挨拶をした。そこで万千代も精一杯の世辞をかえす。

「三河の岡崎ほど気候のよろしいところは、日本のどこにもないそうですから」

どうせわたしは三河以来の譜代の家来ではないのですからなと、たっぷり皮肉を利かせたつもりだが、忠勝はにこにこするばかり、万千代の皮肉は通じない。

忠勝が淀川べりを橋本あたりまでのぼったとき、向こうから馬を走らせてくる茶屋四郎次郎に出くわした。

いまごろは信長のもとで家康をむかえる準備におおわらわのはずの茶屋が、いま、なぜ、ここへ？

茶屋は本能寺で起こった大事件の顚末（てんまつ）をつげた。いや、その後の京都がどうなったか茶屋は知らないから、顚末というのは語弊があるが、信長が戦死したこと、信長を殺したのが明智光秀であること、この二点は事実のとおりである。

「三河守さまは……？」

「わたしのあとから……いかん。すこしも早く、お止めしなければ！」

忠勝は逆戻りして、茶屋といっしょに堺にむかって突っ走り、飯盛で家康の一行にゆきあった。

――明智光秀が主君の信長の油断をついて急襲し、信忠ともども、殺した！

本多忠勝だけならばともかく、事件の最中は京都にいた茶屋のいうことが虚報とは思われない。

――なぜ、明智が？

――真相の究明よりは、わが君はどうなさるか、それが先決でありましょう！

小姓組十二人の供連れは一斉に家康の顔に視線を集中し、即刻の決断をもとめる。


十二人のうちの最年少を自認している万千代は、ほかの者の背中のあいだから家康を見る位置に身をおいている。

――万千代よ、たのむぞ！

家康の視線が無言で告げている――ように見えたが、そんなはずはないと万千代は目をぎゅっとつぶり、頭をぶるぶるっとゆすって錯覚を正したつもりだが、こわごわと目をあけてみると、家康の視線はあいかわらず、

――万千代、たのむぞ！

目玉の奥から合図しているように見え、殿か、おのれか、どちらかの頭の具合が悪くなったのではなかろうかと、別の恐怖がつきあげてくる。

家康が重い口調で――

「京都にゆき、織田殿の弔い合戦を……」

「そんな、ばかな！」

えりぬきの小姓組十二人のうちの万千代をのぞく全員がうしろを振り返り、「ばかな！」といったのが万千代であるのを確認し、息が詰まって死んでしまえといわんばかりの勢いで睨みつけた。そして、その瞬間に万千代は悟ったのだ、殿が視線で合図なさったのは錯覚でもまちがいでもなかったのだと。

万千代の「ばかな！」に励まされ、最初に本性をとりもどしたのがサカイサエモンであった。これが万千代には、じつに嬉しいことに思われた。

「殿っ、なにとぞ井伊万千代をお咎めなさらぬように！」

主君にむかって「ばか」の暴言を吐いた万千代を庇うのである。酒井忠次は土下座し、両手を地につかねばならない。だが酒井は、万千代の「ばかな！」に励まされ、勇気をふるって土下座せず、それどころか、背伸びして家康を上から見下ろすような感じで、「万千代をお咎めなさらぬように」と哀願した。言葉は哀願だが、その場の雰囲気では強制あるいは指示である。

酒井に激励されたかたちで本多忠勝が一歩まえに進み、これは忠勝にしか出来ない荘厳な――というのが誇張ならば形式ばった――言い方で、過熱ぎみの事態のとりまとめにかかる。

「この少勢で弔い合戦は無益の死となりもうす。それよりは、すこしもはやく浜松にもどり、兵をととのえたうえで明智を討ち果たすべきであります」

みなが同意したので、家康もそれ以上の我意を張ることはしない。「京都に突進して弔い合戦」とは一同の心中如何(しんちゅういかん)をはかる試みの術であったのだろう。

京都の本能寺の変――織田信長が明智光秀に殺された――こういう種類の情報の伝達は意外なほどに急速なものである。

堺から伊賀路をこえて伊勢の海に出て、伊勢から海路を那古屋(なごや)にわたり、三河の岡崎にもどって安堵の息をつくまでには危険な場面が何度もあった。

道中が敵地になっていたというと言いすぎだが、京都の異変に興奮した地侍たちが一旗あげてやろうと手ぐすねひいている、そのなかを突破するのは容易ではなかった。

茶屋が提供した軍資金――これをあえて逃亡資金と呼んでも家康の機嫌を損ねることにはならないはずだ――の威力と、もうひとつ、この地の土豪たちは織田の厳格な統治を嫌って、どうせなら徳川の支配地となったほうが幸せだと思っていた過去の経緯、このふたつのことが好条件として家康の逃亡をたすける結果になった。

哀れをとどめたのは穴山梅雪である。家康とともに伊賀路を越えていればよかったのに、梅雪は家康を警戒し、別の路をえらんだ。そのため、宇治田原で野伏（のぶし）に殺されてしまった。

家康は軍備をととのえ、京都に討って出て明智と決戦しようとしたが、鳴海にきたときに羽柴秀吉が明智を打ち破ったと知り、浜松にもどった。

事態が一休止したとき、万千代は龍潭寺の南渓和尚に、見せたい物があるから都合がつき次第に浜松へお出でいただきたいとナカゾウを使者として伝えた。

「で、和尚さまは、なんと？」

「若君がそうおっしゃるからには、よほどお急ぎなのであろう。いますぐに、と」

「いま、すぐに……！」

和尚はナカゾウに牛を牽かせて井伊谷を飛びだし、浜松の万千代の屋敷に姿をあらわしていた。

「和尚さま。じつは……」

「いうなっ。わしに当てさせてくれ……頂戴したのではないか、堺から無事にお帰りになったについては井伊万千代の功績が抜群であるというわけで」

「……！」

「図星じゃろう。頂戴の品物が何であるか、そこまではわからぬ。若君、何を頂いた？」

ナカゾウと、もうひとりの下男が頑丈な造りの櫃をはこんできて、座敷の真ん中においた。

「おおっ、具足ではないか。武士が主君から具足を頂くとは、これ、いや、もうしあげます、若君さま、どれほどの栄誉であるか、おわかりか！」

「和尚さま、甲冑ではないのです。陣羽織を頂きました」

ナカゾウが万千代に、わたしに櫃の蓋をあけさせていただけませぬかと、無言で願っている。万千代は、ちょいと顎をあげて承諾のしるしとした。

ナカゾウがはりきって櫃の蓋をあける。

「とー、はーっ」

お経のような、そうでなければ、なんでもない、ただの驚嘆の声のような、なんともいえぬ異様な声とともに和尚は膝で進んだ。

「なんといえば……」

「おわかりではないとは……」

「わかるよ、わかる。わかるが、わが目の前にあるのが信じられぬ」

「孔雀の羽根……」

「クジャクの羽根……仏さまの国の天竺の空を翔んでいたんだろうなあ！」

聖なる鳥であるべき孔雀の羽根をむしりとって野暮きわまる陣羽織をつくるとはけしからん――とは和尚はいわなかった。

手がないのだ。

——やれやれ、また合戦か！

——不平をいうものじゃない。武士なんていうものは、戦争するほかに生きる

——殺し合っているうちに、武士がいなくなる時がくるのじゃないか。

——なーに。そのときには百姓のなかから武士が出てくる。領地のうえにどっかと座っていれば百姓が年貢をもってくる、こんなにうまい生き方が、ほかにあるものか。くだらぬことを考えるひまがあるなら、槍の錆でも磨いておけ。

織田信長の天下は秀吉に継承された——こういうと、「とんでもない。本能寺の変のあと、天下の行方はいったんは振出しにもどったのだ」と叱られるかもしれないが、天下が家康の手から遠のいたのは確かなことだ。

家康と信長は同盟をむすんでいるが、この同盟が秀吉に継承されたとはいえない。秀吉と家康が敵になるか、味方になるか、この先できまる。

秀吉との関係より先に、関東の北条氏直（うじなお）との関係が問題になってきた。家康が駿河の主になったので隣国の北条氏直の領土と接触することが多くなり、喧嘩になり、喧嘩の勝負は戦争できめるか、ということになる。

武田勝頼がほろびたあとの甲斐の国は信長の家来の川尻鎮吉（しずよし）の支配地となり、信長は家康に「川尻を補佐してくれよ」と依頼していた。

信長が死ぬと武田の遺臣たちは川尻に反抗し、殺してしまった。

――北の甲斐が乱れている。鎮めなければならない。

家康と北条氏直がおなじ口実で甲斐に兵を送りこんで、北巨摩（きたこま）郡の若神子（わかみこ）で対戦となった。

関東のほとんどを支配する北条と、ようやく三遠駿の三国を手に入れたばかりの徳川とでは比較にならない。若神子で対陣する両軍のあいだには大差があった。

だが、軍事力の差に比例するとはかぎらないのが合戦である。数字のうえでの劣勢を痛感する側のほうが頭をつかって合戦にのぞむから、軍事力の差が逆転して戦局に影響してくることがある。

――武田の遺臣を味方につける、これが勝敗を左右する。

――徳川が勝ったら、その後の甲斐の運営については武田遺臣の支配を大幅にみとめると宣伝して、かまいませぬか？

——かまわぬ。

——あとになって、あれは取り消す、となるのはまずいのですが。

——取り消すものか。わしは甲斐のつぎには信濃も取り込もうとしておる。甲斐と信濃は武田の遺臣に任せなければ、徳川の臣下では手がまわらぬ。武田の遺臣たちに、手をついて頼みたいほどである。

手をついて頼みたいとは、武田遺臣を手なずける作戦がうまくいきそうで機嫌のいい家康の冗談だが、半分ぐらいは本気だ。

簡単に勝てると思っていた北条氏直だが、気がついてみると徳川の軍勢のほかに、武田遺臣という手強い敵にかこまれていた。

深みに嵌(は)まると傷が大きくなるだけだと判断した氏直、氏直に躊躇(ちゅうちょ)の色が出たなと観た家康——双方から歩みよって休戦となり、甲斐と信濃は家康の領地になった。北条氏直は家康の次女を妻にむかえ、家康と同盟した。

「結城晴朝(ゆうきはるとも)には、ええと、水谷勝俊が使者の役目を……」

「いやいや、本多殿。そうではござらぬ。勝俊の父の水谷蟠龍斎(ばんりゅうさい)が使者となって結城に行かれる……」

「ああ、子ではなく、父が使者となる、なるほど。そこのところがいささか普通ではないから、まちがえやすい」

重臣たちの目の前に展開している事情はかなり複雑だから、本多忠勝がときどき誤解するのは無理もない。

しかし井伊万千代は、本多殿は、了解しているのにわからぬふりをしていると見抜いている。つまり本多殿は、わしを嫉妬し、駄々をこねている。そうとわかっているが、主君の御前である、余計なことをいって忠勝を嘲笑していると思われては損だから、「いや。そこは、ですな、本多殿」というふうに、先輩にたいして丁寧に説明する労をおしまぬふりをしている。

甲州の若神子の合戦――北条方との休戦の交渉が大詰めになり、徳川方から提示する条件をまとめるについて家康の御前で協議がおこなわれている。

「井伊万千代。その方が使者であるから、みなのいうのを、個条にまとめよ。木俣守勝、その方が副使である。万千代とともに使者の役目をつとめよ」

冒頭の家康の指名の言葉が一同の度肝をぬいた。当の万千代でさえも咄嗟には信じられず、なにかのまちがいであろうと、まわりの者の顔を見まわしていた。

「紙と筆を、万千代に……」

この言葉によって家康が名前をとりちがえていないとわかった。万千代があわてて懐から矢立（やたて）をとりだそうとするのを手をあげて制し、「矢立はいかんぞ、粗末である」と戒める。

先方に渡し、読んでもらう書面である。硯（すずり）で墨をすり、上等の筆にたっぷりと墨をふくませて書かなければ休戦交渉という神聖な場の主役になれない、というのが家康の考えなのだろう。

休戦交渉という緊張の場では、こういった形式のことが大切な意味をもつようである。そういうことを家康は知っていたが、井伊万千代は知らなかった。いつまでも覚えていようと決意をし、その決意を胸にしまって、交渉条件の打合せをつづける。

「北条氏政からの誓約書をもらいうける――氏政のことは『ご隠居さま』と書かなくては失礼にあたりますな。いやいや、先方に迎合していると見られるかも……」

「いや、かまわぬ。礼を尽くすべきときには平身低頭の気分でゆく、それでよいのじゃ。なまじいの意地を張ると、かえって軽蔑をまねくだけじゃ」

北条の支配地のなかでも常陸(ひたち)の佐竹義重や結城晴朝は家康に親しくしている者であるから、このたびの休戦講和の件を知らせておかねばならない。徳川の使者が北条氏照(うじてる)の領地を安全に通行できるよう配慮すること──などなどの個条がまとまり、万千代と木俣守勝が若神子の正覚寺におもむいたのは十月二十八日であった。

甲斐の山々は冬が早い。雪で進軍をさまたげられぬうちに休戦しなければならないのは双方ともに共通していた。

「当地から小田原に飛脚を走らせ、休戦のことを知らせること──まずこれを承知していただかなくては」

「よろしい」

「七郎右衛門殿に小田原に来ていただければ生涯の恩として忘れない、氏規(うじのり)はこのようにもうしております」

氏規は北条氏政の弟、いまの北条の主の氏直の叔父にあたる。かつて氏規は今川の人質となって駿府城に住んでいたことがあり、おなじく人質の境遇の家康とは旧知の仲だ。その氏規がいま、若神子の休戦をまとめようとして奔走している。

「七郎右衛門殿が、小田原に……」

七郎右衛門とは大久保忠世(ただよ)のことである。酒井忠次より五歳年下、三河武士の典型、十五歳で初陣をはたしたが、そのとき家康はまだ五歳の少年であった。

徳川家の譜代の家来の最高代表格といっていい忠世、その忠世を名指しし、小田原にお出でいただければ命に替えても休戦を実現してみせますと氏規はいっている。

――みごと!

顔色に出すのはまずい、胸のなかで思っただけだが、万千代は感嘆した。つまり大久保忠世を「人質によこせ」というのだが、「人質」という言葉は使わない。

忠世のほうではもちろんわが身が「人質」として指名されたのは承知だが、指名される過程で「七郎右衛門殿でなければ意味はないのです」と強調されたのを知っている。となれば、「たとえ殺されようとも小田原に行かねば大久保七郎右衛門忠世、一生の恥になる」と感激、興奮する。

綿密に練り上げられた筋書きの芝居の主役に抜擢された、そんな気がしてきた。うまくやれば井伊万千代の名が——宗良親王さまのように——歴史にのこるかもしれない。ということは、失敗すれば歴史に汚名が記録されるわけだ。なんとしても交渉成立にもってゆかねばならない！

休戦になってよろしゅうございましたとナカゾウの祝福をうけているところへ、

「井伊万千代、お召し！」

甲府の新府城の徳川の本営に使番（つかいばん）の高声がひびいた。なにごとかと万千代が走ってゆくと、本多忠勝、酒井忠次、榊原康政、松平家忠、石川数正といった譜代の面々が勢ぞろいし、いずれも緊張の様子。

北条の軍勢はひきあげにかかっているが、一部が信濃寄りの平沢の朝日山に陣地をきずいている、とのこと。

「交渉の席上で、このことは……？」

「一向に存ぜぬこと」

さようかと家康は口をつぐんだが、万千代の左右に座している譜代重臣から、強烈な殺気のようなものが万千代めがけて放たれている。

「懲らしめとして、攻めなければならん」

家康から出動命令が発せられた。酒井忠次をはじめとして宿将が一斉に出陣の準備にとりかかる。井伊万千代も準備にかかると、ナカゾウが不審な表情でやってきて、「酒井さまから、お招きです」という。

「サエモンさまから……」

「はあ」

「またまた戦（いくさ）というときに、サエモンから何の御用か」

ともかくも酒井の陣幕をくぐると、なんとも奇妙な顔つきの忠次にむかえられた。

「何といえば、いいのか……」

「何とでも、よろしいように」

相手はサカイサエモンだ、緊張しても意味はないぞと自分にいいきかせた、その途端に肩から首筋のあたりの重い気分がすーっと消えてなくなる。

「では、その、今日の合戦に井伊万千代は出るな、ここに残れと」

「殿の、ご命令？」

「酒井から万千代につたえよ、と」

「かしこまってお受けいたすと、殿に」

いってしまってから、即答がいちばん恰好がいい場面であると万千代は考えた。

武士が戦場に出るのを禁じられる、それは初夏の雲雀(ひばり)が「翔ぶな」といわれるようなものだが、わざわざ「酒井から万千代に」とサカイサエモンの名を出したところに殿の格別の思いがあるはずだ。

格別の思いに気づかなければ殿は失望なさる。「かしこまって」のところを強調したから、サエモンは正確につたえてくれるだろう。「万千代は、わかっておるな」と殿に思っていただければ、何よりだ。

考えてみれば、何だなんでも戦場に出なければならんというのも、おかしなはなし。井伊万千代は格別の家来である、と殿の名によって徳川家中に触れていただくのは悪いことではない。

戦場に行かぬかわりに、何か、命じられるはずだが、さて、何だろう?

「七百!」

「いや。八百に近づいたと思われます」

井伊谷の龍潭寺でそだったから読み書きの能力が抜群、それがナカゾウの幸運だが、ナカゾウの主の井伊万千代にとっても幸運であったのが甲府で証明された。

――井伊万千代のところで、名と知行高を記帳してもらえ。

武田の遺臣にたいして家康は命じた。

つぎからつぎへと、やってくる。敗北の屈辱が顔色に出るのを隠そうともしない者、隠すことで平静を装う者、さまざまだ。万千代が名をきいて知っている豪の者もやってきた。

万千代がいちいち応対するわけではない。ナカゾウが応対と記帳とをてきぱきとこなして、是が非でも井伊殿に会わせていただきたいと要求する者だけを奥へ通すようになっている。

奥へ通す者、その場で記帳して帰ってもらう者——ナカゾウの選抜が理にかなっているのは帰ってゆく者が安堵の表情をうかべていることで知れる。

「あ、熊谷殿、どうか奥へ」

「荒井殿は二千五百石、なるほど。もちろん騎馬のお方で……」

きちっと楷書で書きこんでゆくナカゾウの手元に見入る者も多い。合戦の生臭い光景とはぜんぜんちがう、ただただ事務的に記帳してゆくナカゾウの姿は、それを見ているだけで何ともいえぬ平穏の気分をもたらした。

徳川の陣営にくだるにせよ、武士として生きるのを止めるにせよ、武田の遺臣は否応なく新しい人生の方向にきりかえなければならない。

武士として生きつづける者に援助の手を——束縛の綱をというべきか——あたえたのは家康だが、遺臣の多くは家康よりも井伊万千代の名を深く記憶にとどめた。記帳の現場で奮闘したナカゾウと、対面をのぞむ者には快活な雰囲気で応対してくれた万千代の印象が強かった。

「おききになりましたか、井伊万千代が兵部少輔直政と名乗ったのを」

「ききました。安堵状に、殿が奉行人として万千代に署名させた、それが兵部少輔直政であったというのです」

「これで、万千代を子供あつかいにできぬことになりました」

「安堵状……宛て先は？」

「甲斐の逸見の長坂とか、そのほか……」

「甲斐ですな、やはり」

北条氏とのあいだに和議が成立したのが天正十年（一五八二）十月二十九日。休戦交渉を担当した井伊万千代の地位がにわかに高まった。この年、井伊万千代こと直政はかぞえて二十二歳である。

もっと高く、もっと上に――主君の家康が直政の手を取ってひきあげる、そんな印象であった。

降伏、服従してきた甲斐の武田遺臣にたいして、家康はかれらの知行を従来どおりに認めてやる。それが「旧領安堵」だ。五百石そのままでは多いから三百石だけ安堵してやろうという厳格な査定もある。

家康の名で安堵状が発行されるのが普通だが、「われらの主君、徳川家康の命令を奉って」というかたちで、重臣が奉行人の資格で署名し、家康の印形が捺されるものもある。この時期から「井伊兵部少輔直政」が奉行人として署名した文書が急に増えてきた。

駿河の三浦という武士にたいして直政が奉行人の資格で知行を安堵する。三浦が家康の家来になる契約がむすばれたわけだが、三浦と直政のあいだにも親しい関係が生まれるのは自然のなりゆきだ。直政が三浦の主人になるわけではないが、三浦のほうではなにかにつけて直政を頼りにし、頼られれば直政も冷たくはしない、そういう関係ができあがる。

「お家の秘密を洩らすようで、恐ろしいが」

「井伊万千代……いやいや、あの万千代もようやく元服して、いまでは兵部少輔の直政殿ともうさねばならぬそうな」

「徳川の重臣はわれひとり、そういっておるかのような傲慢」

「ちかごろの安堵状のほとんどは井伊の名で給されておる、そういって過言ではないのが実情」

「酒井、本多、そして榊原と多士済々の徳川だが、井伊ひとりが名高くなっては世間の軽蔑をまねきはせぬかな」

「いったい、殿は……あっ、いかん」

人事政策にかなりの不満をもたれている家康だが、万千代かわいさの衝動につきうごかされただけで断行したのではない。

若神子の合戦――北条氏規から休戦が提案されたとき、家康は万千代を呼び、何気ないふうでいった。

「そろそろ元服せねばならんな」

「はあ？」

「いつまでも万千代では、まずかろう」

「はあ？」

主君と家来の気持ちが食い違っている。はげしい合戦の本陣で、主君たる者の口から出てくるはずのない言葉であるからだ。

武士の家というものは、だな――ゆったりした口調で家康が語りはじめた。長い話になる、はじめのうちは食い違うかもしれぬが、ま、あせるなよ。そのうちに、わかってくるからな――そんな内容を予告している語り口である。

――武士の家は過去から現在、現在から将来にわたって相続されてゆく、ここに生命がある。一代か二代の短期に輝いても栄えても衰えても枯れても、そこに意味はない。

――武士の家の相続は血のつながりではない。血のつながりは相続の柱の一本ではあるが、血のつながりの柱だけでは相続は成り立たない。

――親に子が生まれる、それだけでは相続にはならない。子が親になってはじめて相続が可能だ。相続とは親から子へ、ではない、親から親へ、なのだ。

――井伊家を相続しようと思うなら、まずは万千代よ、その方が親にならねばならぬ。それが順序というもの。

「ああ、そこから、わたくしの元服の件に移ってゆくわけですね！」

――これからは、万千代よ。わしの相手をしてはならんのだ。親になって井伊家を相続しなければならんのだから――家康がいいたいのは、どうも、そういうことであるようだったが、慣れぬこと、だいぶ遠回りをしたらしい。

「つまり、井伊万千代では井伊家の当主とはいえぬ、したがって次代に相続もできぬ、こういう理屈になる……」

「さようである。理屈、理屈……武士の世というものはなかなか理屈で出来上がっておるのだ」

「元服となりますと、井伊谷の龍潭寺の和尚にも」と万千代がいうのを待っていたように家康が「南渓和尚だな、名は知っておるぞ」といい、万千代を感激させた。

「和尚が不満、とでも？」

「不満など、断じて。わたくしとしては、つまり……」

「和尚の顔を立てたいと、こういうわけ？」

「そだての親のような……」

「喜ばしてやれ」

浜松の万千代の屋敷に、みんなが顔をそろえた。次郎の法師が亡くなっていたのは残念であったが、そのほかは、和尚をはじめ、元気いっぱいであった。

井伊家の代々について、和尚があらたまった説明をしてくれた。

――万千代の諱(いみな)には「直」の字をつける、井伊家のしきたりである。

――三河守殿が「官名をゆるす」とおっしゃられたら、「兵部少輔をおゆるしいただきたい」と願うのがよろしかろう。万千代の四代前の直平(なおひら)が兵部少輔を称した、それにあやかるわけだ。

井伊万千代が井伊直政になる元服の式は簡素なうちにおこなわれた。かぞえて二十二歳の異例に遅い元服である、儀式めいたことをするには躊躇する気分があった。

「元服のつぎは嫁取り、これが順序」

家康が上機嫌でいうのは、直政の妻となる女がきまっていたからだ。駿河の三枚橋城の主の松平康親(やすちか)の娘が家康の養女になり、それから直政の妻として嫁いできた。直政は家康の婿になった。

松平康親は三河時代からの譜代の臣で、もとは松井を姓とし、名を忠次といった。家康が三河の西郡の鵜殿長照(うどのながてる)と合戦したとき、長照の二人の子を生け捕りにし、これと交換で家康の妻の築山殿と嫡男信康をとりもどした功績がある。

遠江の諏訪原城が武田の手に落ちていたのを家康がとりもどしたのはいいが、高天神城への通路とあって、武田がかならず奪還戦を挑んでくるにちがいない、危険な守備役をつとめる者はいないだろうとあきらめかけたとき、松井忠次が「わたくしが」と乗り出した。

感激した家康から松平の姓と康親の名を賜り、新しく作った三枚橋城の主になって北条の猛攻から守りぬいた猛者、それが井伊直政の妻の実の父親である。

「奥方をむかえ、井伊家ゆかりの直政の名をなのり、このうえ、どこまで出世なさるのであろうか」

おふくろの夫の松下源太郎が、いまはもうはっきりと尊敬の礼をつくし、念のためにという感じで「すべての知行をあわせると、いくらにおなりか」とたずねた。

「二万石」

「二万……!」

おどろかないでいただきたい、という気分をこめて、直政は「三枚橋は四万石」とつぶやいた。三枚橋とは、むかえたばかりの妻の実家の松平康親のことをいっている。せめて妻の実家ぐらいの知行をいただかなければ満足はしないつもり、という意味を匂わせたのである。

第六章　井伊の赤備え

——この騒ぎの結末は、どうなるのか?

——いや、かたちはどうあれ、結末がつくものならば結構だが、そう簡単に結末はつきそうもないぞ。

——殿も、もうすこし穏便におやりになればよいものを。

——殿のおやりになることに批判がましいことを口にしてはならんが、こればかりは、黙ってはおられぬ。

騒ぎが天井にむかって煮詰まってきた。こうなったら、だれかとだれかがぶっつかり、勝負をきめなければ収まるまい、というところにきた。

騒ぎの根本はほかならぬ主君家康だが、主君がおんみずからの家中に騒ぎをおこす道理はないという理屈で、主君の片割れみたいな井伊直政が憎まれ役を割り当てられる。

騒ぎの発端は武田の遺臣の処遇である。降伏してきた武田の遺臣のほとんどが井伊兵部少輔(ひょうぶしょうゆう)直政に配属された。直政にたいする嫉妬と不満が浜松の城下にあふれた。

「元服したばかり、一人前ともいえぬ。おのれの分をこころえておれば、たとえ殿が武田の遺臣を任すぞとおっしゃられてもお断りする、これが臣下というもの」

「五人、十人ならばまだしも、昨日の噂では百七十人、途方もない」

井伊直政が主君家康から格別に贔屓(ひいき)されている事実をみとめる勇気がない。だからこのひとは「噂では」と逃げを打った。「噂では」どころではない、正真正銘の真実、四組の武田遺臣のほかに、関東で浪人していた武士をあわせて百七十人がいちどに井伊直政に配属されることになった。

直政が百七十人の家来を持った、ということではない。この時期——龍潭寺(りょうたんじ)そだちのナカゾウを別にして——直政には家来といえる者はいない。井伊谷(いいのや)三人衆——菅沼忠久・近藤康用(やすちか)・鈴木重時にしても直政の家来とはいえない。直政が家康に仕えることになったとき、家康が三人衆に「井伊万千代に付け」と配属を命じたのであり、三人衆の主人は家康であって直政ではない。

井伊直政だけが「家来なし」だったわけではない。徳川家では、家康のほかに「家来あり」といえる身分の者は存在しない。

だがさて、百七十人は多すぎる。だれか、みんなの不満を大声でいってくれる者が出てきてくれぬか。

出てきた、榊原康政である。

こういった場合、たいていはあとになってから「止せばよかったのに」となるが、康政は止さなかった。根が正直で、しかも小心なひとだ。

血相をかえ、まなじりを決して、榊原康政が浜松城下を走っている。

――榊原殿は、どこかへ怒鳴りこみにゆかれるのだ。怒鳴られるのは、どなたであろうか?

榊原の怒りの的になったのは酒井忠次であった。

「黙ってはおられぬ。左衛門殿……！」

康政は忠次を憎んでいるわけではない、直政にたいする怒りをきいてもらう相手としては酒井忠次が最適だと判断した。

「武田の衆を半分に分け、この康政と直政に配属なさる。これが至当のはず、そうであろうな、左衛門殿」

「まあ、殿のお考えであるから……」

「いや。殿のお考えを曲げさせたのが直政である。悪いのは殿ではない、直政だ！」

「で、どうなさる」

「城下で直政に出会ったなら、刺し違えて恨みを晴らす。本日は左衛門殿に今生の別れをもうすべく、推参した次第！」

酒井忠次は呆れ顔。

「烏滸なことを、おっしゃるな」

「烏滸とは、なんだ。この康政をばかにしておるのか、左衛門殿！」

「そもそも殿がおっしゃったのだ、『左衛門よ、武田の降伏人はその方にあずけるのがよいと思うが、どうであるかな』と」

「貴殿に、左衛門殿に……？」

「さよう。で、わたしはお断りもうしあげ、降伏人は井伊直政に配するのがよろしゅうございますとお答えした」

「いや、それは……」

「貴殿のお怒りは、この左衛門に向けられるべきもの。喜んでお相手いたそう。歳はとったが、酒井左衛門、槍を使えぬわけではない！」

酒井忠次は榊原より二十年ほども年長である。その酒井が「槍を使えぬわけではない」と本気の怒りの構えを見せたから、康政はふるえあがった。

いや、なに、貴殿がそのようにおっしゃるなら、と恰好をつけて辞去しようとするのを酒井は追いかけてきて、康政の袖をひき、「小者の耳があるから、ああいったまで」と、曰く因縁ありげな視線を送る。

「ははあ……」

「榊原殿ともあろうお方が、この理屈をわからぬとは奇妙」

「理屈……？」

「井伊直政について、考え違いをなさっておる。よろしいかな、井伊直政といえども、本を正せば降伏人である。つまり武田の遺臣どもと立場はおなじ。この理屈がわからぬか！」

「井伊も降伏人……ああ、なるほど！」

「一足さきに降伏した者が、あとから降伏した者の面倒をみる、それだけのこと」

「おお」と康政は破顔一笑、「そうであったな、井伊も降伏人であったのだ」と小声でいいながら屋敷にもどっていった。

しばらくして、忠次から一部始終を聞かされた直政、「さすがはサカイサエモン、老練とはこれを指すのだ」と相好をくずしてよろこび、ナカゾウに「井伊も降伏人――これを忘れないことだ。このさき何度でも使えて、しかも効き目のある言い方であるぞ」と語った。

織田信長の跡をつぐのは羽柴秀吉にきまった。多くのひとが秀吉がつぐだろうと思っていたから意外ではないが、当の秀吉にすれば最強の競争相手の柴田勝家を近江の賤ヶ岳でやぶるまでは安心できなかった。

——やはり、秀吉ときまったか！

賤ヶ岳の合戦の結果が報知されたとき、家康は深い溜め息をついた。秀吉の勝利が意外であるというのではない。いずれは正面の敵としなければならぬ者が決定した、そのことを家康は深い思いをもってうけとめたのだ。

「羽柴秀吉殿に、お祝いの意をのべられますか」と、直政がおふくろの夫の松下源太郎に問いあわせたら、「やめにしておく」との返答であった。そして源太郎は「之綱(ゆきつな)殿は祝辞を送るであろうがな」とつけくわえた。

浜松がまだ引馬(ひくま)とよばれていたころ、秀吉は引馬の城下で松下之綱の父に見つけられ、頭陀(ずだ)寺の松下屋敷で下働きをしたことがある。

之綱と義兄弟の源太郎も、之綱の屋敷で働いていたころの秀吉を知っている。だが、その日吉丸が日の出の勢いの出世をしたからといって祝辞を送るのは遠慮すべきであると源太郎は判断した。

直政は秀吉に恩義を感じている。引馬の城下で家康の拝謁をうけ、目通りがかなって仕えることになるについては秀吉から届けられた縁起物の縫い針で晴れ着を縫った、そういう恩義である。

――徳川家に仕える身、このたびの祝辞は遠慮するのが武士の作法であろう。松下殿も祝辞はさしあげぬそうだ。

直政や松下源太郎はそれでかまわないが、徳川家康としては、そうはいかない。そうはいかないから、秀吉から挨拶がくるのを待っている。挨拶がくれば最大級の称賛の言葉をもって祝辞を返す用意がしてあるのに、秀吉からは何とも挨拶がない。

「わが君と織田殿は同盟者、秀吉は織田殿の臣下である。わが君は秀吉より格は上であるから、先方から挨拶がくるのを待って祝辞を返すべきである」

「こちらから先に祝いをいうのは謙遜に過ぎる」

浜松城の雰囲気――

大筋はまちがってはいないが、こまかなところで筋の通らぬものがあった。たとえば、同盟者かならずしも対等ではない。格上と格下の同盟関係というものがありうる。織田と徳川の関係がまさにそれだ。

だがしかし、「非・対等の同盟」ということにこだわっていると、信長の死の意味がわからなくなってしまう。信長の死によって秀吉が天下を継承したのとおなじように、徳川家にとって信長の死がどういう意味があるのか、それを把握しなければならない。

——われわれは打って出るのか！

——徳川家は指をくわえて秀吉の横暴を眺めているのか！

直政は、いずれは戦争になると見ている。だから、ここでは腰を低くしておけば損はしない、秀吉がどのように出ようともかまわずに祝辞をのべるのが得策と考えていた。

浜松城の大勢は「秀吉の無礼をゆるせるものか！」だから、直政は少数派である。こういうときには無言でやりすごすのがいいと知っているから、直政は黙っていた。

だが、こちらから挨拶すればいいではないかという意見の持主が直政のほかにもいた。石川数正だ。

家康が人質として駿府に連行されたのは天文十八年（一五四九）、若君家康のお供として駿府についていった家来のひとりが石川数正だ。ふるくから主君と苦労を共にしてきた自負はだれにも負けない。

歴戦の猛者という言葉に恥じない経歴をもっている。家康と信長の最初の対面のときに随伴したのも数正であり、外にむかって徳川家を代表する第一人者はわれこそと自任している。

「秀吉は天下の権を掌握し、下知に応じる軍勢も多数。織田殿の天下を継承した事実に疑いないからには、当方から祝いの使者を送って然るべきところ、なんの恥にもなりますまい」

家康が渋面をつくったのを、直政はしっかりと見た。

本当のところ、家康が何を考えているのかはわかるものではない。

が、秀吉はけしからんと憤慨する空気の強い浜松城である。憤慨する家来の心情をつないでおくためにも、石川数正の言い方を秀吉に迎合しようとする弱腰の意見だと評価するしるしに、思い切って渋面をつくる必要があった。

「数正よ。その方はよくもまあ、いいにくいことを、このわしにむかって、いえるものだ！」

そう嘆いておいて、家康はいかにも辛そうにいったのである。「だが、祝いをいわぬわけにはゆくまいな」そしてつづけて、「となれば数正、使者はその方である。その方のほかに使者の役目はつとまらぬ」

一瞬、直政は奇妙な感覚にとらわれた。石川数正は家康の厳しい叱責にさらされているように見えるが、どうも、そうではないらしい。といって、なぜか、その訳はわからぬが――奇妙な感覚、数正は叱られながらも褒められている、そんな感じ。

信長の嫡男の信忠は本能寺の変で戦死、次男の信雄は秀吉と提携して弟の信孝や柴田勝家と戦い、これをほろぼした。

そしてそのつぎには、当然といえば当然ながら、信雄が秀吉を疑いはじめた。

――わしは秀吉に利用されているだけ、ではないのか？

信雄から「徳川殿は、いかが思われるか？」と打診があれば、家康が「油断できませんな、秀吉は」と応じるのは当然。信雄が家康と提携するにいたったのは単純な決意であったが、ほかに手の打ちようはない。

天正十二年（一五八四）三月、伊勢の小競り合いが口火となって秀吉と信雄の戦争がはじまった。家康は信雄と同盟して秀吉と戦うというかたちになっている。

　美濃の大垣城主の池田恒興が木曾川をわたって尾張の犬山城を占拠したのが小牧・長久手合戦のはじまりだ。

　家康は伊勢に向かおうとしていたが、犬山城が奪われたと知って方向を転換、織田信雄とともに小牧山にのぼって本陣とした。犬山のまっすぐ南に小牧がある位置関係だ。月末に家康の本陣がさらに犬山にちかい楽田にうつり、西軍十万、東軍三万の大軍が対峙した。

　この時期の井伊直政の部隊――とりあえず部隊とよんでおく――は二重の構成になっていた。

　若神子の合戦が休戦になったあと、家康は木俣守勝・西郷正友・椋原政直の三人を井伊直政の家老相当として配した。三人は直政の家来になったのではない、人事配置といえば適切であろう。

　この三人が井伊家の外交や部隊編成のじっさいを担当する。そして三家老の下に井伊谷三人衆が付いている。井伊谷三人衆のほうが直政との縁は深いわけだが、格としては三家老の下位に付く。

三家老と三人衆の下に、戦闘部隊が配属されている。まず四組あわせて百七十人ほどの武田遺臣と関東の浪人武士、これにくわえて今川の遺臣、三河の挙母（ころも）と高橋の侍、そのほかが配属させられている。

――井伊の配下は要するに寄せ集めであるな。

――文句をいえる筋ではない。直政本人が三河から付いてきた者ではない、遠江の降伏人なのだ。

きこえよがしの声が直政の耳にはいってきても、苦にならなくなった。慣れてきたというよりは、むしろ直政本人が「そうである。われ井伊直政はもともとが井伊谷の降伏人、だから寄せ集めの部隊をお預かりして戦う」という諦観（ていかん）の心境に達していた。

羽柴秀吉との決戦が避けられなくなったころ、直政は深刻な苦悩に直面していた。

――ばらばらの、寄せ集めの部隊、それをどうすれば強力な部隊に変身させられるか？

若神子の陣では、小姓組の直政は部隊を指揮する役割を背負ってはいなかった。家康の身に危険がせまれば命を賭けて戦う覚悟はしていたが、所詮は「われひとり」である。自分がどうするか、それだけを考えていればよかった。

こんどは、そうはいかない。

たとえ寄せ集めでも、一隊を預けられている。うまく指揮できれば戦功をあげられ、またまた飛躍的な出世が期待できる。

もっともっと出世したい、主君家康に「さすが直政、よくやった！」と褒めてもらいたい。それには寄せ集めの部隊で戦功をあげることだが、そこがなにせ、寄せ集めである、うまく指揮できる自信がない。ぜんぜん、ない。

——甲州の遺臣が直政に配されたのも何かの縁、どうせ戦うならば戦功をあげて恩賞にあずかってもらいたい。そのうえで、これも井伊直政殿のおかげといってもらえば、わしも嬉しい。

どうすればよかろうか、なにか、ちょっとしたことを思いつけば、と思っているところへ、どうやら、その、ちょっとしたことらしきものが飛びこんできた。

どうせだめだとあきらめるひまがあるなら、あきらめず、考えてみる価値はある、そういうことらしい。


「赤が、目立ちますな」

「赤が……?」

ナカゾウにいわれ、その方角を見ると、なるほど、赤が目立つ。

浜松の城下の一角に武田の遺臣をはじめ、直政に配された諸士の屋敷が建ちならんでいる。いずれは本格の屋敷を建てて配給するはずだが、ばたばたしているうちに秀吉との合戦が近づいた気配、屋敷のことは先送りになって、掘っ建て小屋とかわらぬ建物が諸士の住まいになっている。

できるだけ多数の諸士の顔を見知っておくのが大将たる者の役目だろうと考え、ナカゾウを先頭に木俣守勝と西郷正友、そして直政が諸士の屋敷をおとずれた。

「これはこれは物主殿、むさくるしい——いやいや、決して不満があるわけではござらぬぞ——ところへ、わざわざ」

　この時期、家康は井伊直政を「物主――ものぬし」と呼んでいたようだ。新参の諸士をあずかり、部隊として統括する役目といった意味だ。むさくるしく、せまい屋敷に、甲府からはこんできた武具が散乱している。直政は特に気づかなかったのだが、屋敷から屋敷へと挨拶をしているうちに、ナカゾウが「赤が目立ちますな」といい、それが引金（ひきがね）になって直政の頭に光が灯った。

「赤だ、赤色だ！」

　直政に「赤が目立つ」といったのはナカゾウだが、そのナカゾウが呆気にとられるほどの直政の興奮である。

　武田信玄の先鋒衆のひとり、山県昌景の部隊の装備は「赤備え（あかぞな）」と呼ばれ、味方には信頼、敵には恐怖されていた。装備のすべてが赤色に塗ってあったから「赤備え」である。

　赤備えを発案したのも、実戦で使って敵勢に恐怖をあたえたのも昌景ではなく、兄の飯富（おぶ）兵部であった。

飯富は信玄からあつく信頼され、だからこそ将兵の軍装を赤色で統一するという奇抜な発想を咎められなかったわけだが、信頼されているのを過信しての強気の言動がおおく、永禄八年（一五六五）に処刑されてしまった。飯富家は絶家となり、弟の昌景が山県と姓を変えて兄の家来と赤色の軍装をひきついだのである。

山県昌景の赤備えの軍装は武田軍の別名のように恐怖の的になったが、その昌景もまた天正三年（一五七五）の長篠の合戦で戦死してしまう。

しかし昌景の家来たちは旧主の遺風をまもって赤備えの武勇をますます輝かせ、武田の滅亡のあと徳川家康の軍門にくだってからも赤色の軍装を変更しなかった。それがいま、井伊直政の注目をひいた。

——お預かりしている諸士の武具と軍装をすべて赤色とすれば、戦場で目立つ。戦場で目立つ武具を全諸士に着用してもらえば、部隊として強力になるのではなかろうか？

直政の頭に灯った光、それが、これ。

木俣や西郷に打診すると、「名案でしょうな」とか、「前代未聞、やってみる価値はありましょう」とか、反応は良好である。「前代未聞」という反応について、直政はもうすこし突っこんで考えてみた。

各人が思い思いの色や型の武具を付けて戦場に出るところに、武士の誉れがある。他人とおなじ彩色の武具を着用していると、自分が自分でなくなってしまう恐怖感があったのではないか。

武田の山県組では、飯富兵部の発想をうけついで赤色に統一した武具を着用し、あっちこっちの戦場で勇名を馳せた。強いから赤色が目立ち、赤色だから強いだろうと思って見ていると、なるほど強い。

徳川の軍団では、赤色も黒色も、統一するという発想がなかった。そういう徳川家で統一彩色の武具を着用するのはどうだろうと発想する、それ自体が「前代未聞」だ。

――これは、やってみる値打ちはある！

べつに秘密にすることでもない。赤色、赤色と騒いでいるのが家康の耳にはいったとみえて、ある日、家康の言葉がつたえられてきたのである。

「赤色の武具の件、試みてみよ。それはそれとして……」

あとに、どんな恐ろしい言葉がつづくのかと背筋を冷やしてかしこまっていたら、

「飯富の官名が兵部少輔、名は虎昌(とらまさ)であると知っておったのか？」

兵部少輔の官名がおなじ、名はトラマツとトラマサ、この因縁はただごとではあるまいと、直政は神秘に触れた思いがした。

井伊直政の軍勢は武具を赤色でまとめる——この案をまず武田遺臣のうちの山県組に打診したら、一も二もなく賛成してくれた。武田時代には「赤色の傲慢」などといわれてかならずしも好評ではなく、内心、忸怩(じくじ)たるものがあった。それが今度は井伊の全軍の規模に拡大されるのだから、異議のあるわけがない。

山県組の内諾を得てから一条と土屋、それに原の三組に相談した。おなじ武田の旧臣のうちで山県組が上位、ほかの三組が下位という差別ができるから嫌である、嫌とはいわないまでも賛成できない、そんな反応を予想していたが、

——生まれ変わって新しい気分になるには何よりの便法です。井伊の部隊の全員が赤色となると、京軍は驚くでしょう！

秀吉の軍勢は京都から出陣してくるわけだから、そこを強調して「京軍」とか「京家方」と呼ぶ雰囲気もあった。敵方にたいそうな形容をつければ、味方の反発を刺激する効果がある。

――総員が赤色の武具の井伊隊、これは強力部隊の評判をとるぞ！

ところが、である、全員の武具を赤色でまとめるとなると、これがなかなか容易なことではない。大将の、いささか時代がかった大鎧をはじめ、士卒のための当世風の胴丸や腹巻のすべてを赤色で塗りたいわけだが、それだけの数の既製品をそろえるのはもちろん、材料さえ一手にそろえるのは至難のわざであるということがわかってきた。

――源平合戦の紅白というが、あれは旗印だけのこと。大将の甲冑や士卒の軍装の、すべてを紅白に分けたのではない。

源平時代の軍装は何という役目の者の担当であったのか、すくなくとも、いまの井伊直政よりは楽な気分であったはずだなどと意外な方面の懐古にふける一刻もある。

――白よりは赤、黒よりも赤ということで、それぞれに工夫せよ。

はじめのうちは各人の自発の工夫に任せるより仕方がないが、いずれ直政としては統一の武具の仕様を示さなければならない。それには材料の確保が先決。

「和尚さま！」

「和尚さま、とおっしゃいましたか。井伊谷ですね、龍潭寺ですな！」

「すぐに、走って……」

ナカゾウを井伊谷に走らせた。三方原の合戦で焼けた龍潭寺を再建するについては朱色の漆を多く使ったはず。漆はもちろん、朱色の原料の赤埴（あかばね）や辰砂（しんしゃ）を扱う商人はかぎられているはず、紹介していただきたいと、ナカゾウから南渓和尚につたえさせた。

「虎松さまは、わしを、辰砂や漆の商人の仲間だと思い違いをなさっておるようだ」と苦笑しつつ、和尚は奔走をはじめる。

放浪の若君をかくまって、そだて、苦心惨憺（さんたん）して徳川家に仕えさせたが、それで終わりにはならない。こんどは「漆と辰砂をあつめてくれ」ときた。菩提寺をあずかる身、なかなか安楽にはなれない。

——井伊家の真っ当な主として、このたびが初陣でございますな。

南渓和尚から祝いの辞とともに図面二枚がおくられてきた。井桁の「井」の字を大書したのと、「正八幡大菩薩」と書いたのと、二枚である。和尚の説明によると、「井」の字は旗印として、「正八幡大菩薩」は吹流しに使うのが井伊家本来の軍装である。

——この二枚とても、先代からつたわる由緒の品ともうすものではない。いいつたえられてきたものを、和尚の記憶のなかから引き出して書いたにすぎませぬ。先祖ゆかりの武具も何ものこってはおらぬ。のこっておらぬほうがわが君の思いのままになる、かえってよろしゅうございましょう。

三月七日、井伊直政は家康の旗本隊として出陣した。

直政の手には南渓和尚から贈られた軍扇がにぎられ、左右には昊天と傑山が威風堂々とひかえている。師の和尚ともどもに直政を保護し、そだててきた昊天と傑山、今日は師と別れて小牧の戦場に出てゆく。

「わが君よ。遠くから眺めれば、わが井伊隊の赤備えはいっそう目立ちますぞ」

「赤は溶け合う色でございます。遠くから見ると、ひとかたまりの赤の勢いが、なおさら強烈」

三月から四月へ——こうまで長期の対陣になるとは秀吉も家康も信雄も予想の外であったにちがいない。

長期戦の均衡を味方の有利にむけるつもりで、じつは味方に不利の方向にむけてしまうもの、それは焦燥である。西軍の森長可（ながよし）と池田恒興、元助の父子は犬山のすぐ南の羽黒の合戦で不覚をとったので、いつかは雪辱をと機会を狙っていた。

家康を小牧山にひきつけておき、小牧の東を迂回して家康の本国の三河に攻めこみ、背後をおびやかす——作戦がたてられたときには必勝の策と思われた。

秀吉は反対したが、甥の秀次が賛成、三河侵攻作戦の大将になりたいと願ったので、やむなく許可した。秀次が総大将、これに森長可や池田父子、長谷川秀一（ひでかず）らがしたがう西軍は犬山から矢田川の対岸に展開した。

——うしろへ回るつもりのようだな。そうはさせぬ。

はやいうちに西軍の三河侵攻作戦を察知していた家康である。八日の夜のうちに小牧山から撤退し、矢田川の北の小幡城で夜をあかした。この一夜のうちに形勢が逆転したといってもいい。

九日——

「万千代よ、ゆくぞ!」

家康にとっては「直政」よりは「万千代」のほうが親しみがあるようだ。

「お声がかかれば、いつでも」

その声だがな、と家康は声を落として、「エイエイ」はやめて「エイトウ、エイトウ」と「トウ」を挟むほうが調子がよろしいように思うのだが、どうかと質問してきた。

「エイトウ、エイトウ……なるほど」

「どうじゃ。エイエイは気が焦るばかりでちからが出ぬ。エイトウ、エイトウ……これがいい」

昊天と傑山、井伊谷三人衆、木俣・西郷・椋原の三家老、そして甲州の四組に、「エイエイ」ではなく「エイトウ、エイトウ」を兵押しの掛け声とするとつたえた。

「どうであった」

「すべての組頭が、にやりと……」

「そうか。やはり、にやり、であったか」

直政の頭越しに、家康から組頭へ、「甲州流の掛け声は何であるか、教えよ」と命令があり、「エイトウ、エイトウで戦ってまいりました」の答えがかえってきたのだろう。家康がひとりで考えたはずはない。

九日の朝、小幡城から長久手に打って出た東軍は、先鋒の井伊隊の「エイトウ、エイトウ！」にみちびかれて戦い、西軍を蹴散らした。

井伊隊はともかくも全体の軍装を赤色に染めあげ、先頭には直政の大兜の前立（まえだて）が金色にかがやいている。

部隊は寄せ集め、赤色基調の軍装も間に合わせ、本格というところから外れているが、がちんと衝突して圧倒され、背中を見せて逃げてゆく西軍の将士には赤色のかたまりが恐怖の震源に感じられた。

――井伊の赤備えは恐ろしいぞ。

徳川軍と対戦する軍のなかで「井伊の赤備え」「井伊の赤鬼」という語が恐怖の感覚をもって語られるのは、もうすぐだ。

小牧・長久手の対陣——三月七日にはじまって十一月十一日に休戦となった。予想外の長期戦に耐えられなくなった秀吉が織田信雄と講和したので、家康としては戦う名目がなくなってしまった。戦局は家康に有利にすすんでいたが、政治力となると秀吉のほうが一枚も二枚も上手だ。やむをえない。

形式にこだわると、小牧・長久手で戦ったのは秀吉と織田信雄であって、家康は信雄に味方したにすぎない。それなら家康は、休戦となったら兵をひくだけ、あとは知らん顔をしていればいいかというと、そうはいかない。

家康も秀吉と戦ったのだ。秀吉と戦って勝ちもしないが負けもせず、いまこうして休戦から和議へと駒をすすめている事実を「政界」に認識させねばならない。そのためには休戦のしるしの人質を送る必要があった。

複雑な局面である、なまなかの者では人質の役割がはたせない。家康は次男の於義丸(おぎまる)のほかに、石川数正の子、本多重次の子の三人を人質として秀吉のもとに送りつけた。三人の人質の送付を護衛したのは石川数正である。

秀吉は於義丸を養子としてうけとり、姓を羽柴、名を秀康とあらため、河内で一万石をあたえて厚遇のしるしとした。


小牧・長久手合戦が休戦となったのが天正十二年（一五八四）。

つぎの年、井伊直政は井伊谷の二万石を家康からあたえられ、あわせて六万石の大規模な領地を獲得した。それまで井伊谷の二万石は土豪衆が家康の指示によって治めていたが、これによって直政の正式な領地となった。

おなじ年に直政の母――おふくろ――が再婚先の松下源太郎の屋敷で亡くなった。直政は駿府にいたので葬儀には出席できなかった。母の遺体は南渓和尚によって井伊谷の龍潭寺に葬られた。

この年――天正十三年――は徳川家にとって悪いことがつづいた。

信州上田の真田昌幸が越後の上杉景勝（かげかつ）と手をにぎり、秀吉の味方になって家康と敵対すると公言したのである。

はなしは、北条氏政と対峙した甲斐の若神子での合戦にもどる。

若神子の対陣が休戦になったとき、上州の沼田は北条の領地になる約束ができた。ところが沼田を領地としている真田は徳川と北条の協定など知らん顔、北条から沼田を渡せといわれても応じず、是非とも沼田が欲しいのであれば代替地を寄越せと強硬な態度をつづけている。

家康が小牧・長久手で秀吉と戦っていたあいだ、北条は中立の姿勢を維持していた。こういえば恰好はいいが、つまり北条としては、家康の敗色があきらかになったらいつでも攻めこめるように、戦局をうかがっていたのだ。

北条を怒らせるわけにはいかない。やむなく家康は上田に軍勢をおくり、沼田を北条に渡さなければ攻めるぞと脅迫した。

これが甘かった。

真田昌幸は家康の大軍にたいしては手も足も出ないかのように恐れ入ったふうを装って籠城し、そのじつ、ぎりぎりのところまで家康の軍をひきつけておき、とつぜん城門をひらいて出撃してきた。

包囲軍はさんざんに追い散らされた。この形勢を知った秀吉は上杉景勝を激励して上田まで軍勢を派遣させた。猫が鼠をいたぶる光景に似ていた。

家康にできるのは、先発よりも強力な救援軍をおくりだして先発隊を無事に撤退させることだけであった。

井伊直政は救援軍の一員であった。

なぜ、直政は先発隊の将でなかったのか?


「大殿の思し召し、でありましょうか?」

「そう、としか思えぬ。それにしても、もう一歩のところで……」

「あぶないところ、でした」

まだ夏が去ってはいない感じの浜松から秋色の濃い信濃の上田に救援軍として急遽(きゆうきよ)おくられる直政に、直政のそばからはなれることのない従者のナカゾウが話しかけている。ナカゾウが「殿」といえば直政を、「大殿」といえば家康を指す。

そもそも上田の陣は、あるはずのない合戦であった。あるはずのない合戦が、なぜ起こったのか——複数の理由が考えられ、そのなかのもっとも有力なものが「井伊直政の失敗」ということだ。

沼田には真田昌幸が居すわっていたのに、それを知ってか知らずか、沼田と信濃の佐久郡を交換することとした、これが若神子の陣の休戦協定の骨子である。沼田と佐久とが無事に交換されれば休戦協約をまとめた井伊直政の功績になるはずのところだが、真田が抵抗して、こじれたから、直政が責任追及の矢面に立たされた。

直政が全責任をもって交渉したわけではない。真田昌幸の沼田居すわりの件を知らなかったのは直政の責任とはいえないし、要求どおりに代替地を渡していれば昌幸は徳川方の味方になったかもしれない。

だが、それもこれも、直政を弁護する材料にはなりえなかった。直政の名があがった以上は、幸運にめぐまれて危地を脱出するか、嵌められて滅亡するか、ふたつにひとつしかない。

直政は幸運にめぐまれた。上田城攻撃作戦の要員として、家康は直政を指名しなかったのである。

もしも指名されていたなら、それは「沼田の件はその方の失敗である。上田城の真田を痛めつけて失敗をとりもどせ」と指示されたことを意味する。上田城攻撃に成功すれば責任は問われない。失敗すれば責任を問われ、滅亡が待っている。

だが、家康は直政を指名しなかった。指名しないことで、責任を問われる立場に直政を置かないことを内々に宣告したわけだ。

ナカゾウを相手に述懐したとおり、直政は危険な場面をくぐりぬけた。大殿家康の恩寵であるのはまちがいない。

信濃の上田城包囲作戦は失敗、相当の被害とひきかえに軍を撤退させたのは十月のはじめであった。

翌月のなかごろ、浜松の城はまたまた衝撃で揺れた。

岡崎城を任されていた石川数正が逃亡したのである。徳川の籍をぬけて羽柴秀吉の陣営にかけこみ、秀吉の臣下として生きることに人生行路を変更したのだ。

武士の主従の関係に神秘的な感覚はまだ芽生えていない。主も従も、たがいの不満が解消できないと判断すればただちに関係を破棄して格別のこととも思わない。「二君に仕えず」などという堅苦しい、神秘的な緊張感覚が根づくまでにはもうすこし時間がかかる。

だから、石川数正が徳川の臣下の籍を返上して羽柴秀吉の元に鞍替えしても、それだけでは大騒ぎになるはずはなかった。

だがしかし、ということがある。酒井や石川は徳川の従というには密着度が高すぎ、無理に引き離そうとすれば主の側はもちろん、従の側もはなはだしい出血の犠牲が生じる。石川が徳川にたいして憎悪の思いがあり、復讐のために逃亡したのだとしても、石川が無傷でいられるはずはない。

そういうことを知らぬはずはないのに、石川は逃亡した。

このまま徳川の重臣の地位にいれば功績は年とともに増して評価され、最高の尊敬をうけて隠退する道がひらかれていた。

徳川の臣下として受けていた待遇と尊敬を羽柴家でも受けられるのかとなれば、否定的にならざるをえない。零からやりなおしということにはならないが、数歩さがったところから年功を積みなおすことになる。

そういうことを知らぬはずのない石川が逃亡した、そこに衝撃がある。

直政は石川が嫌いだった。

三河譜代ということを笠に着て、あきらかに直政を見下していた。直政は見下されても激しくは反応しないから、そういう態度を意気地なしとし、石川も直政にたいする嫌悪感を隠さなかった。

家老の木俣守勝が石川と親しいのを知ったので、木俣にたずねた。「石川は信頼に値する人物であるのか」と。木俣の返答は「武勇はなかなかのもの。ですが、人間として信頼には値せぬといわねばならんでしょう」ということであった。

「武勇はなかなか……」

「軍略家としての評価は高いのです」

「軍略……」

石川が軍略家であるという評価については直政も納得できるところがあった。羽柴秀吉から主君家康にたいして、「一日もはやく上京なさるべし」と催促があり、重臣のあいだで賛否こもごもの激論がたたかわされるなかで、石川だけは一貫して早期上京論を主張していたからだ。

自信満々の早期上京論であった。このむずかしい問題について、そのような自信満々の意見がどこから出てくるものだろうかと率直な疑問があるので、石川をつかまえてたずねてみたことがある。

直政は二十六歳、石川数正の生まれ年はわからないが、天文十八年（一五四九）、今川方の人質になる家康のお供をして駿府に行ったのを十五歳のときとすると、いまは五十歳だ。井伊殿のごとき若い方にはと軽蔑され、相手にしてもらえぬかと思っていたが、案に相違して丁寧に応対してくれた。

――織田殿の政権を羽柴殿が継承したのはまぎれもない。そのうえ、ご当家の北には上杉、東には北条の強敵がいる。羽柴殿の天下に従うほか、当家の生き残る道はない。

理路整然とはこのような意見をいうのであろう。

だが、直政が思うに、理路整然たる石川の意見に従うなら、何もしないで、じいーっとしていても結果はおなじではないかという気がしてならなかった。現状が秀吉の政権に屈伏しているなら、そのままでかまわないではないか？

ともかく、石川数正の出奔は井伊直政の出番を多くする結果になった。石川がいなくなって、家康が「直政、直政」と声をかけ、役目をいいつける機会が多くなったのである。

――石川が出奔したというのに、殿のご機嫌はそれほど険悪ではない。ことによると、殿は石川が嫌いであったのではなかろうかな。

――主君ともうす方は、臣下のだれかれの好き嫌いをいってはならぬはず。

――だがしかし、ということがある。殿であるからには、いかに嫌いだとて、自分の口から石川に「出てゆけ」とはもうされぬ。しかし、石川が自分で出てゆくのは止めはせぬ、それが真相ではないか。

――わかりやすい話、ではあるな。

徳川の臣下の双璧、酒井忠次と石川数正は酒井が徳川の総体を、石川が軍事のことをと分担しているようにみえた。両者を画する線がひかれていたわけではない、しきたりというほどのものもないが、なんとなく、そういう具合になっていた。

軍事を担当していた石川が秀吉の陣営に移籍したあと、家康の口から「将兵のこと、合戦のことは甲州流を元とせよ」と指示される場面が多くなった。甲州流とは武田流、信玄流の軍法だ。

軍法をきりかえるぞ——家康はこのことを全家中に知らせようとした。石川数正が担当していた軍法を石川流と呼べるかどうかは別にして、石川のやりかたを廃して甲州流にきりかえる。

家康は苦悩していた。軍法のきりかえが簡単に済むはずはない、それを知っているからこその苦悩である。

——ひとことだけ、「変えるぞ」とおっしゃれば済むのではありませぬか。

主君家康の苦悩を見るに見かねて、このように進言する者がいなかったとはいえない。だが、もし、いたとしても、それは酒井忠次ではない。忠次にはわかっている、軍法の変更が容易なことで済むはずはないと。

だが、石川数正は甲州流軍法への転換についてはまなじりを決して反対した。

反対しただけではない。

「殿、そのおっしゃりかたでは、信州上田で負けたのはこの伯耆守（ほうきのかみ）が悪かったと……」

伯耆守数正が主君に食ってかからんばかりの勢いで言い募ったのを見た者はい

ない。その瞬間に家康が数正の顔に穴があくかと思われるほど強烈な視線を向け、すぐに肩を落とし、うつむき、ちからなく呟いた「ぐ、ぐ、ぐ」という音を聞いた者はいない。

あくまでも音であった。ひとの声といえたものではない。だが、石川数正としては、家康からどんなに激しい口調の、鮮明な叱責の言葉を叩きつけられるよりも「ぐ、ぐ、ぐ」の衝撃が強かった。

「わたくしは、殿によってお家から追われるのですな」

「出てゆけ、とはいわぬぞ」

「追われるのが嫌ならば、追われぬ先に出てゆけ……つねづね殿は、そうおっしゃっておいでだ」

「秀吉はその方に、参らぬかと誘いをかけておるはず」

「滅相も……」

「いうなっ！　誘いがないとはいわせぬ。秀吉の誘いに応じて徳川を捨てたとなれば、石川伯耆守、名誉の出世である。めでたい……ではないか」

そうまでおっしゃるのであればと、数正は「ひとあしお先に秀吉のもとに参ります」と捨てぜりふの見本そのままの言葉を決別の辞として、夜がふけるのを待って岡崎から出ていった。

夜逃げ同然と非難する声が高かったが、そうかといって、真っ昼間に出てゆけば褒められるわけのものではない。

石川数正が出てゆくのを待っていたかのように、家康は明けても暮れても「甲州流、甲州流」というようになった。

「甲府の鳥居に伝えよ」

「はーっ」

「信玄一代のあいだの軍法のことをしるした書物を、すべてまとめて浜松に送れと」

「書物だけで……」

「わしのいう先を察することができぬか。書物のすべて、武器のすべて」

鳥居元忠は家康の領地になった甲斐国を支配する役をおびて甲府に派遣されている代官だ。その鳥居に家康は「信玄の軍法のことをしるした書物」をすべて集めて送れと指示した。

戦争の術と政治の学とを総合して一流の体系に仕上げたのは武田信玄のほかにはない。家康はそのことを痛感し、うらやましく思っていた。甲州を手に入れたいま、信玄の体系をもっとも有効に使えるのはおのれひとりしかいないと確信していた。

家康の確信が錯覚にすぎないのか、それとも、妥当な内容をもっているのかは、どうでもかまわない。われひとり、と家康が確信したところに意味がある。

甲斐の宝が新しい世で広く活かされる——武田の遺臣たちはよろこんで鳥居に協力したから、浜松城にはおびただしい文書と軍装品の堆積ができあがった。

「その方は、この宝物を活かす手段を考えてくれ」

「赤備えの件は、もうすでに」

「わしが知らぬというか。井伊の赤備え……いかにして戦争に勝ちぬくか、当面はこれが肝腎だが、その先のことを信玄が見ていないはずはない。何を、どのように見ていたか、それも探ってくれ」

という次第であったから、「石川伯耆を追い出したのは殿ではない。殿の名によって、じつは井伊兵部が追い出したというのが真相らしい」といった噂がうまれた。

「ナカゾウよ。おまえは、何ときくかな、この噂を」

「あのまま井伊谷にそだっていれば知られぬことを、海のある浜松にきたおかげで、あれこれと……」

「知った、か」

「潮時は越さねばならぬ、そのようにもうすそうですな、漁師たちは」

井伊殿よ、石川伯耆に辛く当たって浜松に居られぬように仕向けたのはあんたじゃないか――言葉に出さなくても、意味ありげな表情をしめして直政に口をひらかせようとする者がいる。

　そのたびに直政は、ぎゅーっとちからを入れて唇を締め、顎（あご）を上にあげて挨拶のかわりとした。

　井伊直政の、顎を上にあげる仕草については、あまりにも傲慢だと陰口をいう者がすくなくない。

秀吉は家康に「ぜひとも京都へお出でを」と、命令とも懇願とも区別のつかない姿勢で誘ってくるが、上京すなわち服従になる、家康は頑張ってうごかない。

だが、この綱引きがいつまでも続くはずはない。いつまでも耐えられないのは家康だと秀吉は知っていたから、家康がうごきやすいように状況をととのえた。家康に名分を提供し、自分は実を取ればいい。

——奥方を亡くされ、長いあいだの寡夫ぐらし。おさびしいことであろう。

異父妹の朝日姫を「奥方になされ」と送りつけてきた。朝日姫は四十四歳、佐治という尾張の土豪の妻となっていたのを秀吉が強引に離縁させ、家康の後妻にした。

拒否できない家康と朝日姫の婚礼は天正十四年（一五八六）五月、浜松城でおこなわれた。

それでも家康は頑張り、京都へは出てゆかない。秀吉から第二の矢が飛んできた。

——わが娘に逢いたいと、老母に泣いてせがまれ、当惑しております。そちらに送りますから、奥方と逢わせてやっていただきたい。

妹だけでは不足らしい、わが母も人質に送る、どうか上京してきてくれと、秀吉の低姿勢はいよいよ本物に――本物らしく――なってきた。

ここで家康は頑張り作戦を断念した。これ以上の突っ張りをかさねると、財とちからを無意味に消耗しかねない。

酒井忠次をはじめとする重臣は、上京に反対した。小牧・長久手の対陣で京方の軍勢のちからのほどが知れた、あれなら、いくら戦っても負ける恐れはないというのが上京反対の理由で、老臣の酒井がいうだけに多数の賛同者があった。

だが家康は、いま上京しなければ、京都に形成されている「政界」という場に顔を出す時宜を失うかもしれぬと判断した。秀吉に屈伏することの是非にこだわるよりも、「政界」に登場する時宜を失うまいとの打算を優先させた。

「わしは、ゆくぞ」

酒井が「承知いたしました」と答えたのが、臣下一同の上京賛成のしるしになった。

――あいかわらず、サカイサエモン、君臣のあいだをみごとに取り持っておるな！

家康と朝日姫が岡崎に着き、それから家康ひとりが京都にのぼってゆき、半信半疑の思いが消えない岡崎に、秀吉の母が京都からやってきた。京都では「大政所(おおまんどころ)」と尊称されている老女である。それでもまだ疑惑は消えないから、朝日姫との再会の場を物陰からひそかに監視していると、

「かかさま！」

「娘よ！」

抱き合ってよろこぶ様子は偽物の母と娘ではありえない。

「本物らしいな」

「本物の母と娘、さように認めてさしつかえないでしょう」

三河の岡崎には重苦しい神秘の気分が濃厚にたちこめた。

酒井忠次・本多忠勝・榊原康政をつれて京都に出ていった家康から秘密の急報があれば、ただちに徳川の全軍が決起して京都にむかう前進基地、それが岡崎である。

そしてまた岡崎には、秀吉の異父妹の朝日姫と母の大政所が人質として身柄を

拘束されている。京都の家康の身に万が一のことがあれば、朝日姫と大政所の宿舎のまわりに積みあげられた薪に火がつけられ、ふたりの女の命を焼いてほろぼすはずだ。

その岡崎をあずかる重い役目の筆頭が井伊直政であった。ほかに大久保忠世や本多重次など。

ふたりの人質の宿舎に毎日のように顔をだし、機嫌を伺うのは直政だけであった。ふたりの女にたいして、まるで主家の家族であるかのように丁寧に挨拶し、不快な思いをなさってはいないか、食事その他でおのぞみはないかと気配りをする。

「兵部殿、兵部殿……」

大政所も朝日姫も、なにかにつけて直政を頼りにする。

「もしも、ふたたび京都にもどるときがくれば……もしも、ですよ兵部殿……あなたに送っていただければ嬉しく存じます」

「わが君がおきめになることですが、そのようになるのを、井伊直政、願っております」

殿に万が一のときには火をつけて殺さねばならぬ人質に、なぜそこまで丁寧に応対するのか、愚かではないのかといった疑惑の視線をうけとめ、説明することもあった。

「殿から『大切に』と命じられました。お言葉のとおり、大切に扱っております」

「それは、井伊殿、大切という言葉の意味をとりちがえておるのではないか」

「いや、正しく承知しております。大切にとは、京の殿に万が一のことがあれば、すぐに火をつけて焼き殺すこと、さようですな」

「そこまで承知なさっていながら……」

なぜ実の母にたいするように大政所と朝日姫を接待するのか、直政の本心を了解できるのは南渓和尚や松下源太郎、行方しれずになって久しい綾乃、このほかには、いない。

——他人のような気がしない。

まず、これだ。

いま岡崎にいる大政所の息子さんが、そのむかし、どういう事情か、尾張から東をめざして放浪して引馬の城下でうろうろしていたのを松下之綱殿の父親がひろいあげ、しばらくのあいだ雇って働かせ、飯を食わしてやった。

その縁に縁がかさなり、姉川合戦のときに秀吉と松下源太郎が対面し、秀吉から贈られた縁起物の縫い針のおかげで、虎松は引馬の城下で家康へのお目通りがかなう機会が得られた。

――このお方の息子さんがいなければ、われすなわち井伊直政という男はいまごろ、この世にはいなかったかもしれない。

京の殿の身に万が一のことがあれば、ふたりの宿舎に火をつけて焼き殺さなければならない。その場におよんで躊躇するはずはないが、できるなら、火をつける羽目にはなりたくない。

どうか、どうか――

祈っているわが身に気づいて、直政は不思議な気分になった。

こういう場合、何にたいして、どういうふうに祈れば効果があるのか、南渓和尚なら知っているのだろうが――

家康の上京は成功した。

いや、家康の立場からいえば「失敗」といわねばならないかもしれない。秀吉は「徳川三河守、このたびの上洛、大儀であった！」とふんぞりかえり、家康ははるかな下座で平伏してみせたのだ。

家康が岡崎にもどり、望みどおり大政所は、井伊兵部直政によって京都まで護衛されることになった。

「もしも、のとおりになりました。兵部殿」

京都まで大政所護衛のことを命じられたときには、とっさに宗良親王と井伊家のゆかりをきいてもらうつもりだったが、いざとなって気後れした。宗良親王よりも、目の前にいる大政所のほうが身分も格式も高いのではないか。ならば、宗良親王のことを自慢するのは失礼にあたろう。

天正十四年（一五八六）の暮れもちかい十一月、京の三条白川には関白秀吉みずから母を出迎えていた。

まだ引馬といっていたころの浜松の城下、松下之綱の父の屋敷で働いていた日吉丸がいまや従一位・関白という途方もない高位にのぼり、岡崎から送られてくる母を京の三条白川で出迎える。
わが母を護衛する大役の井伊兵部少輔直政が、その引馬で家康に見いだされ、今日ここまでの地位にのぼってきたのを秀吉は知っているだろうか。

秀吉は従一位・関白として井伊直政を京都で引見し、大政所護衛の大役の労をねぎらった。

大名としての秀吉の城は大坂にある。大坂城の堅固な構造を直政に見せてやるのは無駄ではないと計算したらしく、秀吉は直政に「大坂の、わしの城も見せてやろう」と大坂下向を命じた。

京都では関白の威厳をぬぐわけにはいかないが、大坂にくれば、そうでもない。秀吉はくつろいだ様子を見せ、あれこれと気軽に直政を遇した。

秀吉は井伊直政の不遇な少年時代のことは知らなかったが、引馬といっていたころの浜松のことはよく覚えていた。

「松下長則（ながのり）さま、之綱さま、源太郎さま……忘れるはずがない。長則さまが拾ってくださらなければ、もっともっと東へ流れて箱根を越えて、いまごろは、どこでどうして……」

いまでも頭陀寺の松下屋敷のことを夢に見ると、秀吉はひとしきり懐古にふけった。その秀吉の様子をよくよく観察すれば、わざとらしいところがあるのが知れるはずだ。

石川数正である。

一年前に徳川の臣籍からぬけだした石川数正が、秀吉のお相伴として控えている。数正がこの場に欠かせない人物であるわけもないから、これは秀吉のいたずらにちがいない。

――井伊直政と石川数正、わしの目の前で対決させてやったら、面白かろうな。

秀吉の意図を察してかどうか、直政は数正の顔を見ようとしない。

――さて、わしが茶をたてよう。

別室にうつって秀吉の茶がふるまわれることになり、直政と数正がとなりあわせに座るように手配されていた。

「臆病者のとなりのお席は、不肖直政、お断りもうしあげます」

直政がいうのを、秀吉は笑って見るだけ、叱ることもなかった。いたずらごころは満たされた、これ以上の角突き合いを見ても仕方がない。

第七章　家康軍団の関東移封

「たしか、宗良(むねなが)親王さまというお方でございましたな」

「いきなり、なにを？」

「そのむかし、京都から井伊谷(いいのや)においでになられた……」

「宗良親王さま」

　その宗良親王が地方の豪族を味方につけようと東国に派遣され、井伊谷に腰をすえて父の後醍醐(ごだいご)天皇のために苦心していたころの京都はこれほどにぎわってはいなかったのではないかと、ナカゾウはいいたいらしい。

　後醍醐天皇と宗良親王の奮闘にもかかわらず、南朝は敗北して室町幕府の覇権が確立した。それからしばらく京都は室町幕府の強権によって静謐(せいひつ)と栄華の時をおくったが、やがてくずれ、応仁・文明の乱の始末がつかないまま戦国の世に突入した。

織田信長が登場してきて様子が変わりはじめ、秀吉によって京都は一変した。京都のあちこちに黄金が輝きを見せるようになった。

なかでも、秀吉が洛中の内野に建てた聚楽第は「黄金のかたまり」と形容してさしつかえない。「はりぼてに黄金を塗りつけたにすぎない」というひそかな悪評もないではないが、目に見えぬ中身はともかく、外側にはたっぷりの黄金。

その聚楽第ができあがり、披露をかねて後陽成天皇の行幸をあおいだのが天正十六年（一五八八）の四月であった。秀吉は内裏まで足をはこんで天皇をむかえ、最大の敬意をはらった。

徳川家康と井伊直政も秀吉にまねかれて上京している。後陽成天皇をむかえて聚楽第の広壮と綺羅を見せびらかす儀式、それをひきたてるのが家康と直政の役目であった。

ところで、いま、「徳川家康と井伊直政」と書いた。その理由はほかでもない、直政も聚楽第行幸に陪席するようにと秀吉から指示があった、そのことを強調したいからだ。家康の供の者としてではなく、直政個人として陪席せよと指示されていた。

ほかに類がない。

池田輝政、前田利長、京極高次、大友義統(よしむね)といった面々も聚楽第行幸の陪席を命じられていた。かれらはみな独立の身分の大名であり、直政のような陪臣が、従者としてではなく、大名と同等の資格で陪席を命じられた例はかつてなかった。

秀吉は家康を一段だけ低い大名として扱おうとしている――ようでもあるし、また直政を大名なみに遇することで、その直政を臣下にしている家康を一段も二段も高い大名として処遇している――ようにもみえる。

高い低いは別にして、秀吉が家康を格別視しているのはあきらかであった。

秀吉は毛利や武田を敵視し、戦ったが、それは織田信長の時代からの敵対関係を継承したものである。

家康は敵としての性格が異なる。

信長政権の継承という線で考えるならば、家康は秀吉の同盟者であって敵ではありえない。にもかかわらず家康は、「そちらは尾張、こちらは三河の隣同士、戦争にならぬはずはないではないか」といった単純きわまる理屈を信奉しているかのごとくに、戦いを挑んできた。

家康は別扱いしなければならぬと秀吉は判断している。だから、徳川家の内部の人事に介入する。徳川三河守よ、おまえは徳川家の外はともかく、内部のことのすべてはおのれの意のままと考えておるだろうが、そうはさせぬぞ、というわけだ。

家康の意のまま思いのままにはやらせぬ強い決意のしるしとして人事に介入し、家康の頭越しに直政にたいして「行幸に陪席せよ」と命じる。家康のやつめ、さぞかし立腹しておるだろうなと快感を味わいながら。

秀吉の命令を、そのとおりにうける直政も直政である。殿の手前、いちどは遠慮して、それからおもむろに「京都の秀吉さまからの直命（じきめい）なれば辞退しがたし」といった当惑のふうを装い、さきに家康の承諾を得て、そのうえで招請をうければいいではないかと非難の声があがるのは承知のうえだ。

面と向かって直政を非難できる者はいないが、もし非難する声があるならばと、直政は反論を用意している――「何にせよ、もとを糺（ただ）せば井伊家はご当家にたいする降伏人。出処進退の、まとまった掟というものがないから、みなさまには不愉快な姿をお目にかけることに、なるかも……」

専制権力者の屋敷に天皇が行幸する——ひさしくなかったことで、貴族たちの張り切った顔が見える。

秀吉に陪席を強制された大名が上京してきて、宮廷のしきたりや交際に不慣れゆえの無様(ぶざま)をさらけだし、貴族の嘲笑の的になる。笑われまいとすれば、しかるべき貴族にまえもってなにがしかの賄賂をおくり、手をとって教えてもらわなければならない。

どの貴族がどれくらい親切であるか、宮廷における威勢はどうであるかを知ること、知ったならば、どうやって昵懇(じっこん)になるか、こういったことも賄賂できまるから、宮廷で恥をかかないためには気苦労もカネの苦労も必要だ。

井伊直政の背後には大物の近衛前久(このえさきひさ)が付いている。どれくらい大物かというと、十九歳のときに関白・氏長者・従一位になったという摂関家(せっかんけ)きっての有力者だ。

足利十五代将軍の義昭に嫌われて関白を解任されたが、織田信長の意向によって復活、太政大臣にのぼり、その信長が本能寺で殺されるといちはやく剃髪、出家して遠江にのがれ、家康の保護をうけて浜松で一年ほどをすごした。

帰京すると、秀吉が「あなたの猶子にしてくれ」と頼んできた。秀吉は関白になろうとしたが、れっきとした姓がなければ関白にはなれない。そこで秀吉は前久の養子になり、近衛の本姓の藤原を名乗ってめでたく関白になり、しばらくして新しい姓「豊臣」を作って豊臣秀吉と名乗った。いつまでも藤原を名乗るのは古い姓の権威に頼る感じがして、いやだったのだろう。

その見返りというわけで、前久の娘の前子が秀吉の養女になり、後陽成天皇の女御として入内した。前子が皇子を産み、その皇子が天皇になれば前久も秀吉も天皇のおじいさんというわけだ。

近衛前久が浜松に滞在していたとき、井伊直政は積極的に接近した。そのむかし、宗良親王のお世話をした井伊家の末裔という存在は前久にとって信用に値する。

「宗良親王さまがご奮闘なされた井伊谷というのは、その方のご領地であったか。いや、井伊谷の名は京都でも格別の響きをもっておりますぞ」

「お目にとまり、恐悦至極」

前久への接近の度が強すぎれば家康の怒りを買うおそれがある。

といって、出したものに見合うだけのものは取らねばならないから、今日は和歌の稽古、明日は有職故実（ゆうそくこじつ）と、近衛前久が京都からもってきた公家の文化を摂取するのに大童（おおわらわ）の日がつづき、そうしていま舞台は浜松から京都にうつって、直政は聚楽第の歌会で自作の歌を披露する機会にめぐまれた。

「お題は『松に寄する祝い』。そこでとりあえず、このように」

「ははあ、なるほど。初句の『たちきそふ』は『たちそふる』とするのがよろしい。やわらかくなる」

近衛前久の和歌の腕前は、このさい問題ではない。直政の歌に前久の手で添削がほどこされ、天子の御前でよみあげられるという手続き、そこに意味も価値もある。

　　たちそふる　千代のみどりの色ふかき

　　　松のよわいを　きみも経ぬべし

井伊直政の歌は「侍従直政朝臣」の名で記録にのこった。つまり井伊直政は聚楽第行幸の時点で侍従に任官したわけだ。

直政はこれまで兵部少輔の官名を名乗っていたが、あくまでも徳川家における私称であって宮廷が関知するところではない。

その直政がいま、侍従に任官した。侍従とは従五位下に相当する官職である。井伊直政は朝臣——天皇の正式な臣下として名簿に名をつらねることになった。本多忠勝や榊原康政も家康に随行して上京していたが、文字どおりの随行である、御歌の会に陪席できないのはもちろん、正式な叙任もありえない。

侍従になった直政のところに近衛前久から使いが来て、とりあえずの祝いの辞がつたえられた。「顔を見せても悪くはなかろう」の合図だから、とるものもとりあえずに伺候してみると、前久はわがことのように喜んでくれた。

「これからは井伊の侍従とおよびせねばならんな」

「おそれながら龍山さま。ただいまは陪臣の身の井伊直政ですが、祖先は大織冠藤原鎌足ときいております。侍従あたりで満足しては先祖の名を汚すことにもなりましょうから、いままでどおり、どうか、ただ直政と……」

前久はしずかに笑って、「関白になった秀吉の例もある。遠慮はするなというと、かえって直政に迷惑になろうな」といった。直政が呼んだ「龍山」とは、本能寺の変のあと出家した前久の号である。龍潭寺の「龍」と字が通じるところに、直政は因縁を感じた。

徳川家康は天正十四年（一五八六）の暮れに浜松から駿府に本拠をうつした。このとき家康は四十五歳、八歳の年に人質として駿府に連れてゆかれてから三十七年、こんどは駿府の城主として入城した。

駿府移転をきめたときから、隣の相模の小田原にかまえる北条氏との関係がのっぴきならぬものになると覚悟した。徳川は北条氏と対決の関係になるのを恐れている、だから駿府にうつりたいのを我慢して浜松から動かないのだ、などといわれては大名として評価をさげてしまう。目をつぶる気持ちで駿府に本拠をうつした。

ところで家康は、切羽つまったときの風穴として娘の督姫を北条氏直に嫁がせていた。その娘婿の氏直にたいして真情をこめて説得したが、通じない。いまは秀吉の天下、ともかくも上京してそれなりの挨拶をしてはどうかと勧告しても、通じない。

北条早雲が伊豆から相模の小田原に侵出してからほぼ百年、関東の北条王国は京都の政権を横目に見る独自の世界をきずいてきた。伊豆・相模・武蔵・上総の四カ国のすべてと下総・上野・常陸・下野・駿河の一部にまたがる領地は二百八十万石に達する。

織田信長は北条の始末を考える余裕はなかった。

秀吉もはじめのうちは北条には手を出さなかったが、後陽成天皇の聚楽第行幸を成功させたいまとなっては、北条を屈伏させなければ恰好がつかない。

だが北条は、秀吉や家康とは別の時間の軸のうえで生きていた。

——挨拶なら、秀吉が来ればよかろう。当方の都合がつけば、会ってやらぬこともない。

こういった姿勢であった。

東征せざるをえないところに追い詰められたのが秀吉、そんなものはどこ吹く風かと知らん顔をしているのが北条氏、こういう関係になっている。

家康の奔走が実りかけたことがある。北条氏政の弟、三崎と韮山の城主の氏規が名代として上京し、秀吉と会見した。

氏規よりも先に家康夫人の朝日姫が母の見舞いのために上京、朝日姫のあとに家康がつづき、そのあとから北条氏規が京都をめざした。徳川だけでもなく、北条だけでもなく、徳川と北条の二本の綱を縒りあわせ、一本の綱として秀吉の政権につなごうと家康は奮闘している。

だが、実現したのは秀吉と氏規の会見だけであった。秀吉が問題としている上州の沼田を真田に返還する件について、氏規は秀吉を満足させなかった。

秀吉と氏規の会見が実質的に決裂したときに、家康は小田原征伐が回避できなくなったと覚悟した。「北条討つべし」の意見をかため、わざわざ上京して秀吉と協議をもった。秀吉が北条追討令を出したのは天正十七年（一五八九）の暮れである。

北条は秀吉に屈伏するのを拒絶した。秀吉の小田原征伐は不可避となり、徳川家康も秀吉軍の先鋒として小田原に向かうことになる。

そうときまったときの井伊直政の心境は複雑であった。秀吉と北条が手をむすぶのに障害となった上州の沼田のこと、これはそもそも甲斐の若神子（わかみこ）の対陣のときの休戦交渉で解決されるべきであったのが、どうしたわけであったか、そのときには議題にものぼらず、あとになってから難問として浮上してきた。

休戦交渉の責任者は井伊直政であった。沼田の件を後回しにした責任を問われるかと戦々恐々としたものだが、直政の責任は不問に付されたようである。

そしていま、北条との開戦が不可避となってくると、沼田の件を解決しなかったことが大義名分となるわけだ。沼田の件がはやいうちに解決されていたと仮定した場合、秀吉は開戦の口実をみつけるのに苦労していたはずだ。

――はてな。そうであるなら、この井伊直政は北条征伐の口実をつくった功労第一の者ということになりはせぬか？

まず、うしろめたい気分、それから、怪我の功名とはまさにこれなるかなと誇りたい奇妙な心境。

それにしてもと、直政は主君家康の巧みな手腕に感服する。

あのとき、沼田の件がこじれ、北条にたいする示威の意味もあって家康は信濃の上田に軍を出した。ああ、これで井伊家も終わりだ。せっかくここまで復興してはきたが、沼田の件でつまずいた責任を取らされ、上田での戦いを命じられて惨めに敗北するのだと、なにもかも諦めた。

だが、おどろいたことに、家康は直政に上田への出馬を命じなかった。上田に出陣すれば沼田の件の責任を取らされているのがはっきりするのに、出陣を命じられないから、沼田の件と直政の関係がうやむやとなり、そのうち、直政と沼田とは何の関係もなかったかのようになった。

幸運といえばいえるが、幸運の半分以上は家康が人工的につくってくれているもののようだ。

――わしは、もっと高望みをすべきなのかもしれん。ご主君と肩をならべる地位をのぞむのが順当であろうかな。

だが、それこそ分をわきまえぬ高望みであると、われとわが身をおさえつけていたときに井伊谷からきた急報が直政の胸をしめつけて、どん底にまで突き落とした。

――南渓和尚が亡くなりました！

松下源太郎の後妻となったおふくろはすでに亡くなっていた。われにとっては他家のひとだという思いがあったから、いや、つとめてそう思うようにしていたから、母が死んで南渓和尚から「永護院蘭庭宗徳大姉」の法名をいただき、龍潭寺に葬られたと知ってもさほどには悲しくなかったが、南渓和尚の死、これはこたえた。ずしーんと、こたえた。

「葬儀にゆきたいが、いまは、ゆけぬ。その方ふたりで……」

わしの分まで追悼の祈りをあげてくれと、昊天と傑山を井伊谷に送った。

小田原への出陣が決定的になり、先手のひとりという大役を命じられた直政は井伊谷にはゆけない。

昊天と傑山は直政の家来だが、もともとは龍潭寺の僧であり、和尚の指示によって直政付属のさむらいになった経緯がある。ふたりそろって師僧の葬儀に行かせても他将の陣営から批判されることはなかろう。

傑山と昊天がもどってきて、和尚から直政への遺言なるものを伝えた――「死に急ぐなかれ。武士は常在戦場なれば、なおさらに」

小田原への出陣がきまったのを知ったうえで、和尚は遺言を考えてくれた。「無駄死にをするな」と戒めてくれるのはありがたいけれども、サカイサエモンの息子や榊原にきこえたら、何といって軽蔑されることか。

——あれを見ろよ。井伊谷という山奥の龍潭寺の和尚から「死ぬなよ」と遺言で戒められ、「せっかくながら、ご遺言を返上！」ともいわずに小田原の合戦に出てゆく大将、井伊直政だ！

——武士とか大名とかいわれる立場の者が死について深く考える。たしかにそれは嘲笑の的になろうけれども、武士だからといって死を考えずに済むわけではない。

後陽成天皇の聚楽第行幸に陪席を命じられて歌を献納し、侍従に任じられる。絶頂期にあるわが身のことを思いつつ、その一方で直政は生まれてはじめて「死」というものの避けられない意味は何であるかと問い詰めるわが身を発見した。

二十九歳である。「死」というものをただ「悲しい」「恐ろしい」と思うだけの幼少年期は脱していた。まだ遠い先のことにはちがいないが、着実に近づいている「死」というものと、「死とは何か」をしきりに考える自分との二本の線で眺めている。そのことに気づき、興奮していた。

秀吉が北条氏政に宣戦布告したのは天正十七（一五八九）年十一月二十四日である。

当然ながら、徳川家康も多忙をきわめ、駿府と京都を往復する日々になった。この前後の家康の京都往復を列記してみる。

十六年三月一日～四月二十七日　朝日姫とともに入京して後陽成天皇の聚楽第行幸に陪席。

十六年六月二十三日～九月四日　大政所の病気見舞いのため朝日姫とともに入京。朝日姫はそのまま京都に留まる。

十七年三月七日～六月四日　朝日姫の病気見舞いのために滞京。

十七年十二月九日～十二月十二日　朝日姫の病気見舞いのために滞京。

聚楽第行幸、大政所の病気、夫人朝日姫の病気といったことが上京の目的とされ、それにうそはないが、上京のたびに秀吉と会見して北条征伐の軍略をうちあわせていたのもたしかなことだ。

　ここでまた、北条氏にたいして秀吉が宣戦布告した十七年十一月二十四日にもどってみる。このとき家康は駿府にいて、京都にはいなかった。秀吉の宣戦布告から十四日すぎた十二月の九日に入京し、わずか三日の滞京であわただしく駿府にもどっていった。

　わずか三日の滞京、これは秘密でもなんでもない。だが、重臣たちのあいだに「奇態である。わが君は何をお考えになっておられるのか？」との疑念がおこるのはやむをえなかった。

　わずか三日の短期で済むことなら、ご主君がわざわざ出てゆくこともなかろう。直政か康政か、われわれ重臣でまにあうはずではないか？

「井伊殿……」と切羽つまった顔つきで膝を寄せてくる本多忠勝が「われら重臣一同の疑問をわが君にうちあけ、質（ただ）していただけぬだろうか」と、いかにも決死の表情である。

　決死の表情にうそはなかろう。

　主従は絶対の関係というところまで煮詰まってはいないが、ともかくも三河時代からの譜代の主従である。主のおっしゃること、なさることに疑問をいだかぬからこそ「われら譜代の者」と威張っていられる。だがいま、その譜代の臣下でさえも、おのれの譜代意識を疑わなければならぬところに追いこまれている。

「わが君にたいし、この直政が、何をうかがえと？」

「わずか三日のご滞京、これが腑に落ちぬわけだ」

「ですが、方々。たとえ三日でも、ご用事がすめば早々とお帰りになって不思議はないのでは……」

「それ、さ。その『ご用事』というのがわからぬから、なぜ、たった三日でと、こういう疑問になる」

「君のご用事を、臣下の身たるわれわれが、いちいち気にかけることも……」

ありますまいといいかけたところで、直政は気づいた。本多も榊原も、ここに顔を出さない酒井家次も、この直政を罠にかけようとしているのだと。

「おのおのがたに申しあげておきましょう。はばかりながら井伊直政、わが君のおっしゃること、なさることに『なぜ』も『しかし』も差しはさまぬと心をきめております。わが君が一年、二年も滞京なさろうと、わずか一刻でお帰りになろうと、われ直政の気にかけることではありませぬ。断じて、気にはかけぬ！」

近衛前久のまえで、「大織冠藤原鎌足の後裔」と名乗りをあげた身として、怒鳴ったのは恥ずかしいかなと思った。

だが、怒鳴ったのを取り消すほうがもっと醜態だと考えなおし、もういちど、念を入れて、怒鳴った。「わが君が何を、どうなさろうと、われら臣下は黙って、したがう。それだけ！」

あらためて怒鳴りながら、直政、「なんとまあ、うまくいったものだ」と予想外の儲け物に気を良くしている。

直政はきいてしまったのだ、主君家康のやりかたに疑問があるという本多や榊原の言葉を。

いまごろ、本多や榊原は、いうべからざる言葉を口に出してしまった、それも、ひともあろうに井伊直政の耳に入れてしまったと、背筋も凍る痛恨とともに悔いているはずだ。

——あのふたりは、こっちのものだ。

そういう気がする。

あのふたりが直政の心証を悪くしたり、直政の立場を苦しいところに追いこむようなことをしたら、直政はとっておきの手を使えるわけだ――「ご主君がたった三日で京都からもどってきた、その理由を説明してくれないのは不満であるとのご両所の言葉を、主君のお耳に入れましょうかな」――この手で脅迫されては困るなと警戒し、うっかりしたことはいえぬと、直政を敬遠する。

気が楽になった。

儲け物というのは、じつはこのことだ。

「井伊直政……あいつは危険であるぞ、警戒するに越したことはない」と思われるほうが万事につけて気楽なのだ。われわれ三河譜代の者とは肩をならべられぬ埒外（らちがい）の人物、それが井伊だということになったほうが手間がかからない。

――だが、気をつけねばならんぞ。警戒心を保持するのが苦しくなると、あいつめ、殺してしまえということになりかねない。

そこに危険があるけれども、そのときはそのときと諦めてしまえば、これまた気は楽というもの。

妙案がうかんできた。本多や榊原の名を出さず、われひとりの疑惑、不満として家康の胸のうちを打診してみようという手である。ずるい手ではあるが、本多や榊原の名を出せばかれらを讒訴（ざんそ）する結果になりかねない。それよりはまし、であるはずだ。

「北条征伐が確定して、切羽つまったこの時期、わずか三日の滞京でおもどりになったのは異常といわねばなりませぬ。ほかの臣は不審を表明せずとも、この直政、不審でなりませぬ」

　この直政、というところを特に強調したつもりだ。

「その方、こんなことが、わからぬか！」

　呆れたものだな、といった表情で直政の顔を見つめ、まだしばらくはその角度の視線を保ったままで家康は、「用件が三日で済んだ。だからもどったまでだが……」といった。奥歯に物の挟まった言い方になったのは、直政ほどの者の疑問がこんな程度のことであったのかなと、自分でも釈然としないからにちがいない。

さようであるか、なぜ三日で用件が済んだのか、それを説明しなければおまえは納得せぬわけであるなと家康は念をおし、「長丸のことである」といった。

「長丸さま……？」

「秀吉のところへ長丸をやる、そうときまったから滞京を三日できりあげ、もどってきた」

「ですが……」

「すでに於義丸をやってある。そのうえで、なぜ長丸までもやらねばならんのかと、おまえは不審に思っておるな」

念をおされるまでもない。

家康の次男の於義丸は小牧・長久手合戦のあとで秀吉の養子になり、羽柴三河守秀康として河内で二万石の大名になった。そのあとで秀吉の異父妹の朝日姫が家康の妻として嫁いできた。

朝日姫も人質だから、双方から一名ずつの人質、数は合っている。それなのに、いまさら徳川から三男の長丸を新しい人質に出すとは——

「どんな理屈で、このような無道な言い分ができましょう！」

「数は合わぬ、それはそのとおり。だが、直政よ、秀吉の身になると、北条を討つと決まればわが方からの人質が足りなくなる、こういう計算になるらしい」

「ばかな！」

こうなったら、ひさしぶりにふたりで腰を落ちつけ、顔を向き合わせてと、そんな雰囲気が出てきた。

——秀吉の大軍が東へ動くわけだが、わが徳川の領地は北条の領地の手前にある。だから、秀吉と北条で徳川家康を挟みうちしてわが五カ国を占領し、そのあとで領地分割を協議するという手もあるのだと、まあ、このような脅しの手を秀吉はちらつかせてきた。これにたいして、当方としては、何ができると直政は考えるかな。いやいや、秀吉の言い分を「ばかな！」と断じるのをゆるさぬとはいわぬ。だが、秀吉がちらつかせる「徳川の五カ国を東と西から挟撃」には、まんざらの座興ともいえぬところがある。

家康は弁の立つ男ではない。ぽつりぽつりと、ところどころでつっかえながら、説明した。相手が直政だから油断してもかまわない場面ではある。

「五カ国を占領せぬ謝礼として、もうひとり人質を出せと、こういう理屈ですか」

「はやいはなしが……」

秀吉の立場になって考えてみたことがあるかとたずねられ、直政は「いいえ」と答えたが、足りないような気がしたので「とんでもないこと！」と付け足した。付け足したあとですぐ、余計なことをいったものだと気づいた。家康の、ざっくばらんな様子を見れば、「とんでもないこと」などと強がりをいっても家康を喜ばせることにはならない。

「わしが秀吉であるとすると、不安でたまらぬはずだ。尾張をすぎて三河に足を入れるころはまだしも、遠江となると、うしろから矢か弾が飛んできはせぬかと、居ても立ってもいられなくなる」

「ははあ」

「長丸を人質に取ったからとて背中を狙われる恐怖が消えるわけでもないが、まあ、気の休めにはなろう」

「気の休めに、長丸さまを」

「まあ、そういったところか」

主君の気分は納得できると思った。

おかしな理屈だが、ここにいるのが本多や榊原でなく、ほかならぬ井伊直政であるのが主君のために何よりの幸運だと思えてきた。

すでに決意なさったのですな、などと念をおせば、この場が汚れると直政は思った。引馬の城下で、鷹狩にゆく家康の前に平伏したときからの信頼である、いまさら念をおすまでもない。

念をおさないかわりに、「長丸さまを、京都まで、直政がお送りいたします」と告げると、家康は「頼むぞ」といい、あわてて付け足して、「はやくもどってくれ。小田原を攻めなければならんのだ」といった。

天正十七年（一五八九）の十一月二十四日、秀吉は北条氏政に宣戦布告した。十二月九日に徳川家康は「朝日姫を見舞う」の名目で入京し、十二日に聚楽第で秀吉と会見、ただちに駿府にもどった。

年が変わって天正十八年、正月三日に長丸が駿府から京都にむかった。長丸を送る行列の先頭には井伊直政が位置を占め、酒井忠世・内藤清成・青山忠成がつづく。

長丸の一行は正月十三日に入京し、秀吉の使者の長束正家の出迎えをうけた。長丸は十五日に聚楽第にのぼり、秀吉との対面をはたした。

それから奥の間にさそわれてゆき、大政所みずからの手で髪を結いあらため、衣装を着替えた。そして秀吉から「秀忠」の名をあたえられた。これが徳川家康の三男、長丸の元服の式である。兄の於義丸とはちがって秀吉の養子になったわけではないから、徳川秀忠の誕生ということになる。

元服の式をおわった秀忠は秀吉に手をとられて外殿にあらわれた。駿府から供奉してきた者のうち、特に井伊直政が秀吉の御座ちかくに召され、秀吉から言葉をかけられる。

「大納言殿は良い子をおもちだ。年の割には大人びて見える、さぞかしお喜びであろう。ご様子に田舎ふうのところがあるから、都ぶりに改めてさしあげた。父上もお待ちのはずである、いそいで帰国なされよ」

三年前、九州征伐を果たして帰京した秀吉にたいし、家康は上京して祝辞をのべた。返礼として秀吉は家康に従二位・権大納言の官位を斡旋してやった。かれが家康を「大納言」と呼ぶときには、大納言にしてやったのがこの秀吉であるのを忘れるなよと言外に匂わせている。

元服の式がおわればすぐに秀忠は駿府にもどされるということを直政が知ったのは、入京した直後、細川忠興と会見したときだ。

足利将軍家の分家として成長してきた大名が細川家だ。明智光秀の娘の玉を妻にしていた忠興は、本能寺の変の直後に玉を幽閉して織田家にたいする忠誠のしるしとした。これがみとめられて忠興は丹後田辺城主の立場を安堵され、父の幽斎とともに秀吉に仕えることをゆるされた。

父の幽斎は古今伝授の秘事を継承する第一級の文化人として宮廷と武家の橋渡しをする位置にある。

細川家は足利――織田――豊臣の三代の政権移動の危機をじょうずにのりきった。一方に偏しない政治的な姿勢が、ときには信用され、ときには疎ましく思われ、独特な評価を得ていた。父の幽斎が宮廷に席を占めていることもあり、細川家から発信される政界情報は独特な価値をみとめられていた。

秀吉は忠興を優遇している。父幽斎の文化人としての名声を有効に利用し、信長時代の遺臣を丁重に処遇する見本を見せることにもなるからだ。駿府からやってきた徳川長丸の元服の式の演出を忠興に任せたのも、徳川方の面々に「軽く扱ってはおらんぞ」と強調するためであった。

さて、その忠興と打ち合わせているあいだ、ずーっと直政は奇妙な感覚にとらわれていた。

からだの、どこかが、不調や疼痛を訴えている、という種類の不快感ではない。得体の知れぬものに、背中を小指で突っつかれている、そんな感じ。

――ほーれ、ほーれ。わからぬか、気づかぬか。はやいうちに気づかぬと、とんでもないことになるぞ。ほーれ、ほれ！

背後の、得体の知れぬもの、それは直政にたいして悪意を抱いてはいない。悪意どころか、好意をもってくれているのだが、ちからがない。無力だから、「おまえの危機はこういうものであるぞ」と指摘してくれない、そんな感じのもの。「気の毒だけれども、おまえが自分で察知しなければならない」と、申し訳なさそうに身をすくめている、そういったもの。

なんであろうか、はやいうちに発見しなければ大変なことになりそうなのだが、それが何であるかさえ察知できないから、手の打ちようがない。

細川忠興は一種独特の存在感のある大名だときいていた。この機会をさいわいに忠興と昵懇（じっこん）になっておきたいと思っていた。だが、その期待も、「何であろう、何だろう」の疑心暗鬼に吹っ飛ばされてしまった。


細川忠興と会見したとき、元服の式が終わり次第に長丸こと徳川秀忠は駿府に送り帰されると知らされていた。このまま京都に抑留されても仕方がないと直政は覚悟していたから、嬉しいことであった。

式が終わり、予定のとおりに秀吉から「早々と帰国なされよ」と許可が出たときにも嬉しさはつづいていたが、旅の支度がととのって秀忠を行列にむかえた瞬間、いいようのない不安が直政の胸を締めつけた。背後の、得体の知れぬものが小指で背中を突っつくのである。はやく察知しなければ手遅れになってしまうんだが――

秀忠は天正七年（一五七九）に浜松に生まれ、今年で十一歳。直政とおなじように、京都に抑留されるかもしれぬという不安をもっていたらしく、駿府にもどれる嬉しさを隠さずに軽い興奮の気分であった。

——まず、関白の秀吉さま、それから母上の大政所さま、そのつぎに——聚楽第の奥の間でおこなわれた元服の式の列席者の名を、直政が思いつくままにあげて秀忠に確認してもらう。

うん、うんと、秀忠は面白くもなさそうな顔で相槌をうっている。

——関白の秀吉、秀吉の母御の大政所——そのほか、だれそれ——ああっ！

「奥方が居られぬ！」

大声で叫んだ——失敗したか——と思ったのがそもそもの思い過ごしである。同行している酒井忠世や内藤清成、青山忠成の耳にはいらぬようにと警戒する本能があったから、心のうちを知られてはならんと自戒の緊張がつづいている。そこでつい、大声で叫ぶ失敗をやったかと思ったわけだ。それが思い過ごしで、失敗はしていなかった。一時の興奮よりも自戒の本能が勝っていた。

奥方——徳川家康夫人——朝日姫——関白秀吉の異父妹、そのお方が登場していない。

朝日姫は病床に臥している、ということになっていた。夫の家康に連れられ、生母の大政所の病気見舞いに上京してきて、こんどは朝日姫が病気になり、そのまま聚楽第で臥している——ということになっている。

病気だから、長丸さまの——いや、いまは秀忠さまとお呼びしなければならんのだが——元服の式にお顔をお見せにならないのは仕方はない、不思議でもない。

だが、細川忠興も、当の秀吉も、奥方のことは一言も口にしなかった。

——なぜだ!

秀忠さまは「父上の奥方はお出でにならなかった」とはおっしゃらなかったが、これはこれで不思議ではない。秀忠さまは、奥方そのひとを意識なさっていないからだ。もちろん、奥方が式に出席なさっておれば、「父上の奥方がお出になっていた」とおっしゃるはずだ。

つまり秀忠さまは、ご自分の元服の式における奥方について記憶も印象もお持ちではない。それが奥方が出席なさらなかった、なによりの証拠だ。

朝日姫は病気だから出席しなかった、それだけのことではないか——いやいや、そう簡単には片づけられない問題である。

武士の元服は男の世界における神聖な儀式である、女性には遠慮してもらいたい、だから家康の奥方は出席しなかったのだ、というのも弁明としては筋が通らない。ほかならぬ大政所が出席し、みずからの手で長丸の髪を結いなおし、衣装を着せてやった事実が男の世界の神聖云々の説を否定する。

とにもかくにも朝日姫は秀忠の義母、秀吉の妹、家康の夫人なのだ。このことをゆるがせにはできない。

大政所が出席した事実は、逆に、朝日姫が出席しなければならなかったにもかかわらず、それが不可能であった事情を推察させる。大政所は大切な娘の朝日姫の代理として出席したのである。

——ああ！

直政は溜め息をついた。

なぜ奥方さまは出席なさらなかったのかという疑問につづく思考の結果が重大このうえもない結論に達し、真実として認めなければならなくなった。しかし、自分にそれだけの勇気があるだろうかと思えば、溜め息をつかざるをえないのである。

――奥方はもはやこの世に生きてはおられない！

関白秀吉の妹である朝日姫について、井伊直政は好意も悪意も、興味も持っていない。兄の秀吉本人については大いなる興味を、いや、好意を持っているが、妹のほうにはまるで関心がない。

だが、家康夫人としての朝日姫となると別だ。いや、朝日姫個人についての感情がどうの、こうのではない。妹の夫の家康を秀吉がどういうふうに扱うか、妻の兄の秀吉を家康がどのように評価するか、直政にとってはこれが問題になる、問題にならざるをえないのである。

家康は、妻が聚楽第で死んだのを知っているのか？

知っている――直政は判断した。

家康の滞京がたった三日で終わったのは秀吉から家康へ、朝日姫の死という重大な事実が告げられたからだ。

いやいや、朝日姫の死、それ自体はさほど重大ではない。小田原征伐が具体的な日程となったいま、秀吉の妹、家康の妻の葬儀をやらなければならない倫理のうえの義務が浮上してきた、それが重大至極なのだ。

葬儀をやれば、作戦の遂行に重大な支障が発生する。だから、葬儀はやれない。

だが、葬儀をやらなければ、この世の最も神聖な掟に背く者として秀吉と家康は糾弾される。後陽成天皇はじめ朝廷のひとびとも眉を顰(ひそ)めて、不快感を表明するだろう。

糾弾ぐらいは覚悟のうえとしても、細川忠興や宇喜多秀家などが秀吉を見限り、離反する口実となりかねない。それは家康にとっても避けねばならないことだ。

葬儀をやらぬためには、朝日姫の死を隠すのが最上の策である。だが、こういうことは隠せば隠すほど漏れやすい。

そこで、朝日姫の死は隠蔽するけれども、万が一にも漏洩した場合にそなえ、長丸の存在を有効に使うことになった。次男の秀康につづいて三男の長丸までも提供することで徳川と豊臣の提携は磐石となり、秀吉がその長丸を元服させて烏帽子親となることで磐石の度合いがさらに増した——という筋を書いておく。

日本における最高の格式をほこる迎賓館の聚楽第で元服させた秀忠を、秀吉は何と丁寧にも、家康のもとに送り帰す。これは強固な提携関係の飾りとなる。秀忠をめぐる祝賀行事の印象が、朝日姫の死や、葬儀をやらなければならないが、どうするか、といった雑事を吹きとばし、小田原に大軍を送りこむにあたっての障害は発生しない——このような、じつになんとも大胆な芝居を秀吉と家康が提携して演出しようとした。

そして直政のみるところ、芝居は成功しつつある。

——殿も、関白も、やるものだな！


正月の十七日に、秀忠の行列は聚楽第を出て、室町通から南へさがって三条白川から東海道をくだってゆく。

頑丈な石の柱にささえられた三条大橋は小田原にむかう大軍が渡るのに支障のないようにと、秀吉が修補させたばかりだ。秀吉よりも先に、それも正月早々に三条大橋を渡ることになって、井伊直政は不思議な気分。

聚楽第で秀忠の元服の式があったのが正月の十三日、それから今日まで、直政は京の街の様子を横目で観察しつつ、思考をかさねていた。こんなに深く考えて頭が痛くなりはせぬかと案じたが、頭というものは筋道にしたがって使うかぎりは痛くも痒くもならないようだ。

考えて、出てきた結論――主君の家康に「貸し」が出来た！

広い武士の世界の、どこを探しても、主君に「貸し」を持っている家来なんかいるはずがない。ところが、われ、すなわち井伊直政はいま売出しの権大納言・徳川家康にたいしてとてつもなく大きい「貸し」がある。

――わが君よ。あなたも秀吉も、まんまと世間をあざむいたとお思いのようだが、この直政の目をくらますことはできませんでしたな。そもそもが無理なはなしなのです、奥方の死を天下の目から隠そうというのが。

聚楽第を出たときには行列のうしろに見えていたナカゾウの姿が、三条大橋から白川橋をわたるあいだに見えなくなっていた。

「おや、ナカゾウは？」と気づかう昊天に、直政は「何か、用足しでもあろうよ」とごまかした。しかし、そのあとですぐ、主人家康の隠し事をつかんで得意になっている自分が昊天にたいして隠し事をしているのは公平を欠くわけだと思いなおし、これこれしかじかと奥方についての重大疑惑を説明、確固たる証拠をつかむべく、ナカゾウを京都に残留させたといった。

「ナカゾウははりきっておるでしょうが、危険でもありますな」

「ナカゾウが、危険？」

「奥方の件で疑問を持ったのが殿おひとりとはかぎらんでしょうから」

そうか、そいつは気がつかなかった。

「気がかりだな、ナカゾウの身が」

「手遅れです。運を天に……」

「まかせるほかは、ない、か」


二月七日、家康の先鋒が七手の編成で駿府から小田原にむかった。

先鋒をひきいたのは酒井家次・本多忠勝・榊原康政・平岩親吉（ちかよし）・鳥居元忠・大久保忠世（ただよ）・井伊直政の七将である。直政がひそかにサカイサエモンと呼んで尊敬し、かつ親近感をもっていた酒井忠次は老齢ゆえに二年前に致仕して、いまは隠居の身、嫡男の家次が家康に仕えている。

小田原征伐に家康が動員した総勢は約三万であった。この時期の家康として可能なかぎりの規模の動員であった。

こんどの戦争は勝てると家康は思いこんでいる。勝ち軍ときまったら、戦線に動員する兵力は多いほうがいい。後日、秀吉にたいする「貸し」として物をいうからだ。

二月十日に、家康みずから出馬し、黄瀬川の西岸の長久保に陣した。富士山と箱根のあいだの窪地の長久保城には北条氏の城がきずかれていたこともあり、箱根の山地に展開する敵勢を攻撃するには絶好の地点である。

家康につづいて伊勢の蒲生氏郷、近江八幡の羽柴秀次、尾張清洲の織田信雄が駿河に軍をおくってくる。丹後宮津の細川忠興、伊賀上野の筒井定次、若狭の浅野長政、備前の宇喜多秀家が出陣してくる。

鳥羽の九鬼嘉隆を先頭とする秀吉の水軍も駿河の清水湊に集結した。水軍のうちの最大規模は毛利輝元の五千人である。かつて毛利は織田信長と十年にわたる摂津石山の本願寺争奪戦を戦いぬき、勝負がつかないまま天皇の名によって休戦、和解した。その十年間のあいだ本願寺を救援する物資と軍勢をおくりこんだのが毛利の水軍であった。

その毛利の強力無比の水軍はいま、信長の政権を継承した秀吉の支配下におかれ、小田原の北条を殲滅(せんめつ)させる戦いに参加している。

秀吉が動員した軍勢の総数は二十一万あまりであった。

未曾有(みぞう)の大軍をむかえる北条氏の防衛態勢はどうなっていたか。

よかれあしかれ、箱根山と縁の切れない北条氏である。箱根の天険をこえて敵が侵入してくるということ自体、北条氏には想像できない。もしも敵が箱根をこえて攻めこんできたら、の「たら」の線上で防衛態勢を考えるから積極性を欠いてしまう。

——箱根の天険が敵に突破される、そんなことはあるまいが、万が一の場合にそなえて足柄・山中・韮山(にらやま)をむすぶ線の防衛を強固にしておこう。

開戦が不可避となったとき、北条氏は関東一円の支城の将兵を小田原集結と籠城とに分けた。

小田原に集まってきた将兵を足柄・山中・韮山の拠点三城に配置し、のこりは小田原の本城に籠城して、敵が攻めこんできたときの――そんなことはありえないはずだが――反撃力とする。

これで防衛は万全、秀吉が攻めこめるはずはない。

秀吉は東海道筋から本隊をぶっつけるだけではなく、越後の上杉景勝と越中の前田利家に命じて上野（こうづけ）と武蔵に軍をすすめる作戦を展開していた。関東はいわゆる「袋の鼠」の状況になっていたのだが、そのことを深刻に考える能力が北条側には皆無である。

三月二十九日に秀吉は山中と韮山の攻撃を命じた。

山中城攻撃軍は羽柴秀次を総大将とし、中村一氏（かずうじ）や田中吉政、堀尾吉晴、山内一豊がくわわって正面から攻撃し、堀秀政と丹羽長重が別働隊として山中城の南方から攻める。徳川家康もまた山中攻撃の別働隊として北方の湖尻峠から攻めた。井伊直政はこの別働隊に配された。

山中城の守備隊長の松田康長はあっけなく戦死し、山中城は二十九日の昼には開城してしまった。

韮山城の守備隊長は家康とは親しい北条氏規である。家康が韮山ではなく山中攻撃の別働隊をうけたまわったのは、仲の良い氏規と戦うのを避けた結果だろう。

氏規は五百たらずの兵力で韮山城を死守する運命となったが、小田原の本城が落城するまでの三カ月のあいだ、とうとう持ちこたえた。

といって、韮山城を攻めた蜂須賀家政や福島正則が戦功をあげなかったわけではない。攻城軍の圧力をうけた城からは一兵も一弾も反撃がならず、歯ぎしりをしているあいだに秀吉の本隊は山中を通って鷹ノ巣へ、そして小田原城を見下ろす石垣山へ、やすやすと進軍していった。

小田原城の西南の石垣山の斜面に、秀吉はまたたくまに館を築かせた。見せかけの塀を建てならべただけだが、下から見上げると、圧倒的な攻撃力を内蔵した城のように見えたはずだ。石垣山の攻撃陣地ができあがったのは四月六日である。

「どうじゃな?」

「ぐるりと、完璧に!」

「ならば、だめ、なのか?」

「ぜんぜん、だめ、であります」

井伊直政は深刻な表情、困惑の心境に落ちこんでいる。

石垣山に攻撃用の陣地をかまえてから、秀吉軍はじわじわと包囲の輪をせばめるが、それ以上の積極的な攻撃をやらない。

それなら何をやっていたかというと、延長五里におよぶ包囲線の要所々々に歓楽の街をつくっていた。小田原城の外周には海側の熱海に近い早川口をはじめとして、上方・湯本・水尾・荻窪・久野・井細田・渋取そして江戸(酒匂〈さかわ〉)のあわせて九口がひらいていた。江戸口が海に面していて、酒匂川に近い。

五月はじめ、徳川家康の軍勢は江戸口に配された。石垣山の秀吉の本営から小田原の城をとびこえて、いちばん東の端にあるのが江戸口だ。

さあ、いよいよ城攻めだと直政ははりきったが、いつになっても石垣山の本営から「撃ちこめ！」の号令はかからない。総大将の秀吉に、攻撃を仕掛けて小田原城を奪取する気がないらしいと、気づかないわけにはいかない。これでは困る、ほんとうに当惑する。

小田原城にも余裕がある。武士だけではなく、商人も城内に住んで営業しているところに余裕があった。武士の城廓と領民の城下とが区別されていないのである。城の外の秀吉軍が攻撃してこないとわかると、将兵は甲冑を脱ぎすててしまい、のんびりと時間をすごすようになっていた。

ほろびの瞬間が近づく予感はあるが、今日や明日のことではないとわかってくると、のんびりとするしかない。

そういうわけで、合戦がない。合戦がないから、井伊直政は当惑する。

酒井や本多、榊原といった三河譜代の諸将は総大将の家康とともに戦場に来ていること自体に価値がある。戦功をあげるにこしたことはないが、戦功がなくても評価をさげられることはない。

だが、降伏人の寄せ集めの井伊直政の部隊は、そうはいかない。戦場にはかならず出馬し、戦功をあげなければならない。戦功をあげられなければ、評価はかならず下落する。本人はだめだけれども、先祖はたいした戦功をあげたのだから、といった評価はありえない。

隊長の井伊直政も降伏人だから、合戦の機会がなければ焦燥はますます深刻となる。

延長五里の包囲線の、どこか一点ぐらいは穴があいているかもしれぬと、はかない期待をかけて傑山に探索させた。その結果が「ぐるりと、完璧に」の報告である。

味方の包囲線を打ち破ってでも出撃したいのに、包囲線はあまりにも強固、手も足も出ない。直政は味方の軍勢に屈伏させられている――おかしな戦局になってきた。

「穴もない、というのか」

「ありませぬ。秀吉殿が自分で手を出すわけではないにせよ、たいした大将ですな。こんなに長い包囲線を完璧に維持する家来を持っているのは大変なもの」

秀吉は小田原攻めの本営に、京都の後宮を持ちこんできていた。京都の後宮の、そっくりそのままではないが、もっとも寵愛する淀の方を同道し、茶頭を連れ、本人のつもりでは聚楽第にいるのと変わりはない毎日をおくっている。

この楽しみを大将たちにも頒けてやらなければならないと考えるのが秀吉の真骨頂だ。「妻を呼べよ、子供を招け。遠慮はいらぬぞ」と朱印をおした通達を発し、諸将は秀吉の通達に添え書きして主な家来に配付した、「遠慮はいらぬ、妻子を招け」と。

家康から井伊直政にあたえられた書状は二月十五日づけである。してみると、秀吉は京都を出発するまえから諸将の家族同伴を許可していたと知れる。

「かくのごとく御朱印くだされ候、披見あるべく候。早々に妻子おこされ、もっともに候」

発信は「大納言」すなわち家康、宛て先は「井伊侍従殿」すなわち直政である。

——北条が降参するまでは攻撃するつもりはない。諸将の妻子をよびよせ、のんびりとくつろぎながら降参の挨拶を待とうというわけだな。

秀吉から「妻子を招いてかまわぬぞ」と指示があり、その趣旨を家来に伝達するわが君の心境はいかがなものであろうか、直政は気になった。妻子のうちの「子」はともかく、わが君には「妻」はおいでにならない。奥方が京都の聚楽第で病死なさったのは、もはや確実なことといわねばならぬ。

――わが君には「妻子」の「妻」をここに招くことは出来ない。

――これだ！

その夜のうちに直政は例の書状をにぎりしめ、家康の帷幄（いあく）に推参していた。

「わが素っ首（そっくび）、すでに差しあげた覚悟で、もうしあげます！」

わざわざ大げさにかまえて断りをいい、上目づかいで家康の表情をうかがうと、予想のとおりの上機嫌である。これなら首を取られる心配はないと気分に余裕が出たから、「とりあえず、おひとばらいを」と願って、ゆるされた。

ふたりだけになり、開口一番、「関白は『妻子を呼べよ』とおっしゃったが、わが君には所詮は無理なはなし」といい、じいーっと顔を見上げる。

「直政。何をいいたいのか、いや、何を知っておるのか？」

「奥方さまは、もはやこの世のおひとではない。そのことを存じております」

「ほほお。奥は死んだと……そりゃ、いつのことかな」

「去年の暮れ、そうでなければ新年早々に、京の聚楽第で」

「その目で見た、とでもいうようにくわしいな」

「長丸さまが上京なさったのは奥方の代わりでありました」

「生きておる者が、死者の代役をつとめられるものか」

「奥方の死を隠し、葬儀をおこなわぬとの悪評が起こるのを避けるために長丸さまが京都にゆかれて元服の盛儀。不肖直政、お供をいたしました」

「そうか。長丸の供をしたのはその方であったなあ！」

直政のいうのが事実であると、家康は認めたも同然である。わが君は上機嫌と読んだのは正しかった。

「それで、直政。おまえは、何をいいたいのであるか」

「ははっ。おそれながら、君を脅迫いたし、もうしあげようと……」

主人を脅迫すると明言して脅迫する家来を持つ者が滅多におるとは思われぬなと、家康はますます上機嫌、膝をすすめて直政の「脅迫」なる文句に耳をかたむける。

——半年ですむか、一年かかるかはともかく、小田原の降伏開城はすでに現実のもの。だがそれでは、降伏人の寄せ集めのわが井伊隊は困惑してしまう。小田原くんだりまで出てきたはいいが、合戦がなければ井伊隊は軍勢とはいえなくなってしまう。このあたりの理屈を、どうかおわかりいただきたい。

「それは、脅迫であるか？」

「いいえ。もうしばらく……」脅迫の準備ということでと前置きして、直政がつづける。

——わが井伊隊が派手な戦果をあげられる機会をつくっていただきたい。いささかの心当たりはあるから、そのこと、ちょっと関白殿に了解をとっていただければ幸甚である。もしもおちからを貸していただけぬとすると、

「奥の死を暴露する……これがわしにたいする脅迫になるわけだな」

「ご明察、恐縮に存じます」

「よかろう。奥の死についてはまだしばらくは黙っていてもらわなければならん。とすれば、その方の脅迫に屈するほかはないわけであるな」

その方の脅迫に屈するとして、いったい、何を望んでおるのかとの家康の問いに、直政は「篠曲輪（ささぐるわ）でございます」と即答した。

小田原城の江戸口を警戒し、かつ防衛する位置に篠曲輪という出城がある。江戸口の防衛は強固、手はつけられないが、江戸口を守るかたちの篠曲輪ならば造りは粗末、警戒態勢は弱いから突破し、勢いに乗じて城内に討ちこめるはずだ。

「それは、まあ、千や二千の軍勢は討ちこめるだろうが、それでもって城は取れぬぞ。城が取れねば退却するしかないが、城内で背中を見せて退却となると、危険が多すぎる」

城を取る、取らぬは問題ではないのですと直政は強調する。攻めたいのです、攻めなければ、この直政、ただの無能な大将と思われてしまって、そのうちには配下の諸将のまえで顔もあげられなくなる、だから攻めたいのです、攻める機会がほしいのですと強調し、「だからこそ、おそれ多くもわが君を脅迫もうしあげる次第であります」と大演説をしめくくった。

「そうとすると……」

「わたくしの軍勢が篠曲輪ぜめに取りかかるまでは知らん顔。曲輪を破って城内に突入した時を見計らって石垣山の関白さまにもうしあげていただくだけで……」

じゅうぶんなのですと、直政は謙遜の口調で懇願した。

「ははあ。徳川家康の制止をふりきって、あの井伊直政、けしからんことに、勝手に篠曲輪を攻めてしまったのです……関白には、こういえばいいわけ、だな？」

「お察しのとおり」

直政の「脅迫」の筋道が単純だから、わかりやすいのだ。家康の察しが早いということは秀吉にも簡単に納得してもらえるわけだと、直政には自信が出てきた。

「はてな、その方は、そこまで計算しておったのか！」

「そこまで、とは？」

「この家康だけではない。関白秀吉までも脅迫している、そのつもりなのじゃ！」

「そのとおり」と叫んで褒めてやろうかと思ったが、主君にたいして失礼にあたろう、ここはしずかにとわが身をおさえ、「いつもながらのご明察」とだけいった。

朝日姫の葬儀をやらなければならないが、やるわけにはいかない。倫理の負い目は家康も秀吉もおなじである。直政の脅迫が家康に有効ならば、関白秀吉にたいしても効き目はあるはずだ。

そしていま、家康の言い方から察すると、脅迫は秀吉にたいしても有効であるようだ。

「ならば、やるか」

「やります」

「承知した。だがな、退却のときにはじゅうぶんに警戒せよ。まだ死にたくはなかろうから」

「それが、でございます。この井伊直政、あとつぎが誕生しましたから、いつ死んでもかまわんのであります」

「あとつぎ……そりゃ、直政、わしの孫ということになるではないか！」

松平康親の娘が家康の養女となり、井伊直政の夫人として嫁いできて、まず女の子を、それから男の子を産んだ。長男は浜松の城下で生まれ、幼名は万千代

――


「おおっ。長男に万千代と名づけたか！」

「わが君にいただいた名を、そのまま長男にゆずりました」

「わしは、万千代という子を二代つづけて持ったも同然」

武士の家の相続というものは親から親へ、これが原則。親から子への相続はありえないと思っている直政だから、万千代二世が親になるまでは死ねない理屈になるが、それはそれ、あとつぎが出来ると、合戦とわが身との関係の色彩がちがって見えてくるから不思議なものだ。

――わしが戦死すれば、あの子があとをつぐ。

こう考えていると、いつでも死ねる、という気になってくる。

「だが、南渓和尚が井伊直政に遺言したときいておるぞ、死に急ぐなかれ、と」

「あれを、ご存じ……！」

「こう見えても、わしはおまえの主人であるぞ。それくらい……」

知らなくてどうする、といいたげの家康。こういう表情のときは機嫌がいい。

「そこで、篠曲輪だが、知っておるのか？」

家康が何をいいたいか、直政は予想していた。篠曲輪の構造のこと、たぶん、そうであろう。

篠曲輪は江戸口の外に突き出してつくられている。「捨て城」という名もあったそうだから、つまりは敵に取られるのを計算に入れている。敵が篠曲輪を占領し、いざ本城へと張り切って周囲を見回したときにはじめて、篠曲輪から本城への突入はまことに困難である状況に気づかされる。

篠曲輪になぜ「捨て城」の別名がついているのか、その謎が理解されるころには本城から討って出る城兵に蹴散らされている。

だが、そういう困難な状況が事前に認識されてもなお、篠曲輪は攻撃側にとって魅惑に満ちていた。

――橋が架かっている。なんの困難があるものか！

本城の江戸口から篠曲輪のあいだに、川とも溝ともいいがたい流れがあり、そのうえに橋が架けられている。橋というには粗末な造りだが、といって、橋としかいいようのない構造物だ。

「あの橋を渡ってはならん、こういうことでございますな」

「知っておったか」

「誘い橋……ほかに言い方があるかもしれませぬが」

「誘い橋……危険な橋」

篠曲輪を占領し、勢いを駆って本城めざして大勢がいちどに渡りだしたとき、橋はたちまち崩れ落ち、将兵は泥沼のなかでもがき、命をうしなうはずだ。

「名はもうしあげませぬが、流れに板を敷きわたし、そのうえを渡ればよろしいと、船板の古いのを何十枚もととのえてくれたおひとがあるのです」

「ありがたいことだが、そのおひとも、その方にとっては危険なおひとであるな」

六月二十二日、井伊直政は山角定勝が守備隊長をしている篠曲輪に夜襲をかけた。

――潮の香りがする。

井伊直政、いまは浜松の城下に住んでいるが、なにしろ「ものごころ」がついたのが三河の山のなかの鳳来寺であったから、海の香りや波の音には縁遠い育ち方をした。

それが逆に、潮の香りに敏感なからだをつくったのか、今夜はなおさらに潮の香りが強いように思われるのだが――いやいや、ちがうのであろう。はじめて夜襲をかける恐ろしさに興奮しているだけなのだ。潮の香りなどと見栄のいいことをいうが、ここまでとどくはずがない。

「思いのほかに、物音はせぬものじゃな」

「最初の敵兵と遭遇するまでは、しずかなものだそうです」

昊天も傑山も夜襲ははじめての経験のはずだが、わしよりは落ちついているのが不思議だと直政は考える。龍潭寺で修行した経験の有無の相違が出るものなのか。

「それで、千五百……？」

「いや、二千を越えました」

「二千を越えたのか。いやはや、甲州流の兵法とは、面白いものだ」

篠曲輪に攻撃をかけ、篠曲輪から本城への突入を試みる作戦がきまったとき、家康は直政に「詳細については広瀬美濃と三科筑前と打合せをしておけよ」と指示した。ふたりとも武田の降伏人で、甲州流兵法については練達の士であるということを直政よりも家康がくわしく知っていた。

直政が相談をもちかけると、ふたり同時に感激で顔を赤らめ、「大将から相談をもちかけられるとは甲府時代にもありえない名誉です」といった。

直政は後になって知ったことだが、「広瀬と三科に相談せよ」というまえに、家康みずから両名に内々で指示していたらしい。井伊直政から相談があるから、それまでに篠曲輪攻めの妙手を考案しておけよ、と。そうでなければ、直政の呼出しに応じてすぐさま駆けつけたかと思うと、いきなり「父子ともに来ておる者は子を、兄弟ともに来ておる者は弟を指名なさるべし」と明快な策が出てくるはずはなかった。

「子を、弟を……？」

三科が膝をすすめて解説するところでは、父は子に戦功をあげさせたい、兄は弟に功名を立てさせたいと思うから、われもわれもと後見出陣を望んで出る。その結果として、大将には思いもよらぬ大勢の部隊ができあがるのですと、こういう理屈であった。

そんなものかと半信半疑、父子ならば子、兄弟ならば弟を指名して篠曲輪攻撃の部隊を編成した。その結果に広瀬も三科もおどろきはしなかったが、直政は「うーむ、これは」と驚愕のほかはない。父は子を、兄は弟をはねとばす勢いで後見出陣として応じてきたのである。

——父が子の名誉を思うだけではない、兄が弟を可愛いだけではない。父と子、兄と弟は競争して名誉を手に入れようとしているのではないか、それはそれでかまわないわけだが。

「傑山よ。甲州流兵法とはなかなか面白いものだが、いざ知ってしまうと、なーんだ、こんなことなのかと、ありがたみが薄れてくるような」

「他人より先に、あたりまえのことに気がつく。これ、容易なようにみえて、じつはなかなかむずかしいものです」

いざ出陣のとき、雨足が強くなった。潮の香りが強くなったのは、あながち気のせいだけでもない。

篠曲輪の手前で、隊の動きが鈍ったように思われた。暗いうえに強い雨、将兵ひとりひとりの顔色はわからないが、草鞋が泥をこする音に律動感がなくなったのは恐怖のためにちがいない。たったいま進軍をはじめたばかり、疲労があるはずはない。

曲輪の塀のうえに、なにやら動くものの影が見えた。直政はひとりで隊列の前に出て手砲をかまえ、おおまかな照準で発射した。

左手の甲に、衝撃をうけた。

血の匂いがした。

左手の甲に火の筋が走って傷ついたが、おのれの砲の暴発でないのはわかっている。

おのれの砲から飛び出した砲丸が暗闇をつらぬいて曲輪に飛んでゆく火線の跡は確認したのだ。

おのれの手砲の発射と同時に、左の肘のあたりに熱線を感じた。うしろから撃たれたのである。狙われたのか、味方の銃隊から曲輪めがけて発射された逸(そ)れ弾であるのか、わからない。

――このことは、だれにもいわぬほうがよろしいわけだな。

発射音にはげまされ、井伊直政の部隊は篠曲輪めがけて吶喊(とっかん)し、またたくまに占領していた。

篠曲輪から本城へ――危険きわまる「誘い橋」を渡ろうとする兵士はひとりもいないのを知って、直政は感嘆した。武田降伏人の広瀬と三科、そして鈴木・近藤・菅沼の井伊谷三人衆が手際よく指揮している成果なのである。

江戸口を破ろうとしたときになってはじめて反撃があり、味方に死者が出てきた。なかなか統率のとれた足軽隊が銃と槍の波状攻撃をかけてくる。狭く、暗い城内、どこへ身を隠せば銃弾と槍を避けられるのか、わからない不安。

そろそろ退却の合図をしなければならないが、この混乱のなか、退却の合図が総員につたわるだろうか。

「出血は止まりましたな」

「ごぶさたをいたしました。あれからというもの、京都では事件、事件の連続で、なかなかこちらへ参れませなんだ」

「おおっ。ナカゾウ！」

　無事でなによりというよりも早く、ナカゾウが「そろそろ、合図です。お味方の退却の合図」と落ちついた声でいう。

「その、退却の合図が何か、わしは知らんのだが……」

「なーに。気になさることはありませぬ。退却の合図などは、どこでも似たり寄ったりのもの。ぱーんとくれば、ああ、退却の合図とわかるものです」

「ぱーんと、くる？」

「花火ですよ。広瀬さまなら、赤・白・青の三色でしょうな」

「広瀬を、どうして知っておる？」

　暗いから見えないが、どうやらナカゾウ、にやにやと笑う調子で、「広瀬さまはわたしの伯父の、そのまた親戚にあたるらしいのです」といった。

「では、おまえは……！」

「はやくいえば、赤子のうちに武田方から井伊谷に送り込まれた間者。和尚さまはそうと感づいておいでてしたが、だれにもおっしゃるまいと……」

うーむと直政が唸っているあいだに、ぱーん、ぽーん、とーんと花火があがり、攻めていた味方の兵がいっせいに後ろを向いて退却にかかった。

城兵の首を四百ばかり取ってもどったが、味方の首を三百ばかりも置いてこざるをえなかった。

井伊直政は負けはしなかったが、勝ったともいえない。とにかく、小田原城のなかに飛びこんで戦ったのは井伊の部隊だけであった。

井伊直政は、戦場では厳禁とされている「抜け駆け」をやったわけだが、総大将の関白秀吉からは一言の叱責もなかった。徳川家康から、「朝日姫の死を種にして井伊直政がわれらふたりを脅迫しております」と伝えたのが効いたらしい。

北条氏はついに降伏した。

秀吉は徳川家康を関東へうつし、江戸を居城とせよと命じた。

井伊直政や本多忠勝、榊原康政や酒井家次などは、苦心惨憺して占領した小田原城が家康に配されるとばかり思っていたが、蓋をあけると、小田原城は直政の同僚の大久保忠世にあたえられ、四万五千石の領地を配給された。秀吉の意向によることであったが、家康は不平もいわない。秀吉はもちろん、家康にとっても小田原の城はその程度のものでしかなかったのだ。

井伊直政は、北関東の上野国(こうずけのくに)、箕輪(みのわ)城の城主になった。箕輪を中心にして十二万石の領主になったのである。年はかぞえて三十歳。

榊原は上州の館林で十万石、本多忠勝は上総の大多喜で十万石、酒井家次が下総の臼井で三万石。

秀吉はここにも介入した。

「井伊、本多、榊原の三人にはとりわけて広い土地をあたえるべきだ。大納言殿、いかほどにお決めになられたかな?」

「思いきって、六万石ずつ」

「いかん、いかん。すくなすぎる。十万にしなされ、十万に」

というわけで本多と榊原が十万、井伊が十二万になったが、そのじつ、秀吉からの介入にそなえ、家康は十万石と決めていたのを六万石と答えたのだ。秀吉が家康の策略にひっかかった感じだが、秀吉のことだ、それくらいは先刻承知だったかもしれない。

浜松にもどるまもなく、ばたばたと慌ただしく関東へ移動する。

「もういちど、やらねば！」

「いかがなされましたか、兵部さま、兵部さま」

広瀬美濃が直政を「兵部さま」とよぶ。怒りとも興奮ともつかぬ表情の直政をなだめるつもりらしい。

「夜は、いかん。真っ昼間でなければ……！」

「ははあ……」

「篠曲輪攻めのような夜襲では、わが井伊の赤備えはまったく見えぬ。赤も黒も区別がつかん。夜襲はだめだ！」

「それは……気がつきませんでしたな！」

「こんどは、昼だ。真っ昼間にやって、ぴかぴかと赤色を輝かせて見せる！」

第八章　天下わけ目の激突

「このような辺地にやってきても、まだ赤色、赤色とお騒ぎになる」

「いやいや、この箕輪にやってきて、赤色が嫌いだといえば罰があたるぞ」

「殿は殿で、お好きなようになさる。われら臣下は殿のお好みが実をむすぶようにお助けする、それでよろしいではありませんか」

上州の箕輪城では、しばしばこのような争いの光景が見られる。

争いとはいっても、互いの表情にはおだやかな笑みがあふれているから、流血の惨事になりそうな気配はない。

だが、この世のなか、いつまでも平穏がつづくものではない。箕輪城の争いにおいて笑顔がいつまで主役でいられるのか、だれにもわからぬ未来のことに属する。

争っているのは三人である。

まず、井伊直政。

天正十八年（一五九〇）に徳川家康にしたがって遠江の浜松から上州の箕輪にうつり、十二万石を知行することになった。家康の本拠の江戸をとりかこむかたちで、家康の重臣たちに城と土地が配給された。そのうち、井伊直政の十二万石は最大である。

そのつぎが木俣守勝。

徳川家康の側近第一として井伊直政の地位が高くなったとき、家康は三人の臣下を直政の家老相当役として配置した。三家老の筆頭格が木俣で、ほかのふたりは西郷正友と椋原政直である。

浜松から箕輪にうつった直政は家康の代理としてもっぱら江戸に勤務、箕輪にはなかなか顔を見せられない。そこで木俣が箕輪の留守居役をしなければならない羽目になり、「こんな田舎に」と不満が溜まっている。主君に楯突くといわれても仕方のない木俣の態度の第一の原因は、「こんな田舎」に配置されていることへの不満だ。

三番目が向坂伝蔵。

本来の姓は長野といい、ふるくから上州の群馬郡の箕輪の一帯に勢力をきずいた土豪であった。長野憲業という先祖は室町幕府の関東管領・上杉氏の重臣であったといわれ、その先祖は平安時代の歌人として有名な在原業平だという説もある。

そもそも箕輪に城をきずいたのは長野憲業であったといわれるほどの勢力があったが、その孫の業盛が武田信玄にほろぼされ、業盛の子の業実が向坂伝蔵と変名して放浪していたのを家康に召しだされた。

井伊直政と向坂伝蔵は「似た者同士」である。現在只今の境遇には高下の差があるけれども、先祖の代からの由緒ある家をつぶされ、浪々の身を徳川家康にすくわれたところが酷似している。直政としては他人のような気がしない向坂伝蔵に、箕輪城の国家老といった役割をあたえたのは当然であった。

直政・木俣・向坂の三人が、かたや木俣、かたや直政と向坂の連合として争っている原因は「赤色」である。

はじめて箕輪にのりこんだとき、直政をもっとも喜ばせたのは周囲に「赤」の字のつく土地や山が数多くあったことだ。赤城の山はいうまでもなく、赤坂や赤岩、赤羽根や赤堀などもあって、「おお。まるで井伊家の赤備えを待っておったようだな」と無邪気に喜んだ。

「赤の字のつく地名がこれほど多いのには、わけがあるはずだ。むかしは辰砂（しんしゃ）がたくさん採れたにちがいない。掘り尽くされたわけでもなかろうから、いちど、山師にしらべさせて……」

家老筆頭の木俣守勝は、ほこほこと喜ぶ主人の顔を見るたびにわざと渋い表情をしてみせる。

「辰砂で赤色の顔料をつくって、赤色の具足を、というわけですな」

木俣の言い方には「赤備えの具足など、もうたくさんです」と、うんざりの気分があふれているが、直政には通じない。

羽柴秀吉と徳川家康が決闘した小牧（こまき）・長久手（ながくて）の合戦――

この合戦が直政にとっての実質的な初陣となったわけだが、井伊隊は武田信玄ゆかりの甲州流の「赤備え」の軍備・軍装で広大な戦場をかけめぐり、敵勢をして「井伊の赤鬼」とか「井伊の赤備え」と恐怖させた。これで「味をしめた」と表現しても、直政を軽蔑したことにはならないだろう。

「赤備え」に自信をもった直政は、そのつぎの大規模な合戦、北条氏の小田原城攻撃でも、赤色にそめた軍備・軍装の井伊隊の武勇をさらにいっそうとどろかせるつもりだった。

だが、城をじりじりと包囲する合戦だから突撃がない。井伊隊の本領を発揮する機会がない。

秀吉と家康に共通する秘密をつかんでいた直政は、家康を脅迫して、かろうじて城内に突入して攻撃する機会を得た。しかしこれは夜襲であったから、井伊隊の「赤備え」の威力の全容を示すにはいたらなかった。

――わが部隊の得意技は夜襲では発揮できぬ。得意技を発揮できなければ、もともとが寄せ集めの井伊隊に未来はないのだ。

苦い思いをかみしめて上州の箕輪にやってくると、あたり一帯に辰砂の匂いがする。辰砂が採掘されていた歴史があるならば、最新の技術を駆使して辰砂の採掘を再開し、朱色の原料を生産して、たとえば――

「昊天を呼んでくれ、すぐに来いと！」

「昊天……あの、龍潭寺の昊天和尚さまのことで……」

「うるさい。ほかに昊天が、おるはずもなかろう！」

井伊谷の龍潭寺で僧と武士の、両方の修行をやっていた昊天、いまは師僧の南渓のあとをついで龍潭寺の再建に懸命になっている。その昊天を呼べと命じられたのが昊天と深い交際のあるナカゾウだが、

「すぐに参れといわれても、井伊谷からこの箕輪まではなかなかの道のり」

「ならば、まず手紙で……」

「ご用件は、なんと？」

「箕輪にも龍潭寺を建てる。朱色の原料はいくらでも採れるから、上から下まで真っ赤に塗り立て、さすがは井伊殿の龍潭寺と、世間を感心させてやる」

知らせをうけた昊天が乗り気になった。時間はかかりますが、そちらにも新しい龍潭寺を建立いたしましょうと本気になった。

これで驚いたのは木俣守勝である。

井伊家の菩提寺の龍潭寺のこと、龍潭寺の太い柱であったのが南渓和尚、南渓

の亡きあとで龍潭寺をひきうけているのが昊天、その昊天は井伊直政が家康の四天王のひとりに成り上がるについては、僧としてよりも側近の武士として活躍したこと、などなどを木俣は知っている。

知っているだけに、昊天が「箕輪にも龍潭寺を建立しましょう」と反応したときいたときには、肝もつぶれる気がした。

そういうわけで、三人の争いは直政と向坂の連合が木俣守勝にたいして勝利をおさめたかたちになった。

勝利者となった向坂伝蔵は「当然ではありませぬか。城下に菩提寺をたてぬ大名が長持ちする道理はないのです」と、上州の空っ風のなかで胸を張った。


――私市(きさいち)から、なにか申してこぬか？

江戸の屋敷で家康のご用を処理しているときには私市のことはいわないが、箕輪にもどってくると、直政は開口一番、しかし、目の前にいる者の耳にしかきこえぬ小声で、「私市、私市」を連発する。箕輪の井伊家では「私市」という言葉は深刻であって、しかし、背骨のあたりがうずうずと疼(うず)いてくる奇妙な感覚の震源地であった。

箕輪から南に行って利根川をわたり、中山道の鴻巣宿（こうのすじゅく）の東に私市がある。天正十八年（一五九〇）に松平康重（やすしげ）が二万石で封じられた。

康重は康親（やすちか）の嫡子である。康親は天正十一年に駿河の三枚橋城で亡くなり、康重が跡をついだ。

これよりもまえ、康親の娘、康重には妹にあたる女性がまず家康の養女になり、それから直政の妻として嫁いできた。彼女は直政とのあいだに一女、一男を産んだが、直政といっしょに箕輪に移るのを嫌がり、ごたごたともめた結果、兄といっしょに私市に住むことになった。

大名や旗本の家族が原則として江戸に住む掟は、まだ成立していない。武士の家族は女も男も、若きも老いたるも、みんないっしょに住むのが原則であるとき、直政の妻はなぜ勝手気儘（きまま）に住まいをきめられたのか――形式とはいいながら家康の娘であった権威と、もうひとつ、直政が手をつけた女に男の子が誕生した件について、嫉妬の心をおさえられなかったからだ。

その女というのが、じつは彼女の侍女であったから、嫉妬と怒りがかさなって大変な騒動になりかけていた。

松平康親の臣下に印具(いんぐ)徳右衛門という者があった。その娘が、康親の娘の侍女として井伊直政のところにやってきたのがそもそもの事のはじまり。

康親の娘――直政の夫人――が浜松の城下でまず女子を、そのつぎに男子を産んだ。そして、ふと気がつくと、侍女のはずの女が妊娠しているのが判明、問い詰めてみれば、わが夫の直政の子であるという。

直政夫人は、夫の子を懐妊した侍女を父の印具徳右衛門の家に送り帰した。順当な処理ではあったが、侍女から生まれるはずの子の処置について、はっきりした協定ができなかった。

小田原の北条氏が滅亡、徳川武士団の総体が関東にうつることになった。松平康重は私市に二万石をあたえられ、あわただしく移動していった。

康重の家来の印具徳右衛門も私市にうつることになり、井伊直政の子を懐妊している娘も家族とともに私市をめざして旅立った。

一家が駿河の藤枝にきたとき、娘は産気づき、無事に男子を産んだ。赤ん坊をかかえて旅をつづけ、徳右衛門の主君の新しい城がある私市に到着した——という経過のだいたいは直政に報告されている。この子には弁之介という名がつけられた。

箕輪からさほど遠くはない私市の領主の館に、わが妻が、ふたりの子とともに住んでいる。

その、おなじ私市に、妻ではない女が父と母と、直政のもうひとりの息子といっしょに到着し、「これから先はどうすればいいのでしょうか」と指示を待っている。直政が平静な心境にはなれないのも無理はない。

また、長男の万千代のからだに障害のあるのがわかってきた。次男の弁之介のほうには、これといった障害はないようだ。

母がおなじならば万千代の不幸は弁之介がおぎなうわけだが、母がちがうから、そうはいかない。

徳川家康の孫、母親は家康の養女という重い格式が万千代の不幸を倍加するうえに、父親の直政にたいして不安と緊張を強いる。

直政は辛いのである。

十二万石の豊穣のちからをもってしても万千代の障害を治癒することはできない。いまはまだ十二万石と万千代の人生とは関係がないが、いずれそのうち、十二万石の重みが万千代の心と身体にのしかかってくる。直政は辛い。

私市の妻子から何かいってくるかと心待ちにしているが、そのときの対応をどうするか、何もきまってはいない。

天正十九年（一五九一）の春、陸奥（むつ）の九戸政実（くのへまさざね）が反乱をおこした。九戸政実はそれまでどおりの領地支配をしていて、特別に「反乱」しているつもりはないが、関白秀吉からみれば「反乱」だから攻撃して屈伏させなければならない。

このころ秀吉は朝鮮に軍隊を派遣する戦略に没頭していた。そこで、奥州の支配のことは徳川家康と甥の秀次にまかされることになった。

総大将を秀次とする五万の大軍が九戸城を包囲し、いまにも落城かと思われたが、政実の抵抗はすさまじく、無理に攻撃すると味方の被害が甚大になるおそれが出てきた。

秀吉は、方法の如何を問わず九戸城を開城させれば満足するわけだが、攻撃の先頭に立つ諸将としては方法の如何を問わず、というわけにはいかない。

――口実をつくって、ともかくも政実に城の門をあけさせればいい。そのあとは、何とでも工夫が出てこよう。

――政実を、あざむく？

――双方の被害を最少におさめるには、そうするほかはない。

この地方の様子にくわしい南部信直が、長光寺の薩天和尚の名をあげた。長光寺は九戸氏の菩提寺、九戸政実は住職の薩天和尚に深く帰依(きえ)している。

戦場に姿をあらわした和尚は、開城休戦にかんする秀次軍の条件を城内につたえた。九戸の一族と将兵が城をあけわたすなら、政実以下全員の命をたすけるというものだ。双方のあいだに何回かの交渉があって、ついに政実は承諾した。

九月四日に政実は剃髪した姿を城門にあらわし、将兵は本丸から二ノ丸、三ノ丸にうつって武装解除された。

だが、政実の弟の隼人正(はやとのしょう)は開城を拒み、側近の数十人とともに城内にふみとどまった。城受使が三千ほどの軍勢で城内にふみこんだとき、隼人正の激しい攻撃をうけて戦闘となり、隼人正の主従全員が戦死した。

本城の戦闘の余波が、本来ならば非戦闘地区のはずの二ノ丸や三ノ丸にひろがり、無装備の将兵や家族が斬られ、突かれ、焼き殺された。

そのあとが、最悪の展開になった。総大将の秀次が「わしは休戦の交渉を命じた覚えはない」といい、休戦も開城もみとめないといいだした。この期(ご)におよんで秀次は、叔父の秀吉に叱責される恐怖を思い出したらしいのである。

九戸政実と妻、嫡子の首が斬られ、蒲生氏郷の実検をへて薩天和尚に渡された。

三人の首をかかえてすごすごと引き返してゆく薩天和尚の後ろ姿に、直政は井伊谷の龍潭寺の南渓和尚の思い出をかさねていた。その和尚の弟子で、ながいあいだ直政とともに戦場をかけめぐった昊天と傑山の両僧のことも思い出した。

小田原征伐がおわったあとで直政と別れた昊天は、いまは井伊谷にもどり、師の南渓の跡をついで龍潭寺の再建にちからをつくしている。龍潭寺は三方原(みかたがはら)の合戦のあおりをうけて焼けてしまい、南渓和尚が再建に手をつけたのだが、再建が終わらぬうちに和尚はあの世に行ってしまった。

九戸城の二ノ丸、三ノ丸の虐殺をまぬかれて脱出した幼児がひとりやふたり、いるかもしれない。——かつての井伊直政のように。

幼児の脱出に協力し、あっちこっちを逃げまわって育てる僧、それがあの、無残な姿の薩天和尚であり、かつての南渓和尚の姿にかさねられる。

——どんなことがあっても箕輪に龍潭寺を建立する。城主たるわれ、井伊直政の義務である。

虐殺の記憶が生々しい九戸城の廃墟で、直政はいささか感傷に耽りすぎたようだ。

「九戸の征伐は終わりました。一日もはやく江戸にもどらねばなりませぬ」

「江戸へ……箕輪ではないのか」

「さようです。くやしいはなしですが、あの草深い箕輪がわれらの本城であります。しかし、殿よ……」

井伊谷三人衆のうち、近藤秀用(康用の長男)は直政にたいする嫌悪感を隠さない。主人にたいして家来が嫌悪感を隠さないのはそもそも異常であるが、直政はあえて咎めなかったので、嫌悪感の表明は過激になってきていた。

小田原征伐のあとで井伊家が上州の箕輪にうつるときまったとき、近藤秀用は家康の旗本の地位にもどることを切望したが、直政は相手にしなかった。近藤が嫌悪感を表明しても咎めない直政は、その近藤が家康の旗本に復籍させてほしいと願っても相手にしない。臣下にたいする感情に熱気をもちこまぬと決意していたのである。

九戸政実が粛清されたのを目の前にして、近藤は興奮していたらしい。日ごろの思いの丈をぶっつけてきた。

「不肖近藤秀用、おそれながら、井伊家の臣下というわけではありませぬ」

「たしかに……」

そのとおり、ではある。

近藤秀用も井伊直政も徳川家康の臣下、対等だという気が近藤には根深い。家康に「井伊に配属させるぞ」と命令されて来ているだけである、臣下になったつもりは毛頭ないと、近藤は肩肘はった心境になっている。

直政の考えが近藤の思いこみとかけはなれているわけでもないが、

――あなたはわが君の命令でわたしの配下となった。つまり主命である。わたしにたいする嫌悪感を隠さないのは、主命にたいする違反になりはせぬかな。

家康の主命に服しているからこそ、直政が上、近藤が下の関係が成りたっている。近藤が直政に好感を持つも持たぬも、直政が近藤と肌の合うのを感じるも感じないも、この場合は意味がない。臣下同士の感情を大切にするのは主命にたいする反乱予備と判定されるおそれもあるわけで、はっきりいってこの場合、近藤のほうが幼稚で、かつ、おろかであった。

直政のほうが受け身だが、受け身のほうが強いのである。受け身であるのに強い立場の直政にじりじりと押されて、近藤秀用の気持ちはすでに箕輪にはなく、江戸の空に翔(と)んでいる。

「いや、じつは……」

遠江の井伊谷の龍潭寺に匹敵する格式の寺を箕輪に建てようと決意し、造営奉行には近藤を任命しようかと考えていたのだが、この分では近藤を頼むわけにはいかない。

直政が横目で観察したところ、近藤は直政の頭越しに家康に旗本復籍を懇願しているようだ。

近藤の望みどおりになるのを邪魔する気はない。うまくいけばいいなとさえ思っているが、ここまでこじれているのを家康が知らぬはずはない、却下されるだろう。

十二万石——徳川の臣下のうちで最多の領地をあずけられたのは望外の光栄だが、いやいや、ごたごたは避けられんものだな！

朝鮮で戦争がはじまり、家康は肥前名護屋(なごや)の基地ですごす時間が多くなった。そこで井伊直政が江戸の家老相当の役目をつとめることになる。

「中納言はまだ若いから不器用なところが目立つであろうが、くれぐれも補佐のこと、よろしく、たのむ」

名護屋の陣中から江戸の直政にあてて、秀忠の補佐をよろしく依頼する書簡をおくってくる家康であった。江戸城の本格的な普請がはじまっていて、工事を総監督する役目を背負わされてもいたのだ。

そしてさて、直政の娘が家康の四男の忠吉(ただよし)の夫人になったのも文禄元年（一五九二）のことであった。

徳川一族が関東一円に大移動した天正十八年（一五九〇）、三河の深溝の松平家忠は武蔵の忍(おし)に一万石で配され、忍藩が誕生した。

その家忠が上総の上代に移封したあとに忠吉が十万石で配された。それを機会に忠吉に妻を持たせることになり、直政の娘に白羽の矢が立ったというわけだ。忠吉は十四歳、妻となった直政の娘は八歳であった。

直政の妻は家康の養女として嫁いできたから、直政は家康の娘婿ではある。しかし血のつながりはなかった。娘が忠吉の夫人となったことで、徳川家と井伊家は名実ともなう親戚になった。

直政はかぞえて三十二歳、壮年というにはまだ若いけれども、家康の息子の妻の実家の父として新しい重みがくわわった。


私市からの、心待ちの知らせが、途方もないかたちでやってきた。

「明日の朝のうちに参上いたすと、私市からつたえてまいりました」

「参上……何のことだ」

「印具の娘と、その……弁之介さまが」

「弁之介……おおっ！」

喜んでいいのか、まだその時機ではないといって止めさせるべきなのか、とっさの判断が直政は出来なかった。

確信があってのことではないが、家老のだれかと父親――いや、弁之介からいえば祖父である――とのあいだで時間をかけての交渉があり、そのあとで家老から「このようにはなしがまとまりました」と報告があり、直政は「さようであったか」と結果をうけとるだけ、そうなるものと漠然と思っていたのだが、そうではなく、明日の朝、いきなり箕輪の城にやってくるという。印具と印具の娘と、弁之介の三人が。

交渉がなかったのではない。直政の知らないところで厄介な交渉がつづき、交渉がまとまり、その結果が三人そろって箕輪の城の門の外にあらわれる筋書きになった。

「明日の朝、わしは何をすればいいのか。どういうふうに、はなしはきまっておるのか」

「私市からの三人がご門の外に立って殿のお出ましをむかえる、そこまではきまっております。その先は、何とも……」

「門の外に出迎えなければならん、というわけであるな」

「ならん、というわけでもありませぬが、お出迎えになりませぬと、またまた交渉をやりなおして……」

「いうな。出迎える、門の外に出迎える」

つぎの朝――

上州の箕輪城の門の外――晴れあがってゆく霧の下に、幼児の手をひいた女と、壮年の男たちの姿がうかんだ。

「殿の御子を、このようにおそだていたしました。今日からは、どうか、殿の子として、武士の子としておそだていただきます」

「ご苦労であったな」

弁之介ではなく、弁之介の母への餞の言葉のつもりだ。

すっくと立っていた少年は母にうながされて、ゆっくりと腰を折り、平伏の姿勢をとった。

少年の腰のあたりの筋肉の折り曲がる感じが、直政の身の感覚としてよみがえった。むかし、引馬の城下で、徳川家康の行列のまえに平伏したときの感覚がそのままよみがえった。

「弁之介、であるな」

「は……」

「安心せよ。井伊の家は、まだ、つぶれはせぬ」

箕輪にうつって八年目、徳川家康は直政に「和田に居城をうつせ」と命じた。箕輪は中山道からはずれていて上州の交通の要所ではない欠点があるけれども、箕輪の近くの和田は中山道のほかに三国街道や利根川の倉賀野河岸があるというのが理由であった。

箕輪に愛着がわいてきていたが、主命とあれば否応はない、さっそくに箕輪から和田に移動して地名を「高崎」とあらため、和田城の修築にとりかかった。室町幕府の関東管領が上杉氏、その上杉氏に属した和田氏がきずいたのが和田城だが、いまの時代には役に立たぬ。

――まったく新しい城をつくるつもりで覚悟をきめなければなるまい。

高崎の城と城下の建設にとりかかってまもなく、井伊直政は胸をきゅーんと締めつけられる懐かしい名前を耳にした。

——松下之綱さま、なつかしい名をきいたものだ！

亡き母の再婚の相手が松下源太郎、その義兄弟が松下之綱。浜松の頭陀寺の屋敷に松下屋敷があり、虎松といっていたころ、何度もたずねたことがある。

どうすれば徳川家康の目に留まって仕える途がひらけるのか、南渓和尚やおふくろや、そして綾乃——ああ、綾乃はどこで、どうしているのか——たちと膝をまじえて策を練ったことがある。

おふくろが亡くなり、源太郎と会うこともなくなり、松下之綱の名を耳にすることもなくなって長い時間がすぎた。

その之綱の名をとつぜん耳にした。北条氏がほろび、徳川一族が関東に一斉に移住したとき、秀吉は松下之綱に遠江で一万石をあたえ、久野に館を置かせたということであった。遠江の久野とは浜松と掛川の中間、やや東に寄った地である。

——わしが箕輪に来て、城下や農村のことで夢中になっていたころ、之綱さまはあの久野で新しい暮らしをはじめておられた。

——なつかしい松下之綱さまは目ざましい出世はなさらなかったようだが、秀吉はかつての引馬城下で松下さまからうけた恩を忘れることなく、一万石をあたえて最低規模の大名の格にしてさしあげた。

——先祖から一度もつぶれずにやってきた松下家が一万石、何度もつぶれて浪々して、もうだめだと思われていた井伊家が十二万石。世のなか、不思議なものだ。

その松下之綱が六十二歳で亡くなったというのと、豊臣秀吉がおなじ六十二歳で伏見で死んだというのと、ふたつの死を直政は同時に知った。之綱は慶長三年（一五九八）二月に亡くなり、秀吉はおなじ年の八月に没した。

秀吉の死はすなおにうけとられた。

京都でも伏見でも、秀吉が死ななければつぎの幕があかない、ともかくもつぎの幕があいてよかったなといった雰囲気があふれていた。

直政としては、まにあってよかったという感じだ。

秀吉の死と同時に江戸の徳川一家には緊急動員の号令がかけられた。井伊直政は京都にいたから、まにあうも、あわないもないわけだが、それにしても京都の、秀吉の死に動揺しない空気を嗅いだのは幸せだった。

——つぎの幕があいて主役をつとめるのは、わが主の徳川家康。かくいう井伊直政は脇役の筆頭。

直政はそう計画しているが、よくみると豊臣系も徳川系も、大名と名のつく者は全員がおなじことを企んでいるらしい。いってみれば、つぎの幕の主役の座を争って、われが、われがと鍔迫りあいをやっている。

うっかりしていると大変なことになる。われは主君の御子の妻の父親だと威張っていると、名もないやつに追い越されるおそれがあった。

主役の座にのぼるには、たった一度の機会をうまくつかむことだ。そう思ってみていると、慶長四年の正月に絶好の機会がやってきた。

秀吉の跡は秀頼が継承したのだが、かたちだけの継承にとどまっている。政治の実権は徳川家康・前田利家・毛利輝元・宇喜多秀家・上杉景勝の五大老が掌握している。

五人の大老のうちでは家康が格別の地位にあるとされているが、掟や法令で保証されている地位ではなく、いわゆる世評である。世評を確固たる地位にかためようとして、家康は積極的に行動していた。

大坂にいる秀頼に会いに行ったのが、それだ。

秀頼が家康に「よろしく頼むぞ」といったとて、それで家康の地位が高まるわけもないのだが、ほかの四人には出来ないことを家康はやったな、といった印象を世間にうえつけることにはなる。

大坂の家康の宿舎の周辺が騒々しく、夜襲がかけられるかと案じられた。

大坂からの帰り道、家康は守口から船にのって淀川をのぼり、枚方(ひらかた)あたりまでくると、左右の岸から鉄砲の火縄の匂いがしてくる。岸のうえには、鉄砲をかまえた大勢の兵士の姿が見え隠れしている。

「船を目がけて射撃されれば、避けられませぬ。上陸なさって……」

あわてて上陸し、やれやれと安心したところへあらわれたのは井伊直政であった。

直政は裸のまま具足(ぐそく)を付け、そのうえに普通の衣装、そのうえに猩々緋(しょうじょうひ)の羽織を着ている。

そして直政がひきいていた二千ばかりの将兵は全員が普通の衣装の下に具足を着込み、弓か鉄砲で武装していた。何気ないふうで京都を出て、途中で武装したからこういう具合になったわけだ。

武装の大軍をひきいて家康を枚方に出迎えた直政、これで主役の座をつかんだかと思ったが、榊原康政もなかなかのもの。

二月になって、こんどは伏見の城下に不穏な空気がながれた。家康の「上京せよ」の指示が遅れ、江戸で焦っていた康政に、ついに家康から指令が発せられた。

東海道をすっ飛んで近江の膳所(ぜぜ)に着き、この先は醍醐を通って伏見に向かおうとしたところへ井伊直政が飛んできて、伏見は不穏の極に達し、一触即発の状況だと告げた。

康政はむずかしい立場に置かれた。

さようであるかと、このまま膳所で待っていれば、積極的に行動している井伊直政との差がますますひらくばかり。といって、伏見が不穏であるのは事実だから、へたに動くと家康を不利な状況に追いこんでしまう。

康政が何をしたか。

用人をよびよせ、小声で打ち合わせた結果は一枚の張り札となった。

「伏見が不穏である。豊臣秀頼公の御下知により、東海道と東山道ともに通行止めとする！」

あと数日で三月になる、京都で春をむかえようという遊山の客で東海道も東山道もあふれていた。それが「通行止め」となったので瀬田も草津も、大津も野洲（やす）も息もできない混雑になった。

ぎりぎりのところまで待って、三日目に関止めを解除した。足止めを食らっていた大群衆が一時に前進をはじめたのを見計らって、康政が噂をながす。

「江戸より徳川さまの大部隊が到着、そのためにこの大騒ぎ！」

大軍の人馬が殺到するかのごとき轟音に恐れをなした石田三成が伏見の治安の回復に手をうったから、危機は回避された。

関ヶ原の開戦前夜、井伊直政と榊原康政の競争は相打ちに終わった。

慶長五年（一六〇〇）九月十五日、関ヶ原の合戦。

開戦の前日まで、井伊直政と本多忠勝は徳川軍（東軍）のうちの外様大名をまとめる監軍の役目をあたえられた。福島正則や池田輝政などの外様大名は、「われらは家康に味方してやるのだ」といった客将の気分を濃厚にしている。その外様大名の機嫌を損ねないように応対し、全力を出して戦ってもらうのが監軍の役目だ。

そしてさて、合戦の当日、井伊直政は家康の到着によって監軍の役目から解放された。家康の四男で、わが娘の夫の松平忠吉とともに先鋒の最左翼に陣取った。

朝のうちの、ほんの一刻だが、直政の姿が見えなくなった瞬間がある。忠吉が不安の思いにかられていると、真っ黒な甲冑の直政があらわれたから、一同は仰天した。

「この霧はまもなく晴れる。戦機いたれりとは、まさにこのこと」

つぶやきながら、用意してあった真っ赤な甲冑に着替えた。そして、娘の婿の

松平忠吉のほうにふりかえり、

「からりと晴れわたらなければ、井伊直政、赤備えで登場する意味がない。若君よ、どうかご覧くだされ。井伊の赤備えが、白日のもと、いかに勇ましく戦うかを」


退却する島津義弘を追撃し、二百の首を得た直政は二カ所に銃創を負った。島津勢を追撃するのは本来ならば井伊隊のはずではなかったから、戦後の論功行賞でいささかの議論になりかけた。そうと知った直政は「やむをえなかったのです」と弁明し、家康の無言の褒賞を獲得した。


関ヶ原合戦が闘われた慶長五年（一六〇〇）、直政は四十歳だった。

徳川家康は直政の戦功を賞して上州高崎の支配地十二万石を十八万石に加増したうえで近江に移し、佐和山城をあたえた。佐和山城は関ヶ原合戦の西軍の大将、石田三成の居城である。

関ヶ原の勝敗が決した直後、石田三成をはじめ西軍の将が逃げこんだ佐和山の城を攻めた東軍の先頭にいたのがほかならぬ直政である。その直政に佐和山城が与えられたのは、分捕った敵城を〈とりあえず守っておれよ〉といった意味があり、直政としては飛び上がってよろこべぬところがある。

不満の意を顔に出せるものではないが、おのれの立場が日に日にむずかしい状態になるのを痛感せざるをえない。

——おれは恨まれ、憎まれておる、みずから戒めなければ……

直政が自戒せねばと意識しているのはほかでもない、家康の後継者としての地位をかためつつある三男の徳川秀忠そのひと、いや、秀忠本人よりもむしろ、家康の指示によって秀忠補佐の役目をあたえられている土井利勝、酒井忠勝などの秀忠属僚グループである。

かれらは、家康から秀忠への世代交代を自分たちの事業として成功させたい。世代交代そのものは、よほどのトラブルがないかぎりは実現されるが、その際、井伊直政などの先輩からなんらの掣肘もなしに、すべてを自分たちだけのちからで成功させたい、徳川家の新政権はそうすることによってしか誕生しないと、むしろ切迫感さえ抱いている。

世代交代は当然のこと、避けられぬもの、避けてはならぬもの、なにを恐れることがあるのかと直政に問えば、つぎのような回答がくるだろう。

――わたし個人はいいとしても、息子たちのことが、不安で、気にかかってたまらぬものだから……

長男の直勝が天正十八年（一五九〇）生まれ、次男の直孝もおなじ年の生まれ、関ヶ原合戦の年には十一歳になっていた。

直勝の母は松井康親という三河武士の娘、そして直孝の母は直勝の母の侍女の身分だから長男と次男がおなじ年に生まれた。系譜では、直孝は嫡母つまり兄の直勝の母の養子になったとされている。

関ヶ原合戦の年、慶長五年の段階では直勝も直孝もまだ世には出ていない、つまり徳川の臣下の子として家康や秀忠の目見えをすませていないが、だからといって二人の子の将来に不安がないはずはない。とくに長男の直勝の成長が遅いのだ直政の頭痛、不安の種となっている。

次男の直孝の成長は順調そのもの、我が井伊家の後継者としては直勝よりも直孝をたてるのが順当なりと、直政ははやいうちから考えていた。

『寛政重修諸家譜』に収載された井伊家家譜によると、直勝の初名は直継であった。直継を直勝に変えたのがいつであったか、はっきりとしたところはわからないものの、後継者の立場を連想させる「継」の字を削って単純な「勝」にしたのは、われの後継は直勝ではなく直孝であるぞとそれとなく匂わせる策であったろうか。後継をめぐる家中の争いを未然にふせぐには、いちばん有効な手である。

だが、さて、そうしておいても、まだ安心はできないのは直政自身の健康である。関ヶ原合戦でうけた右腕の銃創が治癒するどころか、ますます劇症になってきている。

弾丸の鉛の毒がまわったにちがいなく、傷口が腐敗して膨れ、指は麻痺したまま、思うようには物をにぎれぬ始末。

——このまま、毒が全身にまわれば！

命を落とすかもしれぬ。

死に方はえらべぬもの、とはいえ、武士が合戦ではなく、合戦でうけた傷がもとで死ぬのは晴れがましいものではない。といって、いまさら負傷前のからだには戻れぬときまっている。

——せめて、主君家康さまと諸将の評判を落とさぬまま、井伊の家を直孝にゆずりたいものだ！

じつのところ、関ヶ原合戦の終わり方について、東軍の諸将と直政のあいだの意見の相違があきらかになっていた。

簡単にいえば、合戦終了が早すぎたために、敗走する西軍を追撃して思う存分に敵軍将兵の首を獲ろうと意気込んでいた東軍諸将の希望を無にしてしまった、その最大の責任者は井伊直政にほかならない——言葉にならない怨みの攻撃が直政一身に集中したのである。

合戦たけなわの関ヶ原に到着した家康から、直政にたいして発せられた最初の命令、それは、

「勝って益なく、敗れて損あり、それがこの戦いなのだ。味方を速やかに撤退させる、そのために、直政よ、全力をつくせ！」

勝って当然、利益はなし、負ければそれだけ自軍の損害——ただこの一点の認

識で家康と直政は一致した。

　だから直政は一刻も早い合戦終了をめざし、そのとおりに作戦を指揮した。背中をみせて敗走する島津軍を追撃したのも、一刻も早い終戦をめざしたからにほかならない。

　だが、それが東軍諸将の目算と食い違ったから、直政にたいする諸将の評判は最低になった。

　西軍の大将、それは毛利輝元だが、輝元が反撃に転じぬまま故郷の安芸への撤退をはじめても、秀忠は「輝元を逃がすな」と声高にさけび、追撃しようとしていた。

　家康は秀忠の主張を制し、諸将の耳にとどくのを計算して、命じた。

「輝元を追撃してはならん！」

　家康の真意が輝元に通じ、輝元は直政を通じて謝罪、恭順の意をつたえてきた。

「上さまにたいする輝元の謝罪、恭順の言葉に偽りのないこと、この直政が証人となります。万一のときには、直政の命とひきかえていただきましょう！」

早い終戦に不満を抱いていた諸将、とくに秀忠の属僚のあいだに直政を敵視する空気が濃くなったが、それくらいは計算ずみの直政である。直政の腹には「勝って益なく、敗れて損あり」の家康の言葉がある、恐ろしくはない。

恐ろしくはないものの、秀忠の属僚をはじめとする諸将の怨みに油をそそぐようなことは控えねばならない、それもわかっている。

——さらに、さらに、謙遜の姿勢をみせなければ直勝、直孝の先行きが危険になるだけだ。

ことさら強い謙虚の姿勢をみせる、その相手は大久保彦左衛門だと、早いうちから直政はきめていた。

三河武士の典型といわれる大久保彦左衛門忠教（ただたか）、直政より一年の年長、一族の長の大久保忠隣（ただちか）に仕えて二千石を領していたが、忠隣が失脚したために禄（ろく）をはなれ、苦労のすえに徳川家康に仕えて千石を給されて旗本、槍奉行や旗奉行をつとめた。

直情径行の気質があり、相手かまわず欠点を批判、糾弾するために敬遠されることが多かったが、それゆえに信頼される面もあり、煙たがられながらも愛された。

その彦左衛門が、ある日、病気で臥せっている直政をおとずれた。

「見苦しいところをおみせするが、それでかまわぬとおっしゃるなら」

なろうことなら見舞いは断りたい直政の心中を知らぬふり、遠慮もなしに居間にはいってきて、彦左衛門はまくしたてた。

「いまでこそあなたは高祿をいただく大名の身の上、われはようやく小身の旗本だが、以前はといえば馬をならべて雌雄を争った仲間、ご病気とうかがい、朋友のよしみ忘れがたく、こうしてお見舞いにあがった」

「お見舞い、かたじけない。往ぎにし昔、思い出すさえ懐かしいもの」

あれこれと懐旧の談で時が過ぎ、ふっと思い出したように彦左衛門、ふところから小さな紙包みを出して、

「これを差し上げる、朝夕に召しあがれよ」

てのひらに納まるほどの、ちいさな紙包み、粗末な様子は大名にたいする旗本の病気見舞いとしては似合わない。

不審顔の直政に、彦左衛門が辛辣な言葉をなげた。

「開けて、ご覧なされ」

包みを開ければ、三〜四寸ばかりの、まことに小さな鰹節がはいっている。

「鰹節を……？」

深刻な場を、なおさら深刻にする調子でものを言うのが彦左衛門の真骨頂だ。

「いまや大身の貴殿、屋敷をはじめ衣食は贅沢をきわめておいでのはず、だからこそ病気にもなるのじゃ。この彦左衛門の様子をご覧なされ、朝夕の食事はただ鰹節ばかり、それもほんのわずか削って食すのみ、それゆえに、ほれ、このように元気潑剌としていられる」

勝ち誇ったように言って、颯爽と去っていった彦左衛門だ。

彦左衛門、ちかごろは噂もきかぬが、相手かまわず、ずかずかとものを言い、敬遠されながらも、どこか憎めぬ男として威張っているはず。

――彦左衛門が身近にいるつもりでものを言い、振舞えばいいのだ。そうすれば、あの、おしゃべり彦左衛門、「みなさまが思っておるほどに高慢ではありませんぞ、井伊直政という男は」ぐらいに言い触らしてくれるはずだ。まわりがみな「南」と言うなら、自分ひとりは「北！」と言わなければ気のすまぬ男、それが彦左衛門なのだから。

彦左衛門が身近にいて、われを見ている——そのつもりを忘れぬようにと自分で自分を戒め、これが最後のお勤めになるかもしれぬとの思いをこめ、つぶやく。

「対馬守、うまく乗り切ってくれよ！」

家康の戦功裁定によって新しく土佐一国の主となったばかりの大名、それが山内一豊、対馬守である。

これまで土佐一国を知行していたのは長曾我部盛親（もりちか）、居城は浦戸。

盛親は秀吉の朝鮮征伐に出陣、慶長三年（一五九八）に帰国したときには徳川家康が伏見の長曾我部邸を訪問している。家康と盛親のあいだに敵対意識はなく、むしろ友好な関係が維持されていた。

だが、関ヶ原合戦で盛親は西軍に属して闘って敗れ、九月末には帰国、東軍の攻撃にそなえる防衛戦の準備をととのえたが、その一方、十一月の中旬には盛親みずから大坂にひきかえし、井伊直政を通じて赦免工作を展開するという和戦両様の作戦をおこなっていた。

このとき、すでに家康は伏見を発して江戸に戻っていた。

盛親が、それを知らぬはずはない。にもかかわらず、盛親や、盛親の頼みの綱の直政が危害をくわえられない事実は家康—直政—盛親のあいだに了解がなりたっていたからだ。

その了解はなにかというと、盛親はかたちのうえで直政に身柄を拘束され、そのあいだに直政の重臣が浦戸に出張し、新しい領主の山内一豊が赴任できる条件をととのえ、それが確認され次第に盛親は拘束を解かれて一身の処遇を家康の判断にゆだねる——こういう筋書きができていた。

直政には不安があった。盛親の臣下のうちの強硬派というか、正義派というか、土佐一国をまもるためには主君の指示に背いてでも徳川に抵抗しようとするうごきが皆無ではない、そのことだ。

直政は先手を打った。ふるくからの重臣、鈴木重好が指揮する百人の一隊を土佐に派遣し、山内一豊の赴任に反対するうごきがあれば武力を行使してでも鎮圧する作戦だ。

はたして、「一領具足」と自称する盛親の臣下の一部が一揆を組んで浦戸に陣取り、鈴木重好に抵抗して浦戸城のひきわたしを拒んだのだ。

鈴木の鎮圧は失敗するかと危ぶまれたが、盛親の臣下のうちの上層者が伏見で身柄を拘束されている主君の安危を気づかい、攻撃の手を休めたので一揆は沈黙した。鈴木重好は主君直政の期待にみごとに応えたのだ。

山内一豊は土佐へ入国した。鈴木重好の鎮圧工作は実をむすびつつあり、「一領具足」の抵抗は無いにひとしかった。

一豊はまず、旧領地の遠江掛川城をあずかっている留守居職にたいし、領地と城の返還に手落ちのないようにと指示した。家来の妻子はしばらく掛川に留まらざるをえないが、土佐への移住について不安がないように処置する必要がある。妻子の不安に家来が動揺すると、土佐移住そのものにトラブルが生じる恐れがある。

そうしてから、長曾我部盛親の臣下、農民、町人にたいして、土佐一国の支配については旧慣を踏襲するから動揺せぬようにと、触れを発した。

山内一豊の動きの詳細は伏見の直政に知らされる。

——対馬守、うまく、やっておるな！

直政は熱い溜息をついた、安堵の溜息である。

ただひとつ、気まずいもの、それは長曾我部盛親の救済が実現せず、盛親が浪人になるのは避けられなくなった、その一点だ。

すべては主君家康が決めること、臣下の直政が按（あん）ずることではない、そういえば片づくはなしではあるが、身近に接し、盛親に親近感をもつようになっただけに一抹の寂しさはぬぐえない。

慶長六年（一六〇一）、直政は従四位下に叙され、佐和山に入城、そして翌年二月に没した。

井伊家といえば彦根城だが、直政は彦根の北の米原に新しい城を作ろうと構想していたといわれる。とすれば、直政は井伊家の城が彦根にできるとは思いもよらなかった、ということになる。

あとがき

井伊谷の龍潭寺——案内板に「大駐車場」の文字が見えた。

いささか大げさに過ぎるのではあるまいかと首をかしげつつ境内にはいって、「大駐車場」の「大」の字が過大表現ではない事実を知った。龍潭寺は巨刹なのである。

これならば大名の一家や二家をささえるに力量不足の恐れはないと思われ、龍潭寺から目を離さなければ井伊直政の生涯を書くのは可能であろうと自信がついた。

文字の史料に目を通すのはもちろんだが、それよりもなによりも、当人のゆかりの場所に立ってみることを自分自身に強制する。著述業をはじめてから、この習慣はずーっと変わらない。いや、変えてはならんぞと、わが身に言い聞かせている。

龍潭寺のすぐちかくに、井伊家の発祥伝説にまつわる井戸がある。直政が生まれるまえからこの地にあって、それぞれの時代の井伊家ゆかりのひとの産湯になった。直政もこの井戸で産湯を使ったはずだ。

だが、それはそれとして、滅亡したも同様の井伊家を「徳川四天王」の一家にまでおしあげた人物である。井伊谷の井戸とのかかわりにも直政に特有のドラマが欲しいと思われた。

そこで誕生したのが「井戸の底の水にわが容貌を映して自信を得る少年」のイメージである。

井戸の底に映るおのれの容貌を確かめる少年直政——この場面を書きながら、主人公の心境にうんと近づけた気持ちになった。あのとき、ぼくは小声でつぶやいていた——これならばまず、直政に叱られずに済むのではないかな、と。

直政を贔屓する立場でいうのだが、直政の人物像をひとことでいうならば「颯爽」のほかにはない。「颯爽」がどこから来ているのかというと、三河譜代の徳川の臣下ではなく、浪々の境遇を家康にひろいあげられた「降伏人」の自意識に徹底していたからだ。

三河譜代の臣下にとって、人生は梯子段のようなものであったろう。予定された段階に一歩、また一歩とのぼりつめてゆくのが人生そのもの。途中で一度でも踏み外すと、やりなおしはむずかしくなる。梯子段を踏み外す者はなかろうかと、虎視眈々、下で狙っているライバルがあるからだ。

その点、井伊直政は有利であった。徳川の臣下としての予定のコースというものはないから、だめでもともと、うまくいけばそれだけ儲け物である。

あいつは格別である、もともと余所者なのだからという譜代グループの視線は、直政にたいして、ときとして敵対的かつ攻撃的であったはずだが、直政には、こういう視線を浴びるのを歓迎するようなところがあった。

——余所者として警戒されなくなる、それは井伊直政がだめになるときである。

こういう態度に徹底していたのが、よかった。

朝日姫について『当代記』が記述したわずか一行の記録の重大な意味を読み落としていたのに気づいたのは、おくればせながら幸運であった。秀吉と家康といった超大物にだけ注目していると、読み落とす危険の多い一節である。

井伊直政は断じて脇役ではないが、ポピュラーだとはいえないところがある。「徳川の四天王」といったかたちのグループの一員として、あるいは幕末の大老井伊直弼の先祖として語られることが多いのはやむをえないだろう。

それならば、直政の生涯についてまとまって書かれた近代の著作がないのかといえば、そんなことはない。

ぼくが目を通しただけでも、つぎの三冊が刊行されている。

『井伊直政・直孝』 中村不能斎、彦根史談会
『井伊軍志――井伊直政と赤甲軍団』 中村達夫、彦根藩史料研究普及会
『井伊直政――天下取りの知恵袋』 池内昭一、叢文社

直政個人ではないが、松下加兵衛之綱をテーマとした『遠州　松下加兵衛之綱とその一族』（富永公文　樹海社）も詳細な記述が有益な読物であるし、『引佐町史』の中世史の部分を、井伊直政が広い世間に出てゆくまでの準備の過程として読むのも面白いだろう。

そういうわけで、井伊直政については、これからますます研究と考察が深まってゆくことが期待される。

ＰＨＰ研究所の大久保龍也さんから「井伊直政を」と提案していただいたとき、咄嗟（とっさ）には返答できなかった。知っていることがあまりにも少なかったからだ。

しかし、直政が魅力たっぷりの武将であるのは直感したから、とるものもとりあえずにといった気分で引佐町の井伊谷に走り、龍潭寺の威容と井伊家ゆかりの井戸を拝見して、すぐに、「書けるぞ！」と勇気が湧いた。

一九九九年　晩秋

高野　澄

この作品は、一九九九年十二月にPHP研究所より刊行された文庫版『井伊直政』を改版し、大幅な加筆・修正をしたものである。

著者紹介
高野　澄（たかの　きよし）
作家。昭和13年（1938）年、埼玉県に生まれる。同志社大学文学部卒業後、立命館大学大学院に学ぶ。
著書に、『上杉鷹山の指導力』『オイッチニーのサン』（以上、ＰＨＰ研究所）、『武芸者で候 武蔵外伝』（ＮＨＫ出版）、『風狂のひと辻潤』（人文書館）、『京都の謎（シリーズ）』『古典と名作で歩く本物の京都』（以上、祥伝社）、『伝・宮崎滔天 日中の懸橋』（徳間書店）、『西郷隆盛よ、江戸を焼くな』『江戸の天狗騒動』（以上、読売新聞社）、『安藤昌益と『ギャートルズ』』（舞字社）、『大杉栄』（清水書院）など。

ＰＨＰ文庫　新装版 井伊直政 逆境から這い上がった勇将

2016年12月14日　第１版第１刷

著者　高野　澄
発行者　岡　修平
発行所　株式会社ＰＨＰ研究所
東京本部　〒135-8137 江東区豊洲5-6-52
文庫出版部　☎03-3520-9617（編集）
普及一部　☎03-3520-9630（販売）
京都本部　〒601-8411 京都市南区西九条北ノ内町11
PHP INTERFACE　http://www.php.co.jp/
組版　朝日メディアインターナショナル株式会社
印刷所 製本所　共同印刷株式会社

ISBN978-4-569-76677-5

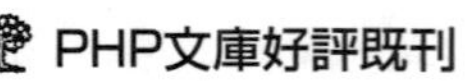

PHP文庫好評既刊

仙石秀久、戦国を駆ける

絶対にあきらめなかった武将

志木沢 郁 著

戦場逃亡という戦国史屈指の汚名を残した武将は、かくも涼やかないい男だった！　仙石秀久の波乱の生涯を新解釈で活写した本格歴史小説。

定価 本体八八〇円（税別）

PHP文庫好評既刊

日本史「意外な結末」大全

日本博学倶楽部 著

歴史はいつだって〝意外な結末〟の連続で成り立っている――。思わず誰かに話したくなる、ベストセラー・日本史雑学シリーズの決定版！

定価 本体八二〇円（税別）

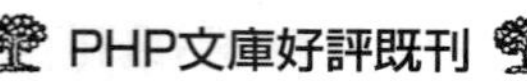

戦国大名 県別国盗り物語

我が故郷の武将にもチャンスがあった⁉

八幡和郎 著

我が故郷の武将にも天下取りのチャンスがあった⁉　日本全国が戦乱の渦に巻き込まれる中、47都道府県それぞれの戦国時代を描き出す。

定価　本体八〇〇円（税別）

PHP文庫好評既刊

この一冊でよくわかる!

女城主・井伊直虎

楠戸義昭 著

大河ドラマ史上最も謎めく主人公・井伊直虎。女城主として井伊家を守り抜いた生涯に、現地取材と文献調査から迫る。関連地ガイド付き。

定価 本体七〇〇円(税別)